伍斌 黄玮 主编

树什么都知道

朝花 副刊及
"**朝花** 时文" 精粹

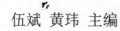

上海三联书店

目 录

岁月书

是一味

听那风

朝花

第 3 9 期

题 朝 花

编者

朝花，稀着露珠，迎着清晨的曙光，在微风里轻轻颤动。也许她们随远近有发觉，她们才需还有默默着，她似乎有着朝开拓的活力，预示着她要开拓期待着了。

朝花中，有大的，有小的，有蜜蜂的，有素净的，有庄严的；名贵的，有着人爱慕的，有斑驳杂著的……但是只要不是"臭花子"之类，都有她们独特的风姿，独特的性格。世界上如果只有一种花，或美丽的也要逊色了。花的美丽只在于轻盈本身，而且只要芳香而呼。才更显出她们的独特的风韵来。

颤我们的生活像朝花一样有生气，愿我们的工作有生气，愿我们的思想界里都一样的立在百花中的那样芬芳，颤我们的文字艺术像朝花一样的百花齐放。

——为了保护这些花朵，当然我们不会忘记拔秀与芟蔓。

"朝花"副刊能表持人们的这些美好的激望，以使同伙人的形式跟出来吧！这就是我们要把"朝花"的人该所来努力了。

附注：这一期过去曾发笑过，所以现在接着过去期数来算不一期，这一期"朝花"应该是三十九期了。

桂 | 林 | 诗 | 抄

桂林深处

搭起一座座绿色的凉篷，
在技头挂起灯蓝，
那处处一片灯影，
在举行盛大的歌舞会；

乌黑起华丽的玉彩衣，
发永远打拷得那么低的，
披起那素的斗篷衣，
的颤来把四座摇动。

会潜来最新的实客，
由的孩子，也有整绿的姑娘，
看，国际友人正滔着小话走

月光下

照亮一瓷河水，
的等桂林歌唱；
红等披着衣衣裳，
在科技上。

幻想水一段"夜莺曲"，
又向我施展了诱惑的鹿

一个个红篝换娘，
律人的香气……

她们编递起摇著的佳音？
又浸情地抱和着欢音？
我们想一口把她们吞下，
但偏偏是好客的朋友，已用桔计
把我围困……

丰收

晨风，把葭幕扬开，
桂林微笑了！
碧露水的果实，
耽着眼睛，把佳绿匡写。

姑娘们把此上桔柔，
小伙子铺着箩筐，
舒展着的优帷味，
送达个技头，飞向而个技头。

代脖旅下，
剪刀在鸣，鞋筐在鸣，
大将在欢笑；
人们的内心还起了美好的谢意……

种上山

挑着带锄的荒山，
允禾秀和篝襄，
顶管百青天；
从不穿件花衣裳。

好客情怀

让我们作著新打拍，
把画里的桔林秀来，
在他身上抹一抹。

桂林的姑娘

桂林的姑娘个个来绣花，
甜蜜蜜的结子眼养大
姑娘的心此繁忙的，
姑娘的瞳孔眼案藏着。

桂林的姑娘个个手艺巧，
会整桔枝绣着窗子，
夜替桔条在绣绷边，
吟着小曲幡等啊（注）……

（注）幡等啊是壮乡的旧有名著磨桥之一，这里的妇女都会唱。

桂林的孩子

红镇山上聚着孩子，
穿过桔林，来到河边，
我们都把凰冬哇，
她们了，在河里打桥。

桥边的鱼充腾的白浪，
强涩起抱着那美味，
桥涸的鸟见得多么有趣，
啊；河啊的小花在岳等著……

谈电影"他俩"的人物描写

黄 德 佃

看过影片"他俩"，我禁不住期托扬和伊里娜这两个古老年的爱。期托扬、伊里娜和其他的农民一样，都希冀这样的生活。因为他们一点时产力为支持；家业、财产、亲人，还有乡村所特有的宁静……

好蓬褛伷

（continues）

"政治"

郁 风

用艺术特点，而更多的是……强，缺乏具体的生活形……治"又有什么改错可管能……

从另一方面讲，不……"政治"不强，又何尝……化"了呢？换个观……有之，当然也不乏其美……在见长高明。这类作品也不……准反对"公式化、概念化……切"也就低一下不可呢！

进而言之，所谓"生……

归来兮

黄 风

胡风过去的拿手好技之一，就是把政治与艺术拉起来的。读者干辜用艺术头……这末来都是这些的事情了。同时，今天艺……有谁想把它疏来来看。但作为文艺思想来……任何花俏作上的观点却显了。"公式化……滴诚看到，仍然是不容许如此嫌紧的……从一般词来看，产生"公式化"的……化"的切观，主要是由于脱离生活……化"是由于作者时不从生活内在的问题……据，而从我观现实的生现出发加上人工的刷……

（continues）

"姜步畏，又是你！"

文洁若

　　《幼年》是骆宾基的自传体小说。主人公姜步畏（他的小名是连儿，步畏这个名字是上学时级任即班主任郎一松老师临时给他起的），出生在位于中国、苏联、朝鲜交界的珲春。他父亲姜青山来自山东，靠经商发了财。由于受骗而破产，只好经营两宗"占荒地"来维持生活。连儿刚懂事，父亲就为他开蒙，教他背诵《三字经》，后来又让他进了县立两极小学二年级做插班生。

　　岂料刚开学，郎荣光、马亚明等教师就对他有了成见。无论哪个同学闯了祸，他都得陪绑。老师会喊："姜步畏，又是你！"真正的惹事者挨打后，就轮到他了。他心态平静，并不介意。艰难困苦磨练人。

　　1925年2月5日，步畏跟着亲戚到农村去住了30天。回家后才发现，学校已开学一个月了。同学们告诉他，新来了一位级任，叫白全野。白老师是慈幼院出身的孤儿，是北京大学的应届

归来兮

毕业生。由于步畏竟然旷课长达一个月，白老师自然先注意到了他。他问步畏的第一句话是："你叫什么名字？"

"姜步畏。"步畏站起来回答。他的声音低得连自个儿都听不清楚，白老师只好走到他跟前来了。其他老师走近他时，手里都握着戒尺，边问边用戒尺在他的肩上拍一下。他的肩膀好像是案角，使劲儿击一下，也不算是责罚。

白老师的嘴唇上露出了使步畏永远忘不了的微笑。步畏决定要做个好学生。老师又问他："为什么开学这么久了才来？"问他去的乡下离城多远。"是不是有许多森林和野兽？"

他回答道："有。一到半夜就听到狼嗥声和成群的狍子奔跑的声音。"

少顷，白老师说："姜步畏，把书讲一遍，大声点——第十四课。"

对步畏而言，既然有本事背诵《三字经》，那么，将一篇课文讲一遍，就不在话下了。

白老师对他的评价是："讲得不错呀！很聪明。"

这句鼓舞的话，给了步畏深远的影响。以后，在《自传》（见《中国现代作家传略》第549页）中，骆宾基写道："班级主任白全泰教师，早已带领一些同学去东兴镇参加了抗日救国军……"窃以为，《幼年》是自传体小说，所以作者把白全泰的名字改为"白全野"。白全泰才是老师真正的名字。

日本的骆宾基研究者小野忍在《最后一次的讲演》里提出：

"像骆宾基写于抗战后期的《北望园的春天》《生活的意义》等在日本深受读者喜爱的作品，在中国现代文学史上却长期没有得到应有的评价；像骆宾基这样在日本拥有可观的读者群的作家，在中国国内也长期没有得到应有的重视。"小野忍认为这是不正常、不公道的。

小野先生的话，值得我们重视。不过，我国学术界还是重视骆宾基的。可能小野没有读杨义所著《中国现代小说史》第三卷。这本书的第五章第二节写的是骆宾基。作者说他是"北望陲的人生体悟者"。这节一共有两部分。（一）从边陲烽火中获取忧愤和灵感。（二）乡邦思念和人生反省的交错。杨义写道："尽管他依然一如桂林时期那样追踪着东北籍官兵的足迹和心迹，但是在人民解放大潮的冲力下，他已是急不可耐地把自己的'乡亲'兄弟推向大时代的漩涡了。"

关于《北望园的春天》，杨义写道："它与《贺大杰的家宅》采取类似的审美视角，以富有象征意味的居家老院烘托着对人生的深切悲凉的体悟，把一束幽深绵邈的思绪引向纷扰众生的奥秘之中……"

彦火（原名潘耀明）在《当代中国作家风貌续编》中写了"骆宾基创作《金文新考》"。"骆宾基，自（20世纪）50年代末期以迄，在漫长的二十余春秋里，几乎在文坛销声匿迹，就算在粉碎'四人帮'之后，相对其他东北作家如萧军、端木蕻良等人来说，骆宾基也是极少在文坛露面的。1980年笔者在榕城，欣

归来兮

遇赖丹先生，并承他推介，与骆宾基先生开始有书信交往。"

　　1981 年初，彦火赴北京，登门拜访骆宾基。他得悉，自 1957 年起，骆宾基开始研究古代典籍《诗经》《古代社会研究》等。他完成了《春秋批注》（约十万字），接着又写《金文新考》（约五十万字）。

　　我跟骆宾基从来没见过面，读了他的《幼年》，又读了好几个人写的关于他的作品的评论。他的人品和关怀祖国命运的优秀作品，使我感到应当向他学习。

中国文化自信，是从善如流的自信

王 蒙

　　优秀传统文化是中华民族奋斗历程的见证，更是今天中华民族固本开新的精神动力。不忘本来才能开辟未来，善于继承才能更好创新。对历史文化特别是先人传承下来的价值理念和道德规范，今天的我们要坚持古为今用、推陈出新，有鉴别地加以对待，有扬弃地予以继承。自觉坚守"本我"、开放面对"他者"，只有如此，才能使我们的中华文化始终焕发光彩。

　　随着改革开放的进程，人们的思维方式得到多方启发，文化思潮日益开阔丰富，出现了多样化的文化生态，但也似乎出现了"乱象"。全球化与现代化，冲击着我们的生产方式、生活方式、语言方式、风俗习惯、民族传统。有些毋庸置疑是应该接受的，有些则是我们不愿接受而必须面对的。比如批量生产的消费文化，冲击着主流文化、高端文化；迅捷的网络信息、人云亦云的平庸思维，冲击着独立深入的阅读与思考。市场经济在更好地配置资

归来兮

源的同时，也使文化领域染上了拜金、浅薄、媚俗、作假的风气，市场炒作使文化成果良莠莫辨，有偿新闻与有偿评论加剧了这种混乱。在浮躁的气氛下，有些演出在热热闹闹之后并未给我们的文化留下任何遗产，票房高低常常成为一部电影"成功"的唯一标志，而文学作品则是印数至上。网络中出现了各种贬低严肃文化与高尚思想的低俗甚至丑陋的东西。价值观念、社会风尚，都通过娱乐休闲市场表现出了异质的多样元素，此外还有一些片面性荒谬性观点，例如全盘西化或者全面怀旧等思潮倾向。

这种时候，更需要文化自信、文化定力，更要勇于与善于实现引领、整合、包容、平衡与进一步提升，以优秀传统文化、主流文化为主心骨，积极构建生气勃勃、富有创新活力，又能够满足人民多方面精神需要的多彩多姿的文化生态格局。社会主义核心价值观的教育可以成为我们文化自信的载体。

重视价值观教育，就是重视世道人心，就是让每个中国公民都有道德主体意识，诚如孔子所说，"仁远乎哉，我欲仁，斯仁至矣"。法治是维护社会稳定的底线，道德则是调节规范社会，使之稳定的无形而强大的支柱，而文化，恰好决定了道德的价值构成。如果每一个中国公民都散发出中华文化特有的气质，都以社会主义核心价值观为行事准则，那么，中国人的精神面貌就会焕然一新了。

某些文化歧义与碰撞，带来冲击也带来机遇。我们对于"双百""二为"方针的坚守，将有利于文化的繁荣；我们对于文化人才的支持与尊重，将吸引各方人才为我所用。国家的文化操作，应该有利于更好地进行文化教育与创新，文化争鸣与讨论，文化传播与提升。我们的文化自信不是顾影自怜，也不是文化自傲，更不是像"奇葩"辜鸿铭欣赏妇女小脚、赞成一夫多妻制那样扭曲的"自信"。我们应该提倡一种"中华风度"：文质彬彬、从容不迫、避免争拗、和谐稳重，再补充以健康公平的竞争，以及对于核心价值核心利益的坚守。设想一下这样的中国人：有着诗书礼乐的教养与文化，琴棋书画的益智与审美，精致而俭朴的生活态度，贫贱不能移与富而好礼的姿态，行云流水、水到渠成的耐心，穷则独善其身、达则兼善天下的明达与开阔，谁能不喜爱有着这样"中华风度"的人？遗憾的是，由于历史条件的局限，由于教育传承得不够，许多国人没能将风度塑造得如此美好。

我们应该格外珍惜这一份深厚独特的文化遗产。文化是理念，更是生活。我们的汉语汉字、诗词歌赋、笔墨纸砚、中华烹调、养生医药、建筑园林、传统节日、民族艺术、民间工艺、礼仪民俗……构成了优美的中华生活方式。在全球化时代，我们越发认识到民族与地域文化特色的珍贵。

中华文化经圣人学者的阐扬，历经几千年，早已化为亿万人民的日常生活。文化贵在潜移默化，贵在浸润身心，贵在心心相印，贵在蔚然成风。真正的文化自信拒绝炒作造势、夸大其词、巧言令色、形式主义；真正的文化自信具备抵制低俗化、浅薄化、哄闹化、片面化、狭隘化的能力和定力。文化属于人民，文化的有效性在于提升生活质量、精神面貌、成就实绩。文化属于人民，文化还归功于巨匠大师，文化需要强大阵容，文化需要群星灿烂，文化要看高端果实，文化一定会造福本土、造福人类、造福全球。这都需要我们有国家层面的长中短期文化教育规划，国家层面的思想文化激励与荣衔制度，以催生国家层面、人类层面的引以为豪的人才和成果。

我们中华民族确实应该比以往任何时候都更加自信，这不是"老大帝国"的狂妄自大，这是建立在转化与变革的举世瞩目、发展与创新的累累硕果之上的坚实自信。中华民族比以往任何时候都能更加坦然地面对困难，化解矛盾。我们走过的道路让我们自信，我们创造的业绩使我们能够自信。文化自信是最根本的自信，是由内而外的自信，是有定力的自信，是有凝聚力、感召力的自信，是面向世界的自信。我们要以文化自信、文化复兴，托起我们的道路自信、理论自信、制度自信，创造我们的文化辉煌，助力中华民族的伟大复兴！

副刊不副

李国文

据研究者考证，中国之有报纸，是从"邸报"开始的。虽然，当时那些官方文书的汇编，与现代意义的新闻报纸，毫不搭界。但"邸报"的"报"，说明它是公诸于众的印刷物，这一特性对受众而言，比之当下报纸所起到传媒作用，倒也是大同小异。这样，中国拥有报纸的历史，很长很长，可以上溯至汉、唐。在敦煌石窟发现，又被西方人窃走，现存英国伦敦不列颠图书馆的一份残破的"邸报"，为唐僖宗光启三年（887年）的归义军《进奏院状》；进奏院，也就是地方政府派驻于京师的单位，略类似于现在的驻京办，定期或不定期地向河朔三镇的节度使，或其他上级官员，作时局政情的汇报。于是，这份《进奏院状》，被称为当今世界上最早的报纸。掐指算来，中国有报纸的历史，也有1129年了（编者注：此文写于2016年）。

但中国近代报纸上的副刊，最早者始于何年、见于何报，至今在专业界还存在争议。但马上就要一甲子的《解放日报》副刊"朝花",也许在创刊于新中国的报纸副刊中称得上老牌的了,值得为之骄傲,更值得为之祝贺。创刊于 1956 年 9 月 20 日的这份副刊,始终以她一以贯之的时代风貌、进取精神,以她努力追求的文学色彩、儒雅品位,在文学界、在文化界,颇有一点影响力。一新耳目的名家笔墨,众口交赞的新人文章,黄钟大吕的时代旋律,风情别致的抒情篇章,常常是我们阅读"朝花"副刊时的美学享受。也许因为这个缘故,从 20 世纪 80 年代起,一直到垂垂老焉的今天,我先作为"朝花"副刊的读者,后来成为"朝花"的作者一员。

"朝花"之最可取处,就在于能够团结全国范围内,不同年龄段的知名的和不甚知名的作者,才有今天这样风生水起的大好局面。我还记得在解放日报驻京办的那座四合院里的作者聚会,斯情斯景,难以忘却。那四合院小巧精致,干净利落,位于王府井北京饭店的后面,那条曲里拐弯的小胡同内。我许久不进城了,也许拆掉重建了,若果如所言,那就太可惜了。但我参加过几次那座小院里的京城文人聚会,至今印象深刻,连绍兴老酒那烫过的温馨,都犹在舌尖。也许因为主雅客来勤的缘故,每次都是"少长咸集,群贤毕至",高朋满座,谈笑风生的场面。那些比我年事要高得多的前辈,那些比我要年轻得多的新秀,旧雨新知,萍水相逢,有认识的,有不认识的,但所以能够相敬如宾、畅所欲言,都是为了"朝花"这份副刊的成长发展,大家才坐到一张桌子上来。

别看副刊名"副"，她能起到的作用并不"副"。我曾经这样比喻过，住过北京城城里那种比较典型的四合院的，都知道这样一个道理，要看这户人家是否家和人旺，是否殷实富足，是否治家有方，是否合力同心，全看这户人家天井里的那或大或小的花坛，是否姹紫嫣红，是否青枝绿叶，是否生机勃勃，是否井然有序。如果说，整张报纸就是那座四合院的话，那么，报纸的副刊，就是那天井中或石或砖砌成的花坛。水池其中，游鱼可数，旁有盆栽，花开正盛，上有遮阴藤萝，下有曲径通幽。一看，便要对这户四合院人家，肃然起敬了。所以，副刊办得好，为报纸增光添彩；报纸办得好，副刊也会跟着水涨船高。

其实，副刊也是大有作为的，了解一点现代文学渊源的人，一定会记住新文学开山之作《阿Q正传》，就是先在副刊发表出来的。

那是1921年的12月，当时北京还叫北平，那天的读者，从《晨报副镌》上看到连载的这部小说。最初，发表在"开心话"一栏中，后来，主持副刊的孙伏园先生，渐渐读出作品中，轻松背后的严肃，笑谈之后的深思，就给这部不朽之作，辟出专门版面。据说，洛阳纸贵，满城传阅，人人对号，究竟阿Q所指其谁。于是，那个冬天里的北京城中，这副刊，这小说，成为街谈巷议的话题。民国初年，北平城里究竟有多少报纸啊，现在谁也说不上来都有哪些。但是，从这一天起，中国人记住了这份叫《晨报》

的报纸，更记住了这份叫《晨报副镌》的副刊。现在已经无法查出，《晨报副镌》什么时候易名为《晨报副刊》的，也不晓得这份副刊，是随报免费赠阅，还是另外掏钱购买。总而言之，一份报纸的副刊，能在现代文学史上留下这样巨大的脚印，实在是副刊的光荣。

"朝花"六十年了，我至少为她写了二十多年，与有荣矣。一晃，陪着"朝花"度过她的五十华诞；接着，又赶上了她的甲子盛事。我真心祝福这份老牌副刊，朝花常开，夕拾满怀，走向更完美的明天。

怎一个"混"字了得

蒋子龙

2016年春节期间，我靠一本书挡住过年的诸般喧闹，获得了一种温暖而睿智的阅读感受。这是一个真实的故事，严肃而诚挚，却有一个嬉皮士式的书名：《跟着康培混世界》。美国一对杰出的华裔夫妇生了两个儿子，"一个是天才，一个是奇迹"。现代商品社会对各种各样的天才并不陌生，毋需多言。单说"奇迹"，其名康培，一生下来便"没有肺大动脉，没有右肺……是最严重的法洛四联症"。医生说，这种病人在医学史上最多只能活到两岁！

"天无绝人之路"般，遇到了一位"护命天使"，这位来自上海的沈太太接过在襁褓中就被判"死刑"的康培，每一分钟都紧紧抱着他，不让任何一个人说出对孩子不祥的话，其口头禅是："康培将来一定有出息！"就是由她最先宣布了"奇迹"的诞生。她就是抱着这个信念，把能想到的天下好东西都做给康培吃，一盎司一盎司地陪着孩子长大长高，"让他领略只有母爱才能够企及的宽厚、温暖、细腻"，开悟了康培的灵性。几年后，沈太太交给康家一个差不多属于正常的孩子，突破了医学史的诅咒，"奇迹"初露端倪。

他活到 12 岁时脊椎做了大手术，差不多又维持了十来年基本正常的状态。

不知是一种诅咒，还是纯属巧合，美国"9·11"事件后（康家就在纽约世贸中心附近），康培的健康状况每况愈下，"毛发一天比一天干燥，头皮形成块，一碰连着头发掉落，皮肤瘙痒，指甲发蓝，吞咽困难，四肢无力，差不多就是一具僵尸，他自己也一心想死"。此时年轻的浙江女子张静丽不请自到，为了答谢康培的父亲康海山曾经对自己的帮助而来，并劝老康带着小康离开纽约住到乡村去。她将全身脱屑的康培整夜整夜搂在怀里，一遍遍给他讲即兴编创的中国版《一千零一夜》，用从家乡学到的厨艺，做成让"僵尸"吃不够的佳肴美味，集"看护、姐姐、母亲、厨娘、卫士、女友……多重身份于一身，且做到极致，其女性的美，由内而外，闪闪发光"。

康家人都亲昵地称她"丽丽"，承认是她"给了康培第八条生命"。

书中用直笔对康培乃至他全家的生活都有全景的纵深的展示，每个人都被写得真实可信，气韵生动。不回避命运的成全与局限，以及性格中的明与暗，尽可能深刻展现他们心性的丰富，甚至真实到每个人的灵魂。尤其以浓墨重彩、赤诚火辣地凸显了康培生命中匪夷所思的"奇缘"。这两位"护命天使"有两个共同点，一是抱，二是吃。抱是救心神，天下弱者、病者都离不开抱；吃是养身体，看来俗谚说的"女人靠睡，男人靠吃"不无道理。

康培列出自己生命中最重要的三个女人：母亲、沈太太和丽丽。

如今他已经38岁，尽管"手只有十几岁少年般大小，双腿细而弯，难以支撑身体"，却已经出版了9本科幻小说。去年9月，康培"咯血，喉咙里还咳出块东西"。这对像他这样的病人是最可怕的信号，他自己感觉到"生命之秋真的到了"，将已经具备美国法律效力的遗嘱悬于墙上："请不要抢救我！"连自己的《奠仪纪念册》都已准备好，他相信有来世，并跟父亲商量好，死后将骨灰埋在乡间别墅四周的森林里……

很显然，这不是个寻常意义上被死神追逐的人。于是，他的父亲康海山想请人给他写本书，让儿子"能够看到生命最后的灿烂"。他通过朋友介绍找到了大陆作家杨道立。理由简单而虔诚，从网上看到杨道立的照片像菩萨。

康培本人就是作家，别人写出怎样的文字才能让这个奇特的生命发出"最后的灿烂"？哪个作家该有怎样的勇气才敢承担这样的任务？然而杨道立经过考虑畅快地接受了这个挑战，她说："一个全新的题目，能让自己感觉脑子没有退化，精神还在生长。"

这真是个聪明的理由。或许是为冲淡康培命运中沉郁的基调，她才取了这么一个书名，却又怎一个"混"字了得？看似拉拉杂杂、家长里短，却时有惊人意象如珍珠般跳出来，通篇灵气漫溢、泼洒妙思隽语，一贯的女才子气十足，实则下笔如走钢丝，分寸拿捏得老道而精准。因为稍有不慎，轻者会伤害"奇迹"及呵护"奇迹"的人，重者会将一桩佳事变成错误，乃至灾难。因为主人公康培还患有四种心脏病，"绝对不能激动"！

不激动又如何"倾诉他澎湃的心"？人人都在故事中，已经进入自己的角色又如何能不动情？作者用妙笔，自始至终地牵着"奇迹"中的灵魂人物康海山。他对儿子的爱，"深沉而提着小心"，却已悲欢不惊，感应日月，几十年下来身上反而有了一种无论成败都扭曲不了的单纯和厚实的亲和力，大山崩于前也能"平静接受"，通过一系列细节从容写出了他的深度和境界，智趣盎然。

如果说对上述人物的描绘表达了世间一种美好情感对康培灵魂的熔铸，那么书中用冷峻、客观的辣笔，通过"外婆"传导出另一类情感："怨恨"——却是对康培灵魂的淬火。外婆出身名门，民国时期曾就读于清华大学，婚姻的失败或天性抑郁，经年累月沉淀为解不开的仇恨和愤懑，其负面情绪笼罩着家里的全部空间，甚至在夜间也会发出惊人的斥骂，折磨着家人又置自己于万劫不复。"像婆婆那样！"——成为康家人的一个诅咒。康培说："感谢婆婆，是她让我坚定地采用现在的方式生活，不用自己的不快乐去伤害别人，不依赖所谓现代医疗苟延残喘。""对生命最大的尊重，就是要开心地活，舒服地死。"

不回避生活的严酷，"奇迹"才是坚实的，可信的。

或是天赋使然，或是缘分奇佳，康培随之结交了一些根基深厚的智者。至此，成就"康培奇迹"最重要的两大要素都具备了：身体上的保健和精神上的提升。书中犹如神来之笔写到康培的精神渐渐强大起来，有了一种特殊的"尊严与力量"，开始在意朋友，不只是接受帮助，也会不顾一切去帮助别人，甚至让人觉得很难找到如他这般忠诚的朋友。比如明明是丽丽帮了康家大忙，她自己却说是他们"改变了我一辈子"，康家父子才是自己的"贵人"。

康培的身体尽管"时时刻刻都在疼痛之中"，整个人却变得独立、饱满，常常开怀大笑，充满想象，乐于助人，还成为一些求助者的"精神导师"，为那些素昧平生的人提供人生的建议。"他觉得重要的事情，自我标准很高，道德标准很高。他从来不需要别人见证，自己有评价，要自己对自己满意。"

一位佛界中人甚至称康培"是个老灵魂"。这是此书最精彩的地方。对"康培奇迹"的形成及剖析令人心折，没有落入残障人励志成材的套路。读到最后，我忽然有些理解作者为什么会选择这样一个书名，里里外外围绕着康培的一群人，最初是为了照看他，后来变成在精神上以他为中心，感受着他在精神气质上处于高端所发散的感染力，吸收从他心里流淌出的纯净。

与他相比，其他人确是在"混世界"。

归来兮，远去的黄鹤

查 干

楼有黄鹤，其声亦远。一只黄鹤，可以使黄鹤楼凭空耸立，感世千年。而诗人崔颢的一首即兴吟哦，又使黄鹤楼披上了神秘色彩，引得无数文人墨客登楼行叹。诗，写到绝处，可以惊风雨，泣鬼神，是真的。你瞧，诗仙李白，登临此楼一读题诗，便仰天长叹："眼前有景道不得，崔颢题诗在上头。"他是大诗人，出口成章，金玉满纸，竟然在崔颢题诗面前，不敢落笔。古代诗家这种谦恭与自律，确乎让人敬佩。不过，再后来他还是忍不住写了几首有关黄鹤楼的诗作，如《黄鹤楼送孟浩然之广陵》《望黄鹤山》。

有一年，我与军旅作家叶楠出访匈牙利。当拜访罗兰大学一位教授时，他一开场，就询问黄鹤楼的重建情况，遂朗诵起崔颢那一首七律《黄鹤楼》来。虽然声韵带有外语味，但所投入的情感是真挚的、饱满的。他说，他竭尽全力来翻译此诗，可惜，怎么也达不到形神兼备的境界，神是有了，形却偏了。他慨叹：译诗之难，真是难于上青天也。他竟然用起"也"来。然后，他叹一口气，双手一摊，有些苦涩地笑了。看得出，他对中国古典诗词，尤其对《黄鹤楼》的痴迷程度，不比我们差。

而我，初读《黄鹤楼》，大概是在初二时。有一天，教蒙古语文的老师阿古拉，给我们额外加了一课古典诗词欣赏，所讲授的就是崔颢那一首《黄鹤楼》。用现在的眼光看，译文甚佳，极具功力。老师的朗诵也抑扬顿挫，极具韵味，使我们这些刚离开田亩村野的孩子们，都入了迷，竟回不过神来。此诗的神话元素很浓，富有想象之魅力。也许大家不太知道，蒙古族群里的神话传说、鬼神故事，其实是极其丰富的，影响着一代又一代人。以前，到了夜晚，为节约灯油，家里是不点灯的，躺在炕上，听父母讲述神话故事。梦里的自己，往往也张着翅膀海阔天空地飞，也到深山老林里，采摘救人药草。

黄鹤，蒙古语里叫：夏尔陶格茹。夏尔，即黄；陶格茹，即鹤。家乡人一直就这么叫它，问起缘由，大人们说，幼年的鹤，就是发黄色的，成年之后才变得白或灰。现在看来，那就是丹顶鹤。而诗里所说的汉阳、晴川究是何等模样？烟波长江，在武汉又是什么样的？对我而言，只是缥缈朦胧的想象之物，是一缕梦境。

民间有言，人生机遇，总是无意中到来。果然，1981 年 8 月，我终于有机会，从重庆乘游轮顺流而下，直至武汉。在万县码头，与满天星斗酣睡了一夜，第二天启程，进入三峡景区，观尽三峡山光水色之后，与白帝城、神女峰，挥挥手，依依惜别，便到了古城武汉。遗憾的是"两岸猿声啼不住"的猿啼与山涧鸟鸣，均未耳闻。看来，这种际遇与眼福，只属于诗仙李白，而不属于我等俗人。是啦，谁叫我们乘坐豪华游轮舒服来着。假如，也乘一叶轻舟，顺流而下，会是如何呢？或许与猿猴，可以近距离对视一番吧？

到了武汉，主人特意安排我住进一处临近长江大桥的宾馆。于是，匆匆吃罢一碗热干面，便直奔大桥而去。问一路人：师傅，请问黄鹤楼在哪里？答曰：毁掉了。原址还在吗？修长江大桥，占了。两句话，把我晾在了那里。黄鹤楼，原是武汉一处标志性建筑，与晴川阁、古琴台并称武汉三大名胜。这究竟是怎么回事？遂，一股悲情，油然而生，觉得眼前空无一物。

好在，古琴台离此不远，就去拜谒俞伯牙和钟子期两位先贤，也是目的之一。园内空无一人。风，寂然无声。在"天下之音第一台"前，用相机自拍，留了个影，便转回住处，倒头便睡。那一天，连好好看看长江大桥的兴致都没有了，满脑子装的，是黄鹤楼、一去不复返的那只黄鹤，以及那位飘着长髯的道士。有关黄鹤楼，传说很多。我则喜欢，在蛇山上摆一小茶摊的老婆婆，去救一位因饥渴而倒地的道士的传说。这个传说在民间流传甚广。传说，乃劳苦大众所创造的理想寄托物，是向往美好生活的心理体现。如斯，既是无中生有，也显得合理。而诗人崔颢登楼之时，恰好也正是神话故事流播的鼎盛时期。无疑，诗人的创作灵感来自神话，而他心中的愁绪与感怀，则来自当时的现实生活。

在现实生活中，人间万物，都在变与不变中艰难存在着。被毁掉的黄鹤楼，终于在 1985 年再度面世。这一变，时代又换了一个面孔。新楼，在距离原址千余米的蛇山之巅，濒临万里长江，烟水蒙蒙，浩渺一片。如斯，登临黄鹤楼的夙愿终于实现。第一次登临，兴奋之情，可以想见。楼高五层，有很多翘角向外伸展，呈起飞状。有一只铜铸黄鹤守在那里，眺望着远方。

眺望远方的，还有我。我是首次眺望这座经过千年风雨、经过沧桑之变的城市。我似乎透视到它坚硬的骨骼和精血。它的子民，是千难难不倒的战斗群体。它的气候有些闷热，或是因为，有灵光与火，藏于它山水间的缘故。我仰首去读那首七律《黄鹤楼》，心香一并燃起。诗，曾经吟咏过多少次，然而这一次，感觉却大有不同。因为眼下，是崔颢所凝视过的山水实景。浩阔、邈远、苍茫、神秘，似乎有一只鹤，仍在云间飞翔。我现在站立的位置，或许就是李白、白居易、杜甫、孟浩然们仰首读诗的位置，这样想着，我轻轻然默咏："昔人已乘黄鹤去，此地空余黄鹤楼。黄鹤一去不复返，白云千载空悠悠……"

现在，晴川阁、鹦鹉洲、汉阳树、烟波长江，都在一望之中了。只是那只黄鹤，以及那位救苦救难的长髯道士，还是没有出现在白云间。然而我固执地揣摩，白云千载，不会总是空悠悠的。驾鹤之人，重返故地，不是不可能，因为他曾经倾心眷顾过这座古城，无论喜庆，抑或灾祸，都在他的关注之中。谁说神话，一定

归来兮

只是神话？我现在，就是把神话，当作现实来看的。假如神话变成现实，崔颢是看不到这些了，而我也许可以。当如斯，我把信息传递给他，是一定的。现在，请让我迎风轻呼：归来兮黄鹤！归来！

启蒙时代

柯云路

整理书籍，发现一些纸已泛黄的旧书，马克思的、黑格尔的，还有几本文学名著。书扉上有自己学生时的签名，并注有购书时间，1963年，1964年，1965年。看封底，有旧书店的印戳，笔填着打折后的书价，以今天的眼光看，便宜得不可想象。忆起当年在北京101中读高中时，立志于思想理论，拼命在课余读书。钱不够，便大多光顾旧书店。到1968年底去山西农村插队时，简单的行李外，居然带了皮箱、木箱、纸箱共四箱子书。那些书后来大部分送给了同村的插队知青，小部分几十年跟随我到今日来勾取回忆。记得在晋南山村的土窑洞里点着油灯夜读，还给一起插队的知青讲点哲学、政治经济学之类。

高中时开始的经典阅读对我有启蒙作用。当思想打开之后，求知欲之旺盛现在想来都有点匪夷所思。当时的北京图书馆在北海公园西侧，高中生凭学生证便可办阅览证，虽不能借书回家，却可在阅览室尽情读书报期刊。我每逢周日上午必去，寒暑假则尽可能天天去，摆出架势博览群书，想成为思想大家。那种阅读除扩展了思想，还锻炼了阅读能力。首先是速度，以有限的时间，读更多的书，获更大收益，这是我每次阅读的追求。再有是记忆力，要多读当场便来不及做笔记，于是强迫自己全记在脑子里，回家后补做笔记，常常一做几十页，用的都是无格白纸。

高三时我的同桌姓曹，是位善良宽厚的学友。每天两堂的晚自习，我差不多都在读《资本论》《家庭、私有制与国家的起源》之类，按那时"为革命努力学习"的要求，在课内这样读太远的课外书有些"犯规"。曹学友发现了，不止一次用眼光提醒我。后来终于忍不住了，极小声地要我注重是课内时间。我点点头表示听见了，但仍接着看我的书。曹学友瞥瞥我便不好意思再说。现在回忆起来，他那温和小心欲言而止的神情让我体会到满满的善意。记得曹学友的父亲是搞原子能的，有一定级别，家里有内部发行的《参考消息》。我那时早已不满足于阅读挂在教室后面的《人民日报》等，便试探着向曹学友提出请求。他只略犹豫了一下便答应了。我们那时住校，每周六下午放学便各自回家，周日傍晚返校赶上两堂晚自习。晚自习一入座，曹学友就会从书包里拿出卷好的一周《参考消息》悄悄递给我，我收起，又会将上一周的《参考消息》还给他。这样的交接很静默，从未引起其他同学注意。不仅因为一个高中生在校读"参考"有点另类，而且因为这样随意扩大当时算很内部的《参考消息》阅读范围，多少有些"违禁"。这个世界有两种迥然不同的关系，一种，助人者总念念不忘自己的善举，而被助者却毫无记忆；另一种相反，助人者早忘了自己的善举，而被助者却终生难忘。我与曹学友的关系当属后一种。他当年的友善我至今常和家人讲起，但我想，对这些曹学友大概已没什么记忆。

1966年夏临近高中毕业，"文革"爆发了。因为那些阅读，我从运动一开始就保持了一点独立审视。当时阅读书籍与阅读社会都进入一个特别时期，那是青春的阅读。而青春的阅读常常会有青春的伙伴。又一个同班的王姓男生成为我读书读社会的伴侣。在一次彻夜长谈后，我们开始一同背着书包在全北京，后来去多省市搞调查，书包里装着马列毛著作和其他一些理论经典，跑大学，跑工厂，跑机关，看大字报，找人聊，想探究"文革"与社会真实面貌。每晚则读书与思考。我与王学友看书都习惯批画，但两人常常只带一套书共用。于是，他画他的，我画我的。两人画书习惯有不同，很容易区分。他习惯将横线画在两行字的中间，而我习惯紧贴上一行字画线。我们的批画有时会一致，两条横线画在同一段话下面；有时则不一致，彼此侧重不同。这种同异也常常成为我们讨论的起点。

王学友的父亲是社科界一位资深学者，解放初期举家从国外归来时曾受到周恩来的欢迎。他的专长是西方哲学，家中存书很多，一半是外文原版书，我读不了，还有一半是中文书，这就成了我第一个借用的"家庭图书馆"。我向王伯伯借过不少书，也常常和他讨论哲学。他戴着眼镜，笑眯眯的，很愿意和我对谈。作为在"文革"中被批判的对象，能够有一个跨代的哲学对话者，似乎使他很有些兴奋。常常谈得时间长了，还要留我吃饭，饭后接着谈。我对克尔凯郭尔、海德格尔、萨特等人哲学的兴趣，始于与他的交谈。他那带有外地口音、不时夹杂几个外语单词的普通话很温润，很哲学。

我不能在北京图书馆借书，却在这个"家庭图书馆"找到了借书的条件。如果说王学友家的藏书成了我的第一个"家庭图书馆"，接着我发现了第二个。这是我的另一个同班男生，在此不得不披露全名，他叫李向南。我的第一部长篇小说中，主人公就直接取用了"李向南"这三个字。我写小说，给人物起名一向郑重其事，名字起得好，符合人物性格，叫得响，对作品攸关重大。

终于握上了贺老的手

黄亚洲

我进门的时候，贺老不跟我握手，只是绕过沙发，双手抱拳作拱，说疫情时期我们就这样了。

保姆赶紧插话解释，说他不管对哪位客人，都是这样啊。我说当然当然，这样好这样好，也拱拱手。

大半年了，都是这样。再说贺老 96 岁了，当然得格外小心。

于是我们对坐聊天。开始还坐得比较远，后来越坐越近，基本上是沙发挨着沙发了。这都是在不知不觉中发生的。

因为聊的是诗歌，兴奋点来了，啥都不在意了。不是故意不在意，是不知不觉地不在意了。贺老说他对目前的诗坛不甚了解，因此对有些问题不宜直接表态。但他对中国当代诗歌的发展前景总体上是持乐观态度的，所以他向新近举行的一次全国性诗歌会议的主办者发了贺信，也希望好作品不断涌现。

贺老说他现在老了，真的写不动了。话锋一转，忽然就瞪圆

归来兮

眼睛夸我，说你这个人其实是了不起的啊，一个是你，还有一个是久辛，你们两个没有经历过长征，却把长征写出了那样的味道，了不得啊！

我赶紧说哪里哪里，我们都是读贺老的诗、抄贺老的诗、背贺老的诗长大的。

贺老说你们这些年轻人啊，了不得。贺老关于年龄的这一表述我可爱听，我这把岁数了，眼下就爱听"年轻"这个词儿，"十"听不厌。

因为爱听年轻这词儿，于是我趁势把到北京之前在甘肃一路跑了武威、定西、天水参观扶贫项目的情况逐次汇报了，贺老听得仔细，连说现在乡村扶贫是大事，这些惠及农民的事情应该做好，文艺工作者也应该有所作为。

聊天告一段落的时候，贺老就开始赠书。书是早已准备好了的，保姆应声而出，立马就取来满满一口袋，一套《贺敬之文集》，还有两位评论家写的关于贺老的评传。赠书合影，自是必不可少的环节。于是我跟贺老就肩并肩靠拢在一起了，还双手一起扶着书。这过程中，手跟手的触碰就在所难免了，但当时两个人也都没有留意到这一点。

告辞的时候，自然想到要握手，但又闪电般地意识到目前不能握手，应该像进屋之时那样互相拱手，但又同时闪电般地想起，刚才赠书时手跟手不都早碰在一起了吗？

于是哈哈大笑中，我终于正式握上了贺老的手，甚至还故意在他的手背上搓了五六下。贺老看着我故意搓手，不停地呵呵笑。显然，他也感到了有趣。

"几回回梦里回延安，双手搂定宝塔山。"贺老的这双手，可是当年握过延安宝塔山的手啊！

好像是我们联合起来，共同打败了新冠肺炎的威胁。也有可能是相反，是我无视了当前应该重视的规则。谁知道呢，世界上有些事情就是不太说得清。

保姆在旁也笑，后来就代表贺老将我送出门外。记得前年，贺老最后也是坐在沙发上没有起身的，只是看着我走出房门。而在更前一年的时候，他是站起来一直送我到电梯口的，只是略见怆然地对我说，亚洲啊，医生是不让我再走出北京城的啦。

但愿贺老健康长寿！

逢场作戏的语言

余 华

　　"逢场作戏"原来的意思是指旧时代中国走江湖的艺人遇到合适的场合就会表演，现在这个成语被出轨的中国男人广泛使用，向自己的妻子或者女朋友解释："我对她只是逢场作戏，对你才是爱。"这也是危机公关。我在此引用这个成语时删除了第二个意思，保留第一个意思。就如什么样的江湖艺人寻找什么样的表演场合，什么样的叙述也在寻找什么样的语言。

　　在我三十七年的写作生涯里，曾经几次描写过月光下的道路。1991 年我写下中篇小说《夏季台风》，这是 1976 年唐山大地震之后，一个南方小镇上的人们对于地震即将来临的恐惧的故事。开篇描写了一个少年回想父亲去世时的夜晚："在那个月光挥舞的夜晚，他的脚步声在一条名叫河水的街道上回荡了很久，那时候有一支夜晚的长箫正在吹奏，伤心之声四处流浪。""月光挥舞"暗示了他内心的茫然，虽然有长箫吹奏出来的伤心之声，但是情感仍然被压抑住了,因为少年不是正在经历父亲去世的情景,而是正在回想。

　　一年以后,也就是 1992 年,我在写作《活着》的时候,写到福贵把死去的儿子有庆埋在村西的一棵树下,他不敢告诉瘫痪在床的妻子家珍,他骗家珍说儿子上课时突然昏倒,送到医院去了。家珍知道后,他背上她来到村西儿子的坟前,看着她扑在儿子坟上哭泣,双手在坟上摸着,像是在抚摸儿子。福贵心如刀割,后悔自己不应该把儿子偷偷埋掉,让家珍连儿子最后一眼都没见着。《活着》的叙述是在福贵讲述自己的一生里前行的,福贵是一个只上过三年私塾的农民,叙述语言因此简洁朴素。有庆在县城上学,他早晨要割羊草,因为担心迟到,他每天跑着去城里的学校,家珍给他做的布鞋跑几次就破了,福贵骂他是在吃鞋。有庆此后都是把布鞋脱下来拿在手里,赤脚跑向城里的学校,每天的奔跑让有庆在学校运动会上拿了长跑冠军。当福贵把家珍背到身上,离开有庆的坟墓来到村口,家珍说有庆不会从这条路上跑来了。这时候我必须写出福贵看着那条月光下小路的感受,我找到了"盐"的意象,这是我能够找到的最准确的意象,因为盐对于农民是很熟悉的,还有盐和伤口的关系众所周知。与《夏季台风》里那个情感被压抑的句子不同,这里需要情感释放出来的句子:"我看着那条弯曲着通向城里的小路,听不到我儿子赤脚跑来的声音,月光照在路上,像是撒满了盐。"

　　逢场作戏的语言在文学作品的翻译中也是需要的。去年 6 月我在葡萄牙的时候，见到一位在里斯本大学学习翻译专业的中国留学生，她因为自己的博士论文需要，翻译了我作品中的部分内容，其中有一句是"文革"时期的口号："宁要社会主义的草，不要资本主义的苗。"意思是宁愿挨饿也要政治正确，但是她的葡萄牙男朋友看不懂，对于葡萄牙人来说草和苗没有太大区别，为此她去寻找了葡萄牙文版里的译文，我的葡萄牙译者迪亚哥是这样翻译的："宁要社会主义的草，不要资本主义的花。"把"苗"翻译成"花"，葡萄牙读者立刻明白了。显然，迪亚哥找到了在葡萄牙表演中国戏的合适场合。

两全其美

刘荒田

人生在世，谁不想在任何境况中，都活得下去呢？古时圣贤给士人开的方子是：达则兼济天下，穷则独善其身。粗看是进退裕如，但细想，这两条未必能够涵盖一生，因为达与穷，是两个"既成之局"，前如金榜题名时，后如饥来驱我去。但一辈子的多数时间在进行中，不是向上爬，就是往下跌，都未必顾得上把修治齐平放在恰当地位。所以，谈不上全程的两全其美。

然而，"蚂蚁进磨盘，条条是路"的状态，谁不向往？聪明人终其一生，就是为此而孜孜汲汲的。且看这方面，现实社会中谁能做得较为漂亮？想来想去，真不容易找。零和格局中追求双赢，就是古人嘲笑的"又要马儿好，又要马儿不吃草"。

普通人的日常生活，该怎么设置"两全"呢？某作家有一妙文，写的是她的丈夫。老汉赋闲后第一件大事是与朋友们出海钓鱼。为此，置办大船，为拖大船下水，换上大车。为了掌握天气，买了专报气象的高级收音机。天气好，当然呼朋引类，给马达加油，买鱼饵，备午餐，忙个不亦乐乎。雨天或风太大呢？老汉去跳蚤市场买了一台二手割草机。一连几天，一脸油迹，顾不上吃饭，终于修好。这时才发现院子里无草可割。于是购买大量草种，撒遍院子。从此，晴天垂钓湖上，雨天滋润草地，无不正中下怀。这位兴头十足的老人，拥有哥伦比亚大学化学博士学位，在专长无由发挥的晚年，以智慧开启了两全其美的新人生。乍看钓鱼也好，种草也好，都是出于兴趣，但无一不和理性契合。

中国民间有一传说，也和天气有关。说的是：丈母娘有两个女婿，一个卖伞，一个卖煎饼。头一个的商机在雨天；后一个呢，天气不好，客人少出门。这么一来，丈母娘有的是烦恼。晴天担忧伞的销路，雨天又为煎饼卖不掉发愁。世间类似的事不少，譬如，一个人左右逢源，另一个进退两难。

如此说来，如果有自主权，最好做"两得其所"的生涯规划。比如，择业上，兼擅最好，有主有从，有动有静，有脑力有体力。休闲上，无论独处还是群聚，户外还是室内，都有消遣。交往上，有清夜深谈的知己，也有联袂远游的伙伴。广东人有一嫌粗野的活法"撒尿兼捉虱"，道的就是类似的门道，但偏于"一举两得"，这里强调的是两举一得——以不同途径获得一样的结果——心境的快乐，生活的均衡。

话说回来，就好比现在称赞某案牍劳形的会计师走出办公室以后，在健身房当教练，林语堂《二十四件快乐小事》一文中，一种"不亦快哉"是这样的：黄昏，工作完毕，吃了饭，又吃了西瓜，独坐阳台乘凉，口衔烟斗，若吃烟，若不吃烟。江风中看风景，若有所思，若无所思。

原来，两全其美，可纯然由"感觉"制造。烟斗叼着，吸不吸烟，却随心所欲。同理，面对山川胜景，"思"与"不思"，悉听尊便。明乎此，在自身身体与心灵均有起码的自控可能的前提下，自我设计和实践都可以逐步达致两全其美，从而增加科学性和合理性。

我的祝贺

巴金

几天来，《朝花》的几位编辑来看望，《朝花》到今年四月就三千期了，《朝花》创刊时，我写过几句话。

《朝花》是在一九五六年创刊的，我说过"杂"一的笔名称了《朝花杂谈》之类的小杂文，其中一题为《有啥吃啥》，引起了麻烦。

张春桥曾经对我"片面"来一个"全面"，我想，我与其免不了会"片面"，文

化大革命的时候，这些小"杂谈"也受到了批判。它又变成了，我这些认识什么用过去那样的，现在的想法。

我想，我还在《朝花》上发过一篇《我的老师》。正是记忆力减退的年龄，一些记忆模糊的，可以就去寻回来。怎么办呢？因此，我想，我在最容易总结经验的。对于朝花，我想，只是希望它越办越好，很越办越多的读者。

一九八六年三月

《朝花》3000

《朝花》今天满了三千期，这个数字表明它它历经了风雨的岁月，同是引月息凝，凝经时间的长期检验，得到了读者的批准，可以算得是人间一第，值得举措称庆了。

人寿与

柯灵

关于年龄，简惯有多种说法。"九十不锈老，八十多来兮，七十不稀奇，六十小弟弟。"这是对新社会的

岁月书

小寿三千

韩天衡篆刻

蝶恋花

张是田畴笔点墨，
功底心血有机械，
音润有韵锦裁就，
芳草无垠添新绿，
风情绝尽，团圆就，
温故知新多少灯浪金，
恩恩切切灯盏紧，
一莹花绽添春锦。

《朝花》初创时期

宋军

礼赞篇

郑连梅

三千的数字是很大的，释
宝有"三千大千世界"之说，
添不在你你的乱牵牛字，在三
千多字，寒网门厢，为士林传
诵。朝花已历经三千期，这也谈何容易，总值得礼赞的。

真缅路往事

林淇

十五、谢百器夜访

1986年

本刊以图片为的摄影新作品一百幅

1979，假如没有那年春节

张 翎

　　童年时关于每一个春节的记忆都是清晰的，因为记忆的仓储量还很宽裕，而春节的数目尚寥寥无几，盘点起来总是容易。到了今天，经历了太多的年头岁尾，春节就成了一张张面目模糊的脸，相互交替融汇，甚至错位，很难再把它们一一单独剥离。但总会有那么几个春节，从冗长臃杂的队列中跳跃而出，鲜活地呼唤着记忆的光临。

　　1979年的春节就是其中的一个。这一年春节期间，我的生活中发生了几件至关紧要的事情。

　　第一件是我路遇了一位久未谋面的学姐。她是我中学时的学姐，高我一级，那年她已考上大学，趁寒假回乡过春节，而我当时还在温州西郊一家小工厂里做车床操作工。我盯着她胸前那枚浙江大学校徽，眼神里流露出叫路边的树木都感觉难堪的羡慕。一年多前，我参加了恢复高考后的第一次考试，但因政审而落榜。

岁月书

我已灰心，没有勇气经受新一轮的期盼和失落。那时的温州城很小，消息传得很快，那位学姐大概已听说了我的境遇。她热切地拉住我的手，说："那是因为你考得还不够好。假如你的成绩足够出众，成为一个事件，他们就得慎重，不敢轻易把你刷落。"

多年后我回想起来，才意识到这是一句多么睿智的话。她是上天送到我路途中的天使，她一句随意的话改写了我整个人生。

那时已是旧历年底，街上弥漫着各样的烟火之气，家家屋檐下挂着腊肉和鱼鲞，等待着一年里的最后几个晴天把它们晒成年夜饭饭桌上的珍品。年货店前排着长长的队伍，人人手里都有几张捏出了水的计划供应券。

在路上我做了一个决定。

第二天上班后，我径直走进二楼的领导办公室，提出了停薪留职复习高考的要求。在那个年代，"停薪留职"几乎是个爆破性用语。领导惊讶地望着我，"你还考啊？"我 1977 年高考落榜在厂里是众所周知的事。我说"还考"。她提醒我假若没能考上大学，再回来就不能回到金工车间了——那是人人垂涎的技术工种。我点头，那一刻有些壮士断臂的决绝和悲凉。走出门来，我听见有人在我身后轻声议论："最好考个复旦大学回来给我们瞅瞅。"我听不出来这到底是祝福，还是嘲讽。

那段时间又发生了一件重大的事情：居住在新加坡的大姑妈回乡探亲了。大姑妈 1948 年离开大陆，当时只以为是一趟至多几个月的旅行婚礼，谁也没想到一次寻常的分别会持续 31 年。

离去尚青春，归来已白头。我的爷爷奶奶即大姑妈的父亲母亲皆已去世，大姑妈与久别的同胞手足们团聚，谈起几十年里发生的种种，众人皆唏嘘不已。

　　大姑妈的到来，对于1979年的温州街市来说，是一桩可以用"轰动"来描述的事件。父母借了楼上一家邻居的房子，供大姑妈姑父住下。刚刚订婚的嫂子，提前分担了婆家的琐碎日常，天天到家里帮着父母烧火做饭。那一段日子是忙乱和捉襟见肘的，目标很明确，就是用计划供应的柴米油盐副食品，变出饭桌上尽可能丰盛的三餐。每天家里都挤满了前来探望的亲人、朋友和邻居，妈妈每顿饭都逼我把自学的那几句烂英文搬出来和姑妈姑父切磋，我恨不得墙上有缝、地上有洞。

　　姑妈在家里居住，最大的难处还不是一日三餐，而是如厕和沐浴。在没有厨卫设施的旧民居里，姑妈没法每日洗澡，妈妈便嘱咐我隔几天带她去一趟公共澡堂。在那个以灰蓝为主色调的街面上，我带着烫着一头卷发、已经明显发福、却依旧身穿红花丝绸棉袄的姑妈走在通往澡堂的路上，排年货的队伍开始骚动，还有顽童跟在我们身后。

　　姑妈耐心地排在等候洗澡的队列之中，忍受着澡堂里滑腻的地板、隔间门口存留着无数人的皂液和手印的塑料帘子，还有那些紧盯在她身上的好奇目光，安静地洗澡，安静地离开，对围绕着她的所有议论置若罔闻。5年之后，当我成了煤炭部设计院的一名英文翻译，随一个代表团第一次走出国门，目睹了国外完善

齐全的卫生设施之后，我才真正理解了 1979 年姑妈选择住在我
们家里，是出于怎样的歉意和爱心——为她没能和我们一起渡过
的难关，为那些年里错过的亲情。

姑妈只待了一个星期就走了，但姑妈在我们生活中留下的痕
迹却是久远的。姑妈把自己子女穿小了的衣物留给了温州的亲戚
们，每一件穿在身上，都会引起一阵惊叹。给我留下最深印象的，
是一件粉红色的紧身尼龙弹力短袖衫，和一条深红色的由八瓣布
料剪裁而成的 A 形裙子。这一套衣裙我后来穿了很多年，即使
在以时尚著称的大上海，依旧很有台型。

姑妈留给我们最显赫的一件礼物，是一台 19 英寸的松下彩
色电视机。在 1979 年的温州，这台彩电带给街坊的震撼，不亚
于在街头遭遇一只复活的恐龙。每天天刚擦黑，我们家里就已坐
满了邻居，每一张凳子，每一寸床沿，都派上了用场。一个十几
平方米的房间，能坐得下多少人呢？挤不进去的人（通常是稍远
的街坊孩子）并不沮丧，他们跳上我家的窗台，在正月的寒风里，
津津有味地观看被墙壁削去了一半声音的模糊画面。我至今记着
我家窗玻璃上那一个个压得扁平雪白的鼻子，它们哈出来的热气
足以匹敌一台蒸汽机。

依现在的标准来衡量，当时的电视节目是贫瘠的。轰动一时
的日本电视连续剧《血疑》《排球女将》和美国科幻电视剧《大
西洋底来的人》都还是后面几年的事，国产电视剧《蹉跎岁月》
《虾球传》也还在酝酿之中。在 1979 年的电视节目编排里，新

闻和戏曲占了很大比例，除此之外还有一些重放的老电影，如《冰山上的来客》《孙悟空三打白骨精》。尽管如此，声音和画面在那个精神食粮匮乏的年代里，本身就是无可抵御的诱惑。

那个春节，对我来说是一场耗尽心神的战争。

我一个人坐在兼作吃饭间的外屋，在一盏昏黄的电灯下，伏在桌上复习功课。心想静，耳朵不让。我的耳膜是一张黏度极高的胶纸，粘住了从里屋漏出来的每一片精彩。歌声、音乐声、对白、议论、笑声……诱惑三千，而我只是孤军一人。以我区区一身，抵挡三千精兵，我就这样度过了一个又一个寒夜。

今天回想起来，关于那一个春节的琐碎细节我都不记得了。我想不起来那一年我到底得了一套什么样的新衣、除夕的饭桌上有哪几位宾客，也不记得妈妈到底有没有克扣我的压岁钱——在我的家乡，尚未婚嫁的人无论是否已经成年，都依旧会得到长辈们的压岁钱。我唯一记得的是和电视那个妖魔永无止境的对峙和交战，那个春节把我变成了堂·吉诃德。

我错过了一整个假期的精彩，但我背熟了一张中国地图，记住了治理黄河的几种复杂方案，知道了世界古代史和近代史的分界点、鸦片战争的历史背景，了解了新民主主义革命的局限性，背下了《捕蛇者说》《愚公移山》《滕王阁序》，还反复练习把一篇篇几千字的散文或者新闻特写缩写成20个字的电报文。在那些耗尽脑汁的重复劳动间隙里，我去爬山。爬山的目的既不是为锻炼身体，也不是为了观景，而仅仅是为了在山顶无人之处放声朗读英文。30 年后，我才知道这种学习方法有个拉风的名字叫"疯狂英语"。

1979 年夏天，我考上了复旦大学外文系——借那位工友的吉言。

假如一生只能记得一个春节，我会记住 1979 年的。我不能想象假如日历上缺失了那个年份，我的生活会拐入一条什么样的路。每想至此，我都会禁不住打一个寒战。

冉的哀悼

梁晓声

　　或者我们也可以说，冉是一名兼职的但同时又特别专业的哀悼者。

　　冉是农家女。她的家离她所生活的这座地级市三百多里。如今，中国的铁路和公路四通八达，她回农村探望父母已成经常之事。而且，她父母的身体一向很健康。

　　印在冉身份证上的这座地级市，是长三角经济较发达的城市之一。虽属三级城市，但仅市区也有一百五十万人口了。它是一座美丽的城市，河流穿城而过，两侧的步行街绿荫成行，近年还增添了多组雕塑。凡到过这座城市的外地人，都对它的宜居和环境整洁印象深刻，也都能感觉到该市人较高的幸福指数。

　　1982年出生的陶冉，每每自诩同代人中的"大姐大"。她有中文系研究生学历，本科和研究生岁月是在北京同一所大学度过的。毕业时她打消了留在首都的心念，自忖那并非明智的决定，一竿子插到底，回归至离父母最近的该市。她很幸运，虽无"后门"，却一举考上了公务员，分配到市政府老干部管理局。地级市的局是处级单位，当时有一位局长和一名女办事员，算上她共三人。她是研究生，一参加工作便是副科级。有干部级别，不带长。一年后这个局被取消，改为老干部管理中心。又一年后，中心主任也就是曾经的局长调走了，她当上了代理主任。不久，女办事员退休，"中心"只剩她一个人独当一面了。该市虽是地级市，但当年留下来的南下干部较多，有的人革命资历不浅。独当一面够忙的，她却很乐于为他们离退休后的生活服务，并无怨言。那时他们都叫她小陶，而她近水楼台先得月，利用他们的影响力，将丈夫调到国企了，将女儿送入重点托儿所了，贷款买到了价格优惠的住房。连她和丈夫的婚姻，也是他们中的一位做的月下老人。那时他们帮她帮得都很主动，也很高兴。因为她等于是他们和组织之间的联络员，不仅仅是服务员。而她，由于受到他们的关照，为他们服务也更加热忱和周到，她是个知恩图报的人。过了两年，终于又调入了一名大学生办事员，她的职务的"代"字取消，熬成了正式的主任，并且，入党了。相应的，由副科级而正科级了。

似乎就是从那时起，他们都不再叫她小陶，皆改口叫她"小冉"了。是一位患了帕金森综合征的老同志先那么叫的，逐渐的，都那么叫她了。他们的解释是——冉嘛，令人联想到旭日初升，预示着她进步的空间还很大，是对她更好的称谓。

对他们在此点上的集体的善意，她欣然接受。不知不觉地，她听他们叫自己"小冉"听顺耳了，仿佛自己不是姓陶，而是姓冉。

他们和她的关系，也发生了微妙的变化。以前她是小陶时，他们仅仅视她为服务员、联络员。离退休后，与组织的关系一年比一年淡化，需要联络的事越来越少，随着岁数的增加，这种病那种病多了。所以，对服务的希望也就是对关怀的希望，遂成他们对她的主要寄托。特别是，对离退休干部实行老人老办法、新人新办法后，有些曾经是这个长、那个长的人的工资和医药费由社保机构代发和报销了，这使他们一时难以适应，也很失落，牢骚、怪话甚至不悦情绪，每每针对性地指向她的服务方面。

她成为正式的主任后，他们明显有几分哈着她了。毕竟，她成为代表组织"管理"他们的最大的干部了。别的姑且不论，惹她不高兴了，一年少探望自己几次，那份儿形同被组织冷落的感受，就够自己郁闷的了。何况还有追悼会这码事呢！他们中有谁逝世了，不成文的规定是——除个别老革命外，市委市政府一般仅献花圈，领导们都不参加吊唁了。而对局以下干部的追悼会，原则上"中心"送花圈即可。这么一来，如果"中心"不但送花圈，冉还亲自参加某位普通干部的追悼会，对家属便意味着一种重视，对于死者也意味着一种哀荣了。总而言之，成为主任之后的"小冉"，对于他们及他们的亲人，俨然一位有光环似的人物了。

但是冉自己却没滋生什么优越感。她的人生已开始顺遂，无须再借用他们的影响力实现什么个人愿望了。"八项规定"颁布后，他们的影响力大打折扣。尽管如此，成为主任以后的冉，对他们的关怀和服务更主动、更上心了。在她眼中，他们也不过就是些需要自己代表体制多给予一些温暖的老人而已。尤其是在参加追悼会方面，不论级别高低，她几乎无一例外地亲自前往。她的想法是——既然没有明文规定限制我参加谁的追悼会，既然死者家属全都希望我参加他们亲人的追悼会，我陶冉为什么不去呢？除了能满足别人对我的这么一点点希望，我陶冉另外也给不了什么温暖啊。

近年，她参加追悼会的次数多了，几乎每年都参加一两次。有一年，参加了三次。

2017 年，她已经 35 岁了，仍是主任。

她对参加追悼会这件事的态度极其郑重，比应邀参加婚礼郑重多了。婚礼是可以推托的，也可以只随份子人不到场。但对于她所"管理"的人们的追悼会，她认为任何理由的推托都是对死者的不友善，也会使家属们徒增伤感。何况，参加追悼会本已成为自己的工作内容，每每还"被"体现为"重中之重"。不论自己平时对谁多么关怀，却居然并没亲自参加谁的追悼会，那么此前的关怀很可能就被死者家属所觉得的遗憾抵消了。

她为自己买了一套参加追悼会时才穿的"工作服"。即使追悼会是在冬季举行，她也要将"工作服"穿在棉衣里边，到了追悼现场再将棉衣脱掉。过程通常是这样——直系亲属站在逝者遗体一侧，首先由单位领导也就是她鞠躬默哀，与遗体告别，与亲属——握手，可以不说话，也可以说"节哀"——每次她都能将这一过程做得非常到位。那时她表情哀肃，举手投足，或行或止，都有那么一种宛如大领导的范儿。但她绝不是装的，也不是以什么理念要求自己那样，而是身临其境之后，自然而然地就那样了。对于自己所哀悼的每一位死者，她内心里真的会油然产生大的悲悯和哀伤。

相对于死，活着到底是好的——除非生不如死的活法。

参加了多次追悼会后，她对人生形成了一种只对丈夫说过的理解——人出生后由父母代领出生证明，死后由儿女代领死亡证明；对一个人最重要的证明，却都不是自己领取的。而所谓人生，成功也罢，精彩也罢，伟大也罢，或反过来，其实都只不过是两份证明之间的存在现象而已……

她丈夫立刻附和道："对对，所以咱俩要把小日子经营好，能及时行乐就该及时行乐！"

她却说："该及时行悲也得及时行悲。"

丈夫愣了愣，不高兴地说："你怎么又把话扯到你的工作上去了？我再次表明态度，对你每次都亲自参加追悼会，我就是反对！"

她说："我也就能给别人送那么一点儿温暖，临死的时候可以对自己说，我也对得起生命。"

"越说越不吉利！不爱听不爱听。你是主任，该派小李去的时候，为什么不派小李去？每次你都亲自去，主任不是白当了？"

小李是后来分到"中心"的办事员。

"正因为我是主任，我去才与小李去不一样嘛。再说小李有遗体恐惧症，我还没想出怎么锻炼她的好办法……"

夫妻俩一向和和睦睦的，却因为她似乎"喜欢"参加追悼会而经常闹别扭了。

立冬后的一天，在家里，冉又接到了一个希望她参加追悼会的电话———位曾经的副市长去世了，他妻子打来电话。

去世者也就六十多岁，早逝使亲人们多么悲痛，可想而知。逝者退休前因为连带工作责任受过处分，还降了半级。估计，其离世与不良情绪有关。市一级领导不会参加他的追悼会的，这是明摆着的事。

"小冉，你肯参加我老伴的追悼会不？"电话那端传来了哭声。

"阿姨，我肯定参加。追悼会有什么需要我协助的事，您只管吩咐。"冉不假思索地保证了。

"你就不能找个理由不参加吗？"她还低头看着手机发呆呢，丈夫从旁表示不满了。

"可我确实没什么理由不参加呀。"她抬头望着丈夫，一脸沉思。

"你这么不讲工作策略是会犯错误的！"丈夫恼火了。

"人家丈夫不幸早逝了，我跟人家讲什么策略呀？又能犯什么错误呢？哪儿跟哪儿呀？"冉也大为不悦了。

追悼会前一天早上，她接到了母亲的电话——母亲告诉她，她父亲由于急性心脏病住院了，盼望她早点儿赶回去。

丈夫说："正好，这是个充分的理由，你不要去参加追悼会了！"

她说："可我已经保证了呀。"

"你怎么还这么死心眼啊！你立刻买车票回去，我替你参加行不？"丈夫急了。

"你立刻请假，先替我回去行不？"

冉的话说出了恳求的意味。

第二天，冉将儿子送到公婆家，一参加完追悼会，直奔火车站。

当她坐在列车上时，丈夫给她发了一条短信——冉你要坚强，咱爸走了……

她顿时泪如泉涌，片刻失声痛哭——车厢里斯时肃静异常，使她的哭声听来像是经过效果处理的录音。

在农村，在她父亲的丧事上，出现了不少城里人，有的分明还是夫妇。而那些男人，看去皆有几分干部模样……

山口百惠的《命运》，我的命运

林少华

　　看这标题，不少人怕要吃一惊吧？怎么，林老师跟山口百惠套上近乎了？

　　日前，河南一家出版社忽然来电，要我帮忙校对山口百惠新书《时间的花束》的译稿。山口百惠是日本 20 世纪 80 年代红得不能再红的明星，多年前写过回忆录《苍茫时分》，这回写的是《时间的花束》——由时分而时间，续集？但我很快失望了。《时间的花束》讲的是拼布。拼布？电话中听了几遍才勉强听明白：拼布，就是把很多零碎布拼在一起，接在一起，缝在一起。手工艺，针线活儿。我倒是也"拼"，拼字，拿着笔在稿纸上把一个个字拼在一起。但拼字和拼布不是一回事儿。然而两天过后，我还是答应下来了。这是因为，无论山口百惠还是针线活儿，其实都跟我有关，相当有关。

　　先说山口百惠。恕我动辄显摆，作为翻译匠，我不仅翻译过村上春树，还翻译过山口百惠，翻译过她主演的日本电视连续剧《命运》。36 年前译的，1984 年。那时我在广州的暨南大学当日语老师。教研室有一位名叫禹昌夏的年长同事，他翻译了日本电视连续剧《排球女将》《血疑》，后向广东电视台推荐我接手翻译《血疑》的姐妹篇《命运》——在《命运》中我"遇见"了山口百惠。荧屏上的她年方 18，真是漂亮。尤其露出两颗小虎牙淡淡暖暖地一笑，就好像所有女生都对着我笑，甚至整个校园都在向我眉开眼笑。借用村上春树的说法："就好像厚厚的云层裂开了，一线阳光从那里流溢下来，把大地特选的空间照得一片灿烂。"

《命运》共 28 集，每集 45 分钟。我译，广东话剧院配音。边译边配，每星期必须译出一集。电视剧翻译和小说翻译不同。一是要考虑对口形，至少每句话开头一个音、结尾一个音是张口还是闭口要对上；二是要对时长。举个例子，日语**ほんとうにありがとうございました**，如果只译为"多谢"，那么时间长度就对不上了——"多谢"音落无声了而演员嘴唇仍在动，观众看了势必诧异。因此，译起来格外费斟酌。有时取稿的人来了，我的笔仍在动。这么着，去电视台看原版片时，山口百惠那略微上翘一开一合的红润嘴唇和偶尔闪露的小虎牙，就分外执着地烙在了我的眼帘。我比山口百惠大几岁，同是"50 后"。她正值妙龄，我呢，仍带着一小截青春尾巴——可能也是因为这点，翻译当中眼前总是一闪一闪晃动着山口百惠急匆匆的嘴唇和白晶晶的虎牙，使得所住一楼窗外灰头土脸的马尾松也好像挂了"满天星"圣诞彩灯一样闪闪烁烁。回想之下，那真是一段奇妙的岁月——一个中国男人眼前总是出现那个异国少女美丽姣好的脸庞，尤其是脸庞下端的特定部位。

必须承认，与山口百惠的相遇给我带来了人生转机——她主演的《命运》在一定程度上改变了我的命运。

首先是翻译上的。《命运》是我第一部够规模有影响的译作。是的，说狂妄也罢，当时我就对自己的中文、日文水平充满自信，加上正左顾右盼急切地寻找人生"围城"的突围方向，很想通过课余翻译尝试突围的可能。那之前倒也发表了若干短篇和散文译作，但没什么影响力。而翻译的《命运》播出之后，别人告诉我，就连轻易不夸人的暨大中文系主任饶芃子教授（饶宗颐本家）都夸说译得好（后来她曾要我跟她读博）。从此翻译稿约可谓源源不断，不必自己栖栖惶惶、战战兢兢敲门自荐了。可以说是一炮打响，破城突围。

其次是经济上的。那时我研究生毕业当老师才两年时间，每月工资好像不是71元9角就是79元1角。自己的小家成立不久，乡下老家有贫穷的父母和一大堆弟弟、妹妹。自己身上的衣服大多是在学校后门地摊上挑便宜的买的——穿地摊衣服站在讲台上给花枝招展的港澳侨生上课，师道尊严想不打折扣也难。至于家里的电器，除了几个傻里傻气的电灯泡，就是一台呆头呆脑的电风扇。28集电视连续剧，每集稿酬50元，总共1400元。用一半买了电冰箱，用另一半再添若干买了电视机。记得《命运》刚播出的时候，家里还没电视机，只好跑去一位同事家里看——作为初出茅庐的译者，我是多么想确认自己笔下的语句从山口百惠嘴里说出的那一特殊时刻啊！如此看了几集之后，终于有了自己的电视机，可以心安理得歪在家里看了，着实觉得幸福得不得了。也就是说，山口百惠让我脱贫了，一举脱贫！

第三是名声上的。广东电视台 1985 年播出后，《命运》陆续在全国播出。我老家所在的吉林省也播出了。20 世纪 80 年代中期，农村有电视的人家少而又少，我老家那里好像只有生产大队（村部）有一台，放在兼作小学操场的院子里。好在是夏天，晚饭后村民们像看电影似的从四面八方赶去那里看《命运》。很少凑热闹的母亲也场场都去，跑二里路也去（后来她对我说"再忙也去！"）。祖父也去。当荧屏上单独出现"译者林少华"五个字的时候，念过三年私塾的祖父一次兴奋得大声喊道："看，林少华，那可是我大孙子！我大孙子！"你别说，起初乡亲们真有人不大相信那就是曾经和他们一起铲地、割草的林家大小子，而以为是和我重名的哪个人。这就是说，山口百惠让我一译成名！而成名最让我欣慰的，是我的祖父、我的母亲因此感到脸上有光。

一炮打响、一举脱贫、一译成名，这都是我和山口百惠"相遇"的结果。前面说了，当时荧屏上的她才 18 岁，荧屏外的我 30 刚出头。没想到 36 年后又"相遇"了，在《时间的花束》这本以彩图为主的书中。她年届花甲，我渐近古稀，真正的人生

"苍茫时分"。偶然？巧合？命运？

平心而论，书中 60 岁的山口百惠看上去远远不到 60 岁，当然也远远不复十八模样。她不再演剧，不再唱歌，而是做拼布，做针线活儿。那么，下面就顺便说几句针线活儿。是的，针线活儿也和我有关。

其实不仅和我有关，而且和年纪大些的每一个人都有关，甚至和我们整个民族密切相关。不妨断言，对于我们这个古老的农耕民族来说，历史上最重要的不外乎两件事：犁锄耕种和针线缝织。前者生产粮食以果腹，后者纺衣制衣以蔽体。庶几不致挨饿受冻，延续后代。做针线活儿的当然是女性：母亲、妻子。喏，"慈母手中线，游子身上衣。临行密密缝，意恐迟迟归"（唐·孟郊），写的是母亲，是对慈母的感恩；"空床卧听南窗雨，谁复挑灯夜补衣"（宋·贺铸），写的是妻子，是对亡妻的怀念；"向来多少泪，都染手缝衣"（清·彭桂），写的当是所有女性，是对其辛劳的刻骨铭心。针是那么小，线是那么细，而在女性、在母亲妻子手中却系着整个民族的冷暖。

我是穿着母亲针线缝的衣服长大的，直到上初中。不光是汗衫、外褂、裤衩、长裤，还有鞋。被褥就更不用说了。父亲在百里开外的公社（乡）工作，加上交通不便，一两个月才回一次家。平时只母亲带我们六个小孩儿生活。山村，冬夜，茅屋，土炕。雪打寒窗，残灯如豆。我们钻进被窝了，母亲一个人孤单单坐着，一针一线忙个不停。最辛苦的是做鞋时用细麻绳纳鞋底。先用锥子在硬邦邦的鞋底——用无数零碎片块儿拼起来粘好晾干又一层层粘在一起的鞋底上钻洞，再把针穿进洞拽出细麻绳。拽绳要用力气，发出咔哧、咔哧单调的声响。一双脚，一双鞋；六双脚，六双鞋。这要钻多少个洞，要拽多少次绳啊！母亲身体瘦弱，还常咳嗽。一阵咳嗽上来，几乎咳得喘不过气，母亲往往把头伏在手中的针线和鞋上，一声声干咳不止，身体缩成一团，单薄的棉衣上支起的双肩急剧地上下起伏不止——母亲那样的身影、那样的咳嗽声，是我童年、少年十几年里最揪心的痛……

命运？我不敢再往下想了，赶紧打住。

最后，我要感谢山口百惠，感谢 36 年前的"相遇"，感谢 36 年后的"重逢"。

母亲大人的亲笔信

秦文君

　　我十四五岁时有些叛逆，不喜欢父母的唠叨和种种教导，和母亲说话也说不到一起。1971 年，我被分配到离上海 3300 公里之遥的黑龙江大兴安岭上山下乡。一共 8 年的知青生涯，前 3 年很是暗淡，住的帐篷四面透风，最冷的季节，帐篷里的温度低至零下三十多摄氏度，所做的工作是冬天伐木，夏天养路。历经孤独、饥饿、寒冷、疾病、火灾、人间冷暖，支撑我的有信念、友情，有从书籍里获得的天然的乐观，更大一部分来自亲情，特别是母亲给予我的情感支持。

　　在我人生最迷茫、无助的阶段，母亲给我写来很多亲笔信。说实在的，起初收到母亲来信，以为只是励志。没想到，她的来信和平时说话的口吻不同，我读的时候，感觉是在读一份家庭小报。母亲写的只是日常琐事，舒缓，不急躁，家庭里发生的事，事无巨细都要说一说：买到好看的挂历了；阿姨会用缝纫机自制收音机套了；北方的姑姑家寄来一筐自家果园种的苹果……那些切实温暖的快乐，让颠沛流离中的我，看到来自平安、牢固大后方的牵挂，每次看得思乡心切的我泪眼模糊。

最初，我给母亲的回信很短，属于报平安的那种，带着少年的矜持和没心没肺，觉得没什么可写，不愿敞开来写。一次，母亲在信里流露了她的不如意。处在中年危机里的她，因所在的机关被拆并，不得已放弃她所热爱的档案工作，她懵了，无所适从，那是她第一次和我叙述内心烦恼，有意和我平起平坐。

我赶紧回信，一封信足足写下五页信纸，幼稚地论说乾坤大小。信寄出后，我天天盼她的回复。母亲在回信里说，她好多了，想通了，既然这一切变故是不能改变的，不如坦然接受，她开始把从前因投入工作而冷落的众多业余爱好拾起来，醉心于收集邮票、徽章、藏书票。

后来几年，母亲感觉到我的成长、稳定，我们母女之间的通信不再讲究仪式感，也无所谓书卷气了，而是不拘一格，吐露真情，话题益发松弛，变成闺蜜型的了。母亲会像小姑娘一样告诉我现在上海流行燕子领的两用衫。一次她在同事家聚餐，吃到花生肉丁，觉得美味，特意讨来了配方，寄了给我。还有几次在商店看到绣花枕头的图案好看，她心驰神往，买了两对，说以后给我做嫁妆。她也会告诉我同事之间出现问题了，想听听我那些最单纯、直接的处事方法。在那些信里，充溢着两代女性的忧思和纯粹的快乐，分享着独特的生命经验。她的每封信，我会看很多遍，视为真正的心灵财富。而每次我回上海探亲，和母亲的交谈则会有点仓促，好像达不到写信那奇妙的从容和真切。

给母亲回很多信，让我逐渐成了一个写信爱好者。后来我就用当地一种皱皱的、毛毛的、散发树木的芬芳的原浆土纸，给远方的母亲和亲友们写信。母亲的字是家族里最漂亮的，自成一体，舒展，每个字有好看的笔锋，我有意无意地朝她的字体模仿。渐渐的，周围人知道我"喜欢看书，蛮会写"，而且"字写得有笔锋"。正因为这个小起点，我幸运地被选拔去林区学校教书，慢慢地接近最钟爱的儿童文学事业。

过了很多年，我成为一个女孩的母亲。女儿萦袅渐自长大，发现她有烦恼、有伤心的时候，我也尝试给她写去一封封"妈妈大人的亲笔信"。

一次，萦袅参加学校的大型音乐会，在音乐会上她表演钢琴独奏。对于女孩，这是很大的事，她精心准备喜欢的曲目，穿上新的黑皮鞋，胸有成竹地上台表演。可是下舞台后她打电话告诉我说："大家都笑我，我想不通，凭什么嘲笑我呢？"

萦袅说一上舞台，听见掌声，她礼貌地给听众鞠一个躬，结果大家大笑起来，她不知所措，很是紧张，在台下练得好好的曲子，在台上演奏时弹错一个音，非常沮丧。

我正在外地学习，赶紧写信劝她放开眼量，她为这一场演奏精心准备，哪怕不完美，也大可心安，不要为弹错一个音而沮丧，更不要伤心。我相信她的审美，选的曲目优美，弹奏姿态优雅，并没有什么可笑的。至于别人为什么笑，不归你负责，过去了就过去。快乐要有一颗自信的心，对自己满意是最基本的。不然的话，不但无济于事，还会陷入不必要的自我折磨。

萦岌回复我，说打算飞快地忘记这些烦恼，笑就笑呗，以后再有音乐会，她会准备得更充分。又过了不久，萦岌含笑地告诉我，好多同学见了她，纷纷称赞她的曲子弹得好，流畅优美。有一个邻班的女生，见她一次就说一次"真好听呀"。她起初以为同学在安慰她，后来干脆和大家挑明了说，才得知称赞是真诚的，那次音乐会的笑声只是个无伤大雅的小插曲——那天她穿得特别正式，戴了领结，舞台的灯光集聚在她的领结上，领结显得特别耀眼。她鞠躬时，耀眼的领结呼扇了一下，把大家逗乐了。

还有很多我给她写的"母亲大人的信"，并非去外地时寄回来的，往往是我们一起在家的时候写成的。我会在书房里给她写一封信，写好之后，装进信封，直接"递"往隔壁她住的小房间。

萦岌十岁生日、十一岁生日、十四岁生日，她离开上海去美国留学的当天、她出版第一本书的当天，还有一些平常的风和日丽的日子，过年和过节，只要心里有话，感觉要诉说流畅的那部分，我这母亲大人都给她写一封亲笔信。我在信里和女儿探讨生活里怎么种花，怎样把完善自己和造福社会相结合，怎么回报善意、抵御恶行。怎么勇敢做自己，怎么学会宽容，有时写着写着，我感觉自己逐步在成长为一个亲切、睿智的母亲大人。

住在一个屋檐底下，彼此亲密，许多絮絮叨叨的话，坦率的

岁月书

心境，母女之间都当面说过，但我总感觉写信能娓娓地道出心灵中摇曳的小花和小草，*潺潺流水*，比谈话郑重多了，留下白纸黑字，可以给孩子随时读，哪怕有几个词、半点建议、一句话，成了她弥足珍贵的记忆，对她的成长有帮助，足矣。

在长大的过程中，孩子遇到过无数"成长的烦恼"，许多烦恼曾经像过不去的坎，需要爱、勇气来应对。我母亲在我年少困顿时，给我写信，让我感觉处在爱的金色世界里，那份动力让我在伤痛中"不治自愈"。对于萦枭，我的一些亲笔信意味着什么？她陆续写过文章——她已成长为成绩斐然的青年作家。她和我年少时的境遇大不一样，但有一点是相同的，母亲大人的爱转几个弯，最后也在她内心驻扎。

岁月和星辰的序列

毛 尖

大学时候，八个人一间宿舍，早上谁都起不来。但是欧洲文化课的老师喜欢点名，最后大家就决定，每次去两个人，分坐在教室最后排的两侧，在芸芸众生中浑水摸鱼一个人喊四次"到"。

一个秋天下来都没事。但我们的策略慢慢被周边宿舍仿效，终于，那个被我们称为"狮子"的老师有一天点完名，气急败坏地扔下点名册，冷笑一声："一百二十五个人，全勤！全勤，这个教室该坐满了！"大家互相看看，也觉得过分了，一半的位置空着，确实太欺负狮子。

好在狮子是个单身男子，课间休息的时候，被花枝招展的几个女孩一番抚慰，也就不了了之。但他还是坚持点名。

这样就把我们逼急了。我们决定给他写封情书，让他魂不守舍，让他对我们下不了狠手，再说了，不做无聊之事何以遣有涯之生。

岁月书

信是老大和班花轮流用左手写的，内容是集体创作，基调华丽但淑女，明快带抒情，为了明确对象，特意提了一下黑塞，因为这是狮子最近频繁在课堂上提及的作家。不过我现在回想，一个句子都想不起来，也实在没有一个字词发自肺腑。我们写得前仰后合，然后在熄灯时的刹那，呼啸着扔到了狮子住的第五宿舍。为了确保自己能收看到续集，我们留了十四宿舍这个地址，收信人是假名，从参与者的姓氏里，各取一个字母，拼成一个不人不艺的名字：黄沙无。意思也很实诚，倒过来读，就是吾撒谎。

隔天我们再见到狮子的时候，他焕然一新，从发型到皮鞋，自己把自己点石成金了。但让我们没有想到的是，他花更长的时间点名，最惨的是那些姓黄的同学，不仅点名的时候被细细看过，还被叫起来回答了问题。那两节课，我们都花了很大力气拼命忍住笑，中午还呼朋引伴地人人吃了大肉，一点没意识到自己进入了一场公共的迫害。

过了两天，我们等到了狮子的回信。信显眼地放在我们十四宿舍门卫，狮子的字漂亮好认，但我们做贼心虚，谁也不敢去拿，怕狮子在对面宿舍窗口观察着。最终还是集体作战，七八个人一起涌到宿管阿姨那，问阿姨买邮票，趁机就把信给取了。让我们略失望的是，狮子的信写得相当克制，似乎他也已洞穿黄沙无的诡计，但他还是热切地约了黄小姐周五晚上一起去学生活动中心跳舞。

反正本来周末大家也都在学生活动中心跳舞，我们全去了。

狮子也在。第一次看到狮子穿西装，几乎有点梁家辉的味道，他和我们一群人都跳了舞，每个人都被他问了同一个问题，喜欢《荒原狼》吗？我们都回答了他不喜欢，所以一直跳到最后一支《友谊地久天长》，狮子都没有锁定对象，他不停地在换舞伴，好像地下工作者没接上头似的。

后来我们再也没有给狮子回过信，但他慢慢有点偏离他自身的轨道。他有时候穿得非常绅士，有时候又非常愤青，偶尔他甚至忘了点名，一进教室就感叹世风日下，偶尔他也会用非常好听的男低音朗诵几句黑塞："丰富的世界仍触手可及 / 就躺在花园的宁静里 / 我曾经获得的一切恩赐 / 今天依然属于我 / 我待在那里迷迷瞪瞪 / 不敢迈动步子 / 以免这美好的时辰 / 随芳香一道消失。"而在我们残酷的青春期，我们既不觉得这事情有什么了不起，也没有勇气向他揭晓这个恶作剧。直到我们班主任有一次无意中和我们说起，狮子原来在老家有一个挺好的姑娘，不知怎么搞的，狮子悔婚，那姑娘想不开自杀，幸好没死成，但狮子被人家姑娘父母告到学校来了。

再后来就知道狮子出国，据说一直没结婚。当然，狮子结婚不结婚，包括他之前的悔婚，可能都跟我们的恶作剧没有一丁点关系，甚至，我们那封莫须有的情书，也不过是他生活中的一件小事，他生命中一定发生了许多我们根本不知道的事情。但是，当我们自己经历了岁月的真正伤害，经历了百转千回的谜团和心碎，当我们自己被一个眼光焐热随即又被茫茫雾霭欺负后，我们终于意识到，我们当年做的事情是多么愚蠢又多么冷酷。虽然我们也可以借口那时年轻那时幼稚那时贪玩，但犯下的一点点小错误，也可能在时间里变成黑色大树。只是那时，确实没想到。

　　不过，这些日子，当我们都因为疫情隔离在家，老同学在网上聊起，说起年轻时候悲痛欲绝的往事，现在都成了时间露珠。我们班花突然说了一句，也许，我们那封可怕的情书，也已经成了狮子的明月光？

　　也许吧，也许。毕竟，在岁月和星辰的序列里，痛苦总是排在欢乐前面。

漫长的告别，亦是相聚

明前茶

一

"与父母告别的功课，是人到中年最不愿深想，却又不得不面对的功课。"于辉说这话的时候，是两年前的中秋节，她的老父亲刚被诊断为肺癌晚期。她心里很乱，主治医生跟家属交代各种注意事项时，她只见医生的嘴在翕动，完全没听明白医生在说什么。她内心只有一个念头在轰响：我的父亲，多才多艺、永远是顶梁柱的父亲，居然要倒下了，这是多么荒诞的事情啊！

于父是南通一所大专院校中文系副教授，退休后回到乡间生活。他在老宅周围的隙地种花，用了十多年时光，将老宅改造成花园中的房子。在于辉姐弟的眼中，什么活计都难不倒父亲。他会好几种乐器；他的书法亦好，一到过年，全村的春联都归他书写；他还有一手好厨艺，于辉记得自己读博士的时候正在怀孕，那年端午节，父亲突然带着一个大背篓，出现在博士生宿舍，给于辉和室友们带来色香味俱全的硬菜：红烧鳝段、红烧蹄髈、十三香龙虾，还有一大包咸蛋黄肉粽。母亲说，全是父亲一手操办的，连咸鸭蛋也是他自己腌的。

父亲任何事一学就会，也是神奇。退休后，他迷上了视频拍摄和剪辑，将自己的乡居生活、所见所闻、花开花落都拍摄成小视频，配上音乐、配上字幕，传给远方的儿女们看。他一直是个无所不能的中年人的样子，所以，于辉虽然已经结婚生子、年届不惑，只要回到娘家，就感觉自己还是一个备受宠爱的少女。父亲会用自行车带着她去赶集，给她买山药蛋做的糖葫芦吃；父亲会观察卖风筝的艺人是怎样做软翅风筝的，将那些复杂的工序都记在心里，回家后，立刻去家中竹园，砍竹削篾，替女儿也做一个。他的理由是，于辉读到博士，看书看得颈椎都出了问题，抽空放放风筝，昂首向天，对改善颈椎问题大有好处。所以，只要回到娘家，于辉就能休养生息，从中年返回少年。父亲的健硕与能干，让她误以为这种生活是永恒的。

而今，命运突然在暗处发出裂帛之声。

二

于辉姐弟没有把病情的严重程度向父亲和盘托出，但父亲是何等聪明之人，于辉不相信能瞒过他。

表面上，父亲是豁达的，出院后，儿孙频繁地来探望，他依旧平静地带着小拖车，与母亲一早就出门买菜；他会写"秃头老于又回来了""落拓轻奢风，说的就是我这睡裤打扮"之类的行草，裱起来、张挂起来，来调侃自己的变化，得意于在病魔收拢爪尖的时候，自己依旧从容洒脱。但知父莫若女，于辉依旧会敏锐地捕捉到父亲的一点慌张。

他的药快吃完了，新买的药刚用加急快递发货，他为此焦虑了一天；他记不起专家的名字了，满脸是迷路小孩的不踏实；包饺子，他忘了放盐……他忽来的软弱与慌张，让人揪心。是的，若不是深受病情的打击，像父亲这样坚强的人，何至于看到紫薇花的颜色由浓转淡，就落下泪来？他也不至于看到女儿在朋友圈晒出往返老家的一百多张高铁票，就忐忑不安地问："闺女，都是我拖累了你，将来，回想起这段生活，除了劳苦，你会觉得一无所得吗？"

最后这句话提醒了于辉，她意识到，要令父亲感到安心，两代人都必须像扬去稻谷中的稗子一样，用力晃动自己的所思所想，扬去那些临近告别时分的惊慌、软弱与忧郁。她必须为每周回家探望父亲的漫漫长途，寻找新的意义。

她记起自己看过的电影《遗愿清单》，一位亿万富翁老头与一位黑人汽车修理工同样步入了生命的倒计时，他们是怎样完成生命中未了心愿的。

这个充满感伤与吸引力的命题，如今也来到了她的生活中。为了父亲的病，于辉的先生推掉了去北京进修的机会，弟弟关掉了他的麻辣烫店，一家人整整齐齐地围绕在父亲身边。如果仅仅是为了陪伴父亲度过最后的时光，仅仅是面对病魔的无奈与感伤，那么，家人的探望越是频密，家人的爱越是深厚与有求必应，父亲心上累积的负疚恐怕越是沉重。

　　她必须想办法，让父亲感受到自我的价值，从而平静安然地接受这些为了告别的相聚。

三

　　于辉想出的办法，是与父亲一同重读《唐诗三百首》。她的理由是，作为理工科博士，她如今专门与发电厂的管道材料打交道，文学方面的记忆已经磨灭得差不多了，她想补补课。父亲听闻自己还有这等余热可以发挥，欣然应允。他特意请人在庭院中搭了一座竹木小亭子，收了农家晒干的稻草来铺盖亭顶，在亭子里安设茶几一个，软凳三两只。天气好的时候，就与女儿在里面喝茶、品诗。

　　父亲通晓音律，有时，他还将唐诗《春江花月夜》配上曲调，吟唱出来。从"春江潮水连海平，海上明月共潮生"的开阔，到"江天一色无纤尘，皎皎空中孤月轮"的喜悦；从"不知江月待何人，但见长江送流水"的怅惘，到"此时相望不相闻，愿逐月华流照君"的深情……他吟唱时，于辉在一旁弹拨古琴。一曲毕，两人久久不言，沉浸在春江月夜的场景中，完全忘了尘世的种种无奈与苦痛……

　　从一年前的初秋开始，于辉每个周末，都会回家上一堂这样的"诗词课"。这使她想起美国作家米奇·阿尔博姆的《相约星期二》中,罹患渐冻症的大学教授莫利,将自己的生命当作活教材,与他的学生相约在每周二,讲述14堂"生死课"。于辉私下里期待,父女俩的课,可以上得长一点,更长一点。上完唐诗,还有宋词;上完宋词,还有元曲。

父亲偏爱沉郁顿挫、悲凉慷慨的杜诗。一谈起杜诗来,他忽然恢复了当年在讲台上的精神头,踱步来去,敲打案几,为于辉领悟的确切而激动,或者为于辉感受的浅近而焦急。他忘了自己还有多少时间,忘了一针自费药的价钱,忘了化疗时那翻江倒海的难受劲儿。他豁达地说,女儿,我竟然有机会重讲杜诗,我要感谢你,不知道为什么,讲起诗歌来,好像生老病死都不再那么可怕。老爸虽然没有老杜的才气,没有给你留下一首好诗,可将来,你会记起这个月夜,记得多少年前老爸是怎么跟你说到杜甫的诗,那一天你会忽然记起我来,我们就好像重逢了。

父亲终于不再为他的病如此拖累儿孙而满心歉疚了,他接受了于辉的说法:现在的人忙于生计,都聚少离多。但是老爸,你这一病,就让我们明白,人间最珍贵的是什么。既然短的是相聚,长的是分离,成年子女与父母之间,可以交心的相聚就更难得,应该对这种相聚心怀感恩。

又一个秋天到了,桂花香了,剃了光头的父亲还活着。在父亲的"吟诗亭"里,父女两人围绕古诗的漫谈还在继续。于辉意识到,亲情正是像桂花一样的物事,近嗅香味浅淡,而若你在月

岁月书

夜下远远行来，它却像风中的蜜糖一样丝丝流淌，它如此浓烈，给你安慰，让你意识到，生之幸福，爱之幸福，是告别也泯灭不了的。

缓慢地活着

薛 舒

　　父亲在医院里躺了5年。这5年间，我时刻做着父亲离我们而去的准备。譬如，未来的某一天，他走了，我需要做什么？给他准备哪些他喜欢的衣物？要不要通知他退休前的单位和他最铁的老哥们？请哪些亲朋好友来参加告别仪式？要为他写一篇怎样的悼词？还有，买天长园还是清逸静园的墓地……他还躺在病床上的时候，我就在想这些问题。有时想着想着，忽然心头一紧，自责不已。他的心跳还平稳，呼吸亦通顺，正常的新陈代谢表示他的生命还在持续，我却在思考如何面对父亲的死亡。这让我不禁怀疑，我一直自以为理性与务实的性格，其实是一种冷酷与无情。这种时候，我就会让自己的思维戛然而止，仿佛不去想"死亡"，死亡就不会发生。可是，依然会在不经意中一次次地想起那些"冷酷无情"的事，想到最后，总会归结到悼词。

　　是啊！倘若为父亲写悼词，我要怎么开始？我想到的第一句

岁月书

话是：他从来知道自己是一个平凡的人，所以，他一直想要做点不平凡的事，以企及他某些不曾被我们知道的理想，这让他的人生总是处于上下求索的紧张进取中……

可是，躺在医院病床上的父亲一直很好。虽然他早就失去了记忆，不会行动，不会说话，也不会认人，可消化功能似乎不错，吃喝拉撒规律有序，心脏也没坏，高血压、高血糖、高血脂这些老年人的普遍毛病，他一样都不占。他还很能吃，喂他饭菜或水果，他会张嘴、咀嚼、下咽……这是他最后5年里与我们互动的唯一方式。在汤匙碰到他的嘴唇时，他以张嘴来回应，直至最后一年，只要床头出现一个俯视的人影，他就会张开嘴巴，如嗷嗷待哺的幼雀。

他变成了一个婴儿。吃，是他屈指可数的生命特征中唯一的主动行为。

在刚开始出现失智症状时，他变得怯于外交，逃避人情往来、家政事务。他越来越怕麻烦，从我们家的发言人、责任人、一家之主，渐渐变成一个缺乏逻辑、缺乏担当的"自私"的人。而那时候，我们并不知道，阿尔茨海默病正一点点"蛀空"他的大脑，他已经无力面对一切需要脑力甚至智慧的生活。

他用了两年时间，从失智，发展到失能，最后，他住进了医院。我为他写了一本书，叫《远去的人》，这部13万字的长篇非虚构，记录了他的两年时光。在那两年中，他忘记了我们全家，忘了陪伴他大半辈子的老妻，忘了他的一双儿女，然后，忘了他自己。

后来，他躺在医院里的 5 年，我没有再去写他，因为，他停止在深度的失智与失能中，没有任何新的进展。一张病床，是他的全部生存空间。那又有什么好写的呢？他无法与我们交流，他只是维持着生命。那也不能叫生活，他只是缓慢地生存着，缓慢到我们看不见死神究竟离他有多远。

看不见死神，而我又确知，死神就在周围。于是，我总要猜测，某一天，死神忽然造访父亲，那时候我该怎么办？我需要做什么，才能尽到我作为女儿的职责？甚或，我要怎么做，才能倾注抑或表达我对父亲的爱？尽管，最后的一切都只是形式，可我总需要用一些形式告诉父亲抑或他的亲朋好友，他是一个得到了爱的人，这是他有限的人生最大的成就。

就这样，想了 5 年，他却一直在老年病房里井然有序地活着。他每天都能见到他的老妻，每个礼拜都能见到他的女儿，每隔一两个月，都能见到在外地工作回来看他的儿子。虽然他并不知道，站在他床头的那个人究竟是谁，但我们依然在看到他如同嗷嗷待哺的鸟雀一样张开嘴巴时笑他：就知道吃哦，爸爸，你是不是吃货？

这么开他玩笑的时候，我们总以为，他会一直如此，缓慢地活下去，活得一天比一天平凡，平凡到几乎没有存在感，平凡到我们渐渐忘了他年轻的时候也曾有过上下求索、紧张进取的生活。

2020 年 2 月中旬，新冠肺炎疫情最为严重的某一天午夜，死神，终于不期而来。这个总想着要逃避一切外交事务、人情往来的人，仿佛就是要挑一个无须应对那些烦琐事务的日子，然后，不需要抢救，不需要挣扎，让我们猝不及防地，离开。

　　他寂静地离开了。没有告别仪式，没有众多亲友为他送行。5 个至亲的人，在规定的时间内，匆匆送走了他。他消失在那道铁门内，我努力抑制着难以平复的哭泣，那么短，那么短的告别，他选择这样的时机离开，他让我哭都还没哭够，就消失了踪影。是的，我所有想好的，为他的离去所做的预想和准备，几乎全部无法实现，他甚至不给我为他写悼词的机会。

　　没有盛大的告别仪式，这让我并不觉得他果真已经不在了。至今，我依然会在周末的上午想着去超市买应季水果带去医院，或者，在淘宝上看到打折的尿垫和奶粉时想要为他下单囤货，那一瞬间，我会忘了他已经不在人间。他的确已经很久没有参与我们的生活，他用 5 年无声的时光让我们一直以为，他住在一家医院的老年病房，3 楼，36 床，靠窗。他像一个婴儿一样，在每一个人影俯视着他的时候适时张开嘴巴，等待着我们去喂他……他以这样的方式拒绝我为他写悼词，所以，我总是以为，他依然在缓慢地活着。

　　父亲节那天，看到很多人在为父亲写些什么，微信或微博，三五行字，有祝福，有怀念。我忽然想，我的父亲，他不肯让我为他写悼词，那我就写一写这个还在我心里缓慢地活着的人吧。他真是一个太过平凡的人了，平凡到我们不知道他是不是有过理想，可是我想，他应该对自己感到满意，因为，他是一个得到了爱的人。

故园的梦里，彻夜回响着游子的脚步声

苏沧桑

雨滴声在梦的边缘徘徊，步履迟缓，每一声"嗒"和"嗒"之间，隔了大约三秒。

细雨落在玉环岛上，停在结香花蕾淡绿的、绢状的、发亮的绒毛上，汇成一粒较大的雨滴，沿着低垂的、蛋黄色的花瓣尖，在金红色花蕊上短暂停留，最后与花蕊分离时，像离人们牵扯着不忍分开的指尖。被叫作"梦树"的结香树，静立在娘家小院比邻的极乐庵墙角，花蕾低垂，像一座座孤悬的、沉睡的岛。嗒嗒的雨滴声将墙角一只野猫的眼睛洗得发亮，并落入千里之外另一座岛上一个人的梦里。

岛上的母亲拿起手机，打给千里之外另一座岛上的二女儿。母亲的话音里夹杂着雨声，还夹杂着岛上正月里被新雨打湿的闷闷的鞭炮声。

母亲问，还在越南吗？元宵节回来吧，点间间亮、柳山粉糊……母亲说着话时，眼前浮现了自己母亲的脸——摇曳的烛光加深了她脸上的褶皱，一支支蜡烛被她一一点燃，所有的房间被她一一点亮，最后，她将一支蜡烛插进番薯块，放进一只蓝边花碗，将碗轻轻放进水缸。烛光在水缸幽暗的水面上摇晃了一下，稳稳地立住了脚，水面瞬间泛起泪光，在正月十五这个日子里，它的幽暗竟也被人记起。

岛上把元宵节点灯的习俗叫作"点间间亮"，相传明嘉靖年间，戚家军和百姓一道点灯燃烛，搜捕并全歼了倭寇，习俗沿袭至今，寓意红红火火。

女儿正在越南芽庄珍珠岛，陪耄耋之年的公公婆婆和婆家没有子女的二姑二姑父过年，这大概是老人们有生之年最后一次出远门了。女儿的女儿正将一个比人还高的充气天鹅费力地扛到海边，将二姑公扶到天鹅背上玩冲浪。她的爷爷、奶奶和姑婆，正坐在自助餐厅里对着无比丰盛、稀奇古怪的美食兴叹，最后一致得出结论：还是冰激凌最好吃。在家乡岛上度过的所有正月，他们从未吃过冰激凌。

岛上的母亲穿着棉袄，想象着二女儿穿着她做的花裙子走在海风里的样子，她一一点亮一楼所有的灯，然后，她缘着楼梯慢慢上楼，一一点亮二楼所有的灯，又来到三楼。三楼，有时儿子回来住，有时大女儿回来住，大多是二女儿回来住。

今年的楼梯新加了圆木做的扶手，母亲膝盖骨折新愈，往日楼上楼下哒哒哒走得飞快，现在要侧身扶着扶手，微驼着背，先将一只脚挪上一个台阶，再将另一只脚并上去，一步步挪着走。挪着往上走的时候，她的眼前会浮现三个孩子儿时的笑脸，元宵节十字街最热闹的是滚龙赞龙、田岙人滚八蛮和闹财童，财童拿着旗子骑在大元宝上，店家便噼噼啪啪大放鞭炮，将财童手里的旗子打下来插在自家店门口，寓意着来年生意兴隆。孩子们的笑声早已随锣鼓声和鞭炮声远去，笑容却被日益健忘的她执拗地留住，结香花蕾的暗香般定期浮动。

对缺水的海岛而言，每一场雨水都是甘霖。对岛上的老人而言，雨水时节，意味着团圆后的离别。儿女们过完春节，元宵节前便要返回上学和工作的远方，一切如新绿被雨水催促着，要开始，要出发。母亲便提早为儿女们做柳山粉糊吃——用红薯淀粉和上清水，将蒸好的 小碗糯米饭和红枣、桂圆、葡萄干、荸荠碎加一点点小苏打，放进一大锅水里烧开，然后加入小糯米圆子，再将淀粉糊慢慢倒入锅里，边倒边用筷子打圈搅动。岛上人将这个动作叫作"柳"，如同柳枝在湖面打着圈。一碗清爽香甜、热气腾腾的山粉糊，和冬夜灯火一样暖心。母亲不知道，偶尔，她和儿女们通电话时的声音也会变成山粉糊，变成水缸里的一豆烛火，变成岛上珍贵的雨水，照亮着、滋润着他们幽暗焦躁的内心。

父亲每天早晨例行去镇上吃完早饭后去菜场转一圈。如果儿女们回来，他买菜便有了目的性，二女儿爱吃水潺鱼、鱼圆、九层糕，最近她说减肥，爱吃蔬菜。儿女们没有回来时，他在菜场茫然地转着，不知道买点什么。人老了，口味寡淡了，最喜欢的，只是一碗稀饭就一点清蒸小鱼干了。

父亲跟母亲说，杂货店老板娘又问我要不要买橡胶手套了。母亲笑了。母亲坐在三角梅低垂的东窗前，用集市上"捉"来的花布头做裙子，给她的妹妹们做，给女儿们做。

上次二女儿回来时，父亲到杂货店买了一双橡胶手套给二女儿专用。老板娘不解。他说，二女儿回来把每天洗碗的活霸占了，所以给她买双橡胶手套。杂货店老板娘说，你女儿真孝顺。

有时，父亲母亲会一起坐在小院里的秋千躺椅上晒太阳，给每天准时来的三只珠颈斑鸠喂馒头，看成群的思想统一步调一致的麻雀，突然哗的像箭雨一样整齐地射向天空，从石榴树窜到光秃秃的蜡梅树，又窜到桂花树。有时，父亲坐在缝纫机旁的沙发上，在母亲踩缝纫机的嗒嗒声里，翻出手机，一遍又一遍听大女儿的合唱团音频，一遍又一遍读二女儿写家乡草根戏班的文章。文章很长，他读着读着，眼睛会发酸，于是他闭目养神，于是他陪着二女儿一起去戏班体验生活的情景一幕幕在他眼前回放，于一个个清水般寡淡的日子，像一粒粒海盐。

其实乡戏日日在岛上的某些村落上演，依稀有锣鼓和袅娜的越剧唱段穿过细雨来到小院。乡戏像珍贵的雨水静静滋养着岛上人的血液，铸就着他们的豪爽、机智、幽默、淡泊。父亲在若有若无的越音里，看见年轻的自己牵着二女儿，脖颈上骑着小儿子，穿过元宵时节的细雨，穿过乡邻们"苏老师、苏老师"的轻唤声，来到戏台边的小吃摊前。他深知对于孩子而言，更诱人的是那些甘蔗荸荠、瓜子蚕豆、炸得金黄的油墩果，他必会买来让他们吃个够。他并不知道，对于二女儿而言，戏更让她痴迷。她的眼睛和心都扎在了草棚搭的戏台上，一心盘算着，等戏班走时，自己如何顺着山道偷偷跟着戏班去流浪。

某个傍晚时分，父亲看见路边停着一辆卡车，车上叠满了戏箱，演戏的人坐在高高的戏箱上，像刚刚卸妆，匆忙得没有擦净脸颊，细雨淋湿了他们表情木然的脸。年过完了，戏班转场了；儿女们也已经长大了，走远了。

如果乡愁是一幅画，乡戏便是凄美的那一笔。如果故园是一棵树，游子便是种子里孤独的一粒，在远方奋力长成另一棵树，只许发光，不许枯。

午后的雨声里，父亲走上二楼去午睡，走到楼梯拐弯第三级，卧室柜子上儿孙们的一帧帧照片便会映入眼帘。有一帧最新的——阳光和桂花落满小院，父亲母亲和二女儿坐在石阶上，母亲端着咖啡，二女儿趴在母亲肩头，看父亲敲着玄空鼓。二女儿将这照片寄回家，父亲将它摆在一楼客厅的钢琴上。柜子上的这一帧，是父亲自己去冲洗的，上面多了两个字"陪伴"——女婿给这张照片修图时起的名，戳中了父亲的心。午夜梦醒，辗转难眠，父亲为这照片作了一首"打油诗"："金秋十月丹桂香，桂花树下晒太阳，鼓声绕小园，心情好舒畅，儿女膝下伴，生活乐无疆。天地悠悠，唯情最长久，共祝愿，五洲四海烽烟熄，家家户户笙歌奏，年年岁岁国泰民安幸福长！"

一只蚂蚁从结香树的根部往上爬，光秃秃的枝条越来越细，通往岛般孤悬的花蕾，它发现这是一段越来越寂寞的旅程。一场接着一场春雨，一场接着一场乡戏，一场接着一场别离，是岛上老人们正月里的日常。

　　民间流传雨水节气又叫孝亲节，这一天，出嫁的女儿要和女婿、孩子一起回家探望父母，还要给母亲送一段红绸、炖上一罐肉，感谢父母的养育之恩。岛上没有这样的习俗，即使有，父亲母亲亦不会奢望，很少有子女能在雨水时节回家。对于父母来说，儿女是他们盼了一整个冬天的雨水。对于儿女来说，父母如同月亮，无论你走到哪里，都能感觉到一直追着你。

　　手指得知肩颈的疼痛，用力去按，将疼痛转移到了它自己身上，短暂的缓解，像每一次短暂的团聚。川金丝猴是世界上最能适应寒冷环境的猴子，秘诀在于冰天雪地里它们紧紧抱在一起相互取暖。父亲想不通，从几代同堂的传统大家族，到三代同堂的大家庭，再到三口之家，再到丁克之家二人世界，再到越来越自得其乐的单身族们，为何中国的家庭单位变得越来越小。难道不是一个屋檐下几代同堂、猫猫狗狗、花花草草、灯火可亲、吵吵闹闹，才是家的样子吗？

　　入春的第一拨雨水，唤醒了结香树，唤醒了停泊已久的渔船，唤醒了岛上无数个干涸的梦境，唤醒了大地之下深深浅浅的盘根错节，仰起身奋力拱破通往春天的一道道重门。辛丑年雨水时节，父母和三个儿女又一次离别前，按照四十七年前五口之家的黑白合影，照了一张同样的合影。父亲又辗转难眠，写下了以下几句话："四十七年弹指一挥间，天地茫茫不觉我已老，一生无作为，唯有儿女成人可欣慰，愿苍天保佑一家大小永安康。"

黄昏，人迹寥寥的街头，一位因疫情留在岛上过年的年轻男子满身酒气，拉着一位交警的手，用西北话哭喊着：我好想回家过年，啊啊啊，太远啦……同样年轻的交警内心拒绝让一个大男人拉他的手，但他忍住了，好言安慰他。有谁知道呢，今年也是他第一次没有回老家过年。他想，等下了班，给远方的父母打个电话吧。

如同一棵树，总是梦见离自己而去的种子和落叶，每一个故园的梦里，彻夜回响着游子的脚步声。新雨后，圆月初升，海岛轻轻吞咽着漫天清晖。母亲慢慢缘楼梯上楼，点亮女儿房间的灯，点亮儿子房间的灯，点亮所有的灯，就像他们小的时候，就像他们从未离开。

空调往事

盛晓虹

　　空调现在是很普通的东西了，上海城里的百姓，几乎家家都能挂上一两个。但在二十多年前，也就是 20 世纪 90 年代初吧，这东西对大多数家庭来说，还真是一个奢侈品，虽渴望，却难及。其原因有二：一是这东西太贵，甚少国产，动辄好几千元；二是电压不行。记得那年母亲患病畏寒，我父购了一台松下牌分体一匹冷暖机。那机真狠，要价 6400 元，起码是我当时月工资的二三十倍。好在，大概一年后有了国产单冷的窗式机，虽响声如拖拉机，但它便宜，开价一千两百元左右，咬牙还能搞得起。可那时沪上电力电网还是不行，即使是管线齐全的新公房，无论多层高层，家家统一一个 3A（安培）的小火表，刚好能满足家里电灯、电视、电扇和 150 升冰箱用电的负荷量。一个单元的整幢楼面，常常才有一个汇总 10A（安培）的大火表。所以，同一层楼面只要两三家有空调，用电必战战兢兢。只要空调压缩机平稳中又嗡地起动，心就一颤，害怕突然爆表断电。只好与左邻右舍协商，你家啥时用电饭煲、我家几点开空调，要的就是错峰启动，避开瞬间电压脉冲过高爆表断电。但往往在高温的夜里，隔三岔五，电灯忽明忽暗，那就晓得，今夜恐怕又要过不去了。第二日，必带着困不醒的倦容，进入单位。

也就在那个时候，单位突然传来一个好消息，汉口路309大楼里的办公室有望装空调了。装空调好，起码中午歇息不会汗流浃背了，可舒服地打上一个盹。可后来，消息一坐实，却又有些气馁。那消息说，大楼是老大楼，供电不足，线路也老旧了，搞中央空调或楼内办公室一下子全装分体空调，根本吃不消。那咋办？上面给出的解决方案是：先部分安装，凡办公室有处级老干部在里面办公的，可装；如无，暂不考虑。

那个时候，我所在的连载小说部，因报社要盖汉口路300号新大楼的原因，从原来的办公地点迁入309大楼4楼。也是巧，新派给我们的两间办公室，是一墙之隔，也就是贴隔壁朝北房间。那房间，一大一小，进深一样长，宽却不一样，大的近四米，小的也就两米左右。

那时，连载小说负责人是阿章老师。时年已六十有五的阿章老师，早年参加革命，1948年在浙大读书时就成为地下党员。新中国成立前夕，他经组织安排转移至苏北解放区，后随军南下，加入上海解放接管《申报》的新闻队伍，历任上海《劳动报》记者、文艺组组长，《解放日报》记者、编辑。阿章老师早在1947年就开始发表文学作品，是优秀青年作家。20世纪50年代，他因创作的小说《寒夜的别离》，被打成右派发往西北。"文革"后，上海文艺出版社出版《重放的鲜花》一书，收录了王蒙、刘绍棠等那时代历经坎坷的作家的代表作20篇，其中就有《寒夜的别离》。

应该说，阿章老师那时已是全国著名作家，他在1980年初为《解放日报》开创改革先例而创作的连载小说《浦江红侠传》影响深远，不但深受读者推崇，亦震撼了全国报界。后上影厂将其改编拍摄成电影《开枪，为他送行》，更是风靡大江南北。就是这么个老党员、大作家、解放日报社文学刊物主编，却平易近人得很。记得那时，他标配的穿戴，一件灰或藏青色的夹克衫，戴一顶鸭舌帽，帽下的眼镜里，透出睿智和蔼的目光，像极了老工程师。时常地，他用略带衢州口音的普通话，鼓励我们正直为人；编辑也要懂创作，问我们最近写点啥么事。好东西要分享，有什么好作品，他向我们推介。有时他家乡来人，送来的橘柑或土特产，必让我们分一分，同享。这次，听说报社装空调，他仅"唔"了一声，表示知道了，再无下文。

装空调的那阵，正逢大暑天。连续几日高温，食堂亦下了血本，日日供应冰冻白糖桂花绿豆汤一份，或奢侈一下，人人发光明牌中冰砖一块。这日，两师傅上门时，办公室的摇头风扇开到了最大挡，嗡嗡的，连机身亦一起颤抖。师傅问：空调装在啥地方？我一看，说跑错了，赶紧领着去隔壁，隔壁才是"处办"呢。

隔壁的门窗大开着，办公桌前，阿章老师坐不住，正站着看稿。他一身夏日战高温打扮，一件白色汗背心，束在一条烟灰色西装短裤里，一手还拿了把折扇，一扇一扇地摇。听得来意，他唔了一声，对我道："小盛，我看空调就装在你们办公室吧。"

"啊？"

见我疑虑，阿章老师道："就装在你们办公室。我和金阿姨商量了，你们办公室人多，加老孙、俞哲等，一共5个人；这里，就我和金阿姨。金阿姨也讲，要发挥最大效应嘛。"

"按规定……"

阿章老师挥挥手，对师傅道："师傅，空调装在隔壁。小盛，不要多讲了，去吧，去吧。"

被阿章老师这么一赶，原本应装在部门主任办公室的空调，就装在了我们的办公室。当空调吐出丝丝凉风的时候，一想到隔壁办公室将空调让给我们的阿章老师，依然每天还着背心西短裤摇着折扇战暑热，真是有点汗颜。让他和金阿姨把椅子搬过来，一起共桌编稿看稿，那怎么摊得开呢？再说，他俩也不会挪过来。

那咋办？忽一日，我和俞哲不约而同道：有办法，破门。原来，我们两间朝北办公室，原本有一扇可开启的木门相通，只不过现在它被两边的橱柜及柜上的纸箱掩蔽对堵住了，平素不注意，真还不知道橱后有扇门。

掏空两边橱柜，挪走。用榔头加螺丝刀，把门撬倒，卸走。

当有凉爽的气从门洞处钻入后，阿章老师过来看了看，露出微笑："小盛，蛮好，一机两吃。"

每念于兹，心中流暖。"勿以善小而不为"，今天，阿章老师虽已离我们远行，但他与解放日报社前辈们处事待人的此心及品质，值得后进知晓、比对，故记之，以志。

与子偕行

胡晓军

昨天到校门口，天已基本暗了，正所谓余晖将尽、暮霭初沉时分。同是上海，海边的天与市区的很不一样，亮得快，暗得更快。当然，路宽、灯稀都是原因。路实在是远。先高架，后环线，再高速，就算一路畅行也需一个半钟头。这次不巧，严重塞车，耗时几乎加了个倍。我下车，打开车后盖，取出行李箱，顺便蹬了蹬有点发麻的腿。儿子也已下车，把箱子接了过去。记得最初几次，我都嘱他几句，诸如认真听课、自己小心、不要着凉之类。很快就不再讲了，因为这些正确的废话，不要说听的人，就连说的人都觉得既无用又无趣。这次我只说了句："好了。"他回了句："好的。"反正一个星期很快，几天后他又回家。儿子也怕给我添烦劳，一般不要我接，自己换乘两路公交车、两部地铁，最后步行15分钟到家。其实他已满19岁，拖着箱子回来两三次，便没什么要紧的了。行路辛苦，毕竟是

岁月书

种锻炼，况且只要到家，桌上必有老妻安排的饭菜，正七碟八碗、热气腾腾地等他下箸。

我送儿子读书，从幼托到小学，从中学到大学，加起来十几年了。幼托班，坐公交车；中小学，叫出租车；上大学，则买车开车。总之，儿子的学是越上越高，路是越来越远。不过对我来说，这段十几年的"与子偕行"，距离终点却是越来越近。

因为防疫，校门处设了闸口，加了安检，外来车辆再不能像以前那样长驱直入，直接开到宿舍楼下。我可能真是聪明过分，欲与保安商量，就说宿舍远、行李重，能否通融。但儿子坚决不让，说是学院规定，只有老师的车可以进，学生的车不能进，一定要守纪律。在家里，儿子难免犯些小脾气，用老妻的话说，是"阿凡提的小毛驴，要它朝东偏向西"。但一到了外边，他最是遵纪守法，半点都不逾矩。这与我，正好相反。

儿子说得是。门口除了我们的车，还有好几辆都规规矩矩地停在车道上。再看闸口，两三个大姑娘、小伙子正在排队，依次等验证、测温后进去。

我不再等，径直上车掉头，因为就算回程畅达，到家也要近晚上9点了。返经校门时，我不免多瞥了一眼。借着灯光，我看见了儿子过闸口后的背影。儿子相貌平常，身量却甚高大，体重想必可观。忽想起从抱得动他到抱不动他，似也不是太远的事。不过他的体态略臃肿，还微曲着背，在空旷的广场中显得渺小而可怜。这小半要怪疫情，大半年被迫宅家，连最爱的篮球都没法去打；一大半要怪他自己，平时站姿坐相都不端正，俯则玩手机，仰则"葛优躺"。还有头发。他的头发蓬如蒿草，乱如鸡窝，周末懒得去剪，此时被风一吹，酷似黑色的公鸡尾翎，斜斜而起。偌大的学院有超市、有邮局还有小诊所，理发屋也不在话下，他从没去过一次。就凭这团乱发，便可知他不但没女朋友，更没留意的女孩子。这与我当年倒是像极了的。

我正要踩油门，余光收梢处见他缩了缩颈子，很明显地缩了缩颈子。抬眼看反光镜，果然，他的围巾还在座上。我急把头探出窗外，直起嗓门叫他的名字。他显然戴着耳机，我叫了三四声才转过头。我反手一把拽过围巾，向他高高举起。围巾的尾梢遇风扬起，犹如一面大旗。在飒飒的冷风中，他似乎犹豫了几秒，不过终于决定向我奔来了。他奔得很快，这才是小伙子的样子。我本不想下车的，但见他要到车边，须从右边另一口子出来，复由刚才左边的口子回去。我忙摁了手刹，跑到大门中间的铁栅栏。他冲刺般奔过来，伸手隔栏接了，说声谢谢，扭身又跑。跑了几步，回头对我说，你快回去吧。我点了头，回到车边，再望他时，他已一把拉上箱子，昂首挺胸而行。我看着他的背影，想着他必知我在注目着，这才振作起来的吧。年轻人要证明自己的年轻，实在是一件轻而易举的事啊。忽想起《诗经》里，有"哀哀父母，生我劬劳""哀哀父母，生我劳瘁"之类的句子，立时发觉不妥，便不去忆"欲报之德，昊天罔极"之类的下文——那是古人祭奠父母时念诵的，为感恩，也为愧疚。古人寿命短、资源缺，为子女做事想来有限得很；现在就不同了，老人余晖旺盛、手头宽裕，为儿孙发光发热是大有可为。看来老人衰老得慢与孩子成熟得晚，这两件事是互为因果的，更是经济富足、社会稳定之象。老人能多忙碌一点，孩子能多闲适一点，岂非双方的幸福？

岂曰劬劳，与子偕行。驱此车毂，由雨由晴。

岂曰劳瘁，与子偕行。望彼背影，经冬经春。

岂曰垂暮，与子偕行。余晖尚盛，且幸且珍。

回家略感疲惫，吃饭洗浴，提早上床。很快就梦见自己在教室里读课文。教室是读初中时的样子，黑板上有粉笔字，白墙上有涂鸦画，都横七竖八地看不清楚。头上是无风自动的电风扇，周边是有序联排的课桌椅，除了我，别无他人。正在纳闷，忽听一个声音高叫道，请同学们翻到第二单元第七课《背影》。我翻开课本，果然是《背影》，但作者并不是朱自清。我揉了揉眼，定睛再看，居然是"胡晓军"。我吃了一惊，很快释然而又坦然，因为背影人人都有，他写得，我为什么写不得？他写父亲的背影，我写儿子的背影，原不相干，难道只许他送橘子，就不许我递围巾？只是儿子的背影竟成了教材，实属意外。心念一动，再去翻邻桌的课本，翻到此页，却不见此文。我暗暗起急，又去翻前桌的，也是如此。我满教室地翻，翻了一本又一本，不但速度加快，就连翻书的声音也怪异起来，从"吱吱"到"唰唰"，再到"嗒嗒"，而且越来越响。睁眼一看，老妻正半躺着看手机。

她还没睡，正"嗒嗒""嗒嗒"点着房产中介发来的楼盘信息。
最近，老妻又在操心为儿子买房的事了。

姆妈一个梦，惊动我大半辈子

顾建华

时光行如流水，一阵风的事体。姆妈西去已整整 4 个年头了。

这是 2015 年 8 月 23 日，农历七月初十，离姆妈 98 岁寿辰（七月初七乞巧节）这一天，才刚刚过去 3 天啊。

生日那天，我们吃蛋糕，向老太太贺寿道喜，尽管当时食欲已经不佳，她还是眼睛一亮，神情为之一凛。一切似乎全在眼门前，谁知姆妈竟然说去就去了！

姆妈的大去，意味着东昇里 3 号第二代传人的终结。其实，更标志着我侃第三代业已步入晚境。姆妈是伊拉四姐妹中最小的，而我是十一个表兄弟姐妹淘的"末拖"，迄今也已虚度古稀。

人，真叫稀奇，当你一旦意识到"老"，老腔便即刻应声而至。仿佛犹如神助，再早的事情，再远的故事，再靠前的年份，最为孩提的时代——记忆几乎不费吹灰之力纷至沓来，一一被我收入囊中。这明显就是一种老态，眼前的一片茫然，从前的眼目清亮。

　　20世纪50年代初，可是父母最为春风得意的岁月。婚后不多久，家庭喜添二丁：阿哥和我；祖母则刚刚从浙江海宁来沪，从此一家三代共享天伦之乐。再次，家父事业有成渐入佳境，生活也随之有滋有润。

　　谁知，天有不测。家父突然大口咯血，X光拍片显示肺部出现空洞，摊上大事了，这可是谈虎色变的肺痨啊！风、痨、臌、膈，尤其是痨，在20世纪60年代之前，青壮年谁轮上这种传染病谁就倒大运。可怕就可怕在无药可治，结局往往是人财两空。鲁迅笔下《药》的那个患者小栓得的便是肺痨，尽管吃下各种偏方，最终还是服人血馒头而亡。

　　解放初的上海，家庭组织基本沿袭旧时惯例，男的，出门赚铜钿；女的，相夫教子侍奉老人。所以一旦大梁出毛病，家庭难负其重。那年家兄才读初小，我仅4岁吧，奶奶无业，再加个湖州居家娘姨阿妹，足足6张嘴巴啊。尤为雪上加霜的是，那是发生在公私合营之前，没有劳保，就医全部自费，有病等同旷工，百分之百全额扣薪。

　　担子，一下子全部压在姆妈这个全职太太肩胛上。

　　寻访肺科好郎中，是摊在姆妈身板上第一件要事。俗话讲，功夫不负有心人，不多时间她就拍板了名医刁友道博士。刁友道，我国肺痨专科第一代西医传人，早在20世纪30年代便赴美宾夕法尼亚大学医学院进修获硕士学位。他是中华医学会结核病科学会理事长、二医大（现交大医学院）肺科教授。当时，在沪私人开业，属甲类甲等顶尖医师，收最高级 5 块钱挂号费。按当年购买力计算，一个号相当于 16 斤带鱼或 6 只蹄髈或 30 斤晚稻米。可姆妈眉头都不皱一皱，一边坚持定期门诊，一边一声勿响把婚后的积蓄全数缴银行兑成外币"港子"。

当年的肺结核特效药：青霉素、链霉素和雷米封口服西药，内地不会生产，唯一的进口渠道只有香港，而且价格炒得贵如黄金。姆妈为此拿了"港子"，专门托付父亲九星手帕厂的驻港老板曹锡范，从香港定期邮寄药品来沪。

因为对症下药，父亲的顽疾转危为安。可这毕竟是种慢性疾患，来时翻江倒海迅猛异常，去时抽丝剥茧磨磨蹭蹭。两年光景，一根大条子、两只大玉镯换得的钱粮所剩无几。姆妈一度考虑再行典当自己的嫁妆，但最后一个大胆的设想，驱使她跨出了一劳永逸的"一步"。

她毛遂自荐，直接寻家父所在工厂大老板：上海九昌丝织厂陶友川、徐中一，提出家父病假中，由其替工，代行跑街之职。不知最终是家母原市立务本女中的诱人学历，还是申述的周详理由感动了他们，两位老板居然破例同意请求：一个月试用，薪水、佣金一切如旧。

足足两个年头，大清早，姆妈一身毛蓝布列宁装随大卡车押运成品进出货；午间，换上一袭旗袍，大新亚、小新雅、美心陪潮州同乡会、汕头广帮客商洽谈业务。

陶老板翻看着家母的业绩报表，笑着对伊讲：顾太，子康兄是从勿上货车押运的，侬这个女流之辈倒掼脱长衫亲力亲为，如此苦得起，一点看勿出是大户人家的读书人三小姐啊。

更为有趣的结局是，两位老板在家父痊愈重新出山上班、姆妈道谢辞行之际，主动提出伉俪双双上班的想法。

姆妈婉辞了两位的邀约，因为她作为上海甲等待业人员，早已收到市府中师培训的通知，于当年去初中任教数学。从此，一教23年，至1979年荣归东昇里。至于家父，也就此风调雨顺，于1999年84岁驾鹤终老。

20世纪60年代中叶，可能是长年老慢支的侵袭，外婆患了肺源性心脏病。心脏常年受肺部压迫，导致心室肥大、房颤，病势甚为凶险。姨妈桂伯、灿伯和姆妈（巧伯）三姐妹决定去寻求私人医师臧伯庸的救助。臧伯庸，一代名医，毕业于日本名古屋医科大学。德高望重的章太炎尊称其为"仁兄"，中山先生感其医德，曾亲笔书赐"博爱"。我外公便是他吴江路诊所的老病人。在20世纪60年代初，因年事已高，他一天只看几个号便闭门谢客。

记得那是个周日，早过了门诊时间，三姐妹直闯臧医师诊所，面见臧老后，双膝跪下行大礼恳请救助。据说臧老军医出身，刀子嘴出名，见此局面厉声疾呼：三只神经病，还不赶紧起来，都是读书人啊！说罢双眼早饱噙了泪水，连声招呼汪家小姐上座。

听诊之后，臧医生放出胜负手，使用了一款德国汽巴洋行新发明的特效药"狄戈林"针剂，并一再关照，使用后的当晚是一个关键节点，需密切关注，扳得转，就活了！"狄戈林"就是今

岁月书

朝心脏病常见西药"地高辛"，不过在当时实属稀罕物，只有上海南京西路华侨商店专售。也不知舅舅最终是使用什么"法道"，把它"捉拿归案"的。因为那里是外币结算且必须凭处方和本人护照才"放行"的。

再讲三姐妹从臧伯庸诊所出来，并不转家，而是坐两辆三轮车直趋位于复兴中路、吉安路口的法藏禅寺，面对观音菩萨庄重承诺，每人减10年阳寿共30年给娘亲。此时，姨妈、母亲她们也就四五十岁的年龄吧。在这里我一点勿想探讨信与不信、灵与不灵，我只想动容、动情地对三位长辈面对上苍的重誓而问：此情，世上能有几许……

"狄戈林"一用，经一夜天折腾，外婆终究否极泰来，躲过一劫。要感谢臧医师，危难时刻不顾名利，敢用"虎狼药"放手一搏。名医终究是名医，从而成全了外婆一直到87岁高龄仙逝。

至于"借寿"事宜，自然也不见"眉目"：桂伯，91岁西去，舅舅与舅母93岁，姆妈98岁，唯灿伯因晚年不慎突患肝疾，70岁而亡，似乎稍稍"急了点"。至于东昇里3号长大的第四代共六人，一位是本科毕业任教重点高中的高级老师，一位毕业于日本东京大学，一位具日本早稻田大学和上海外国语大学本科双学历，一位华师大研究生毕业，另两位分别从交大、同济毕业。

20世纪70年代初，姆妈已五十多岁了，还老远背着东西来探望我。记得那天正巧我在水稻田里分发"双抢"战报，猛听得姆妈的叫唤，开心得三步并两步往田埂上跳，只看见姆妈突然停住了脚步，只管用眼睛盯着我的脚，两条吸足了血的蚂蟥，足足五寸出头，好一阵才"滚鞍下马"般慢悠悠没入水中。因为蚂蟥咬开创口后，会分泌一种扩张血管的蚂蟥素，所以那股血居然还在汩汩朝外涌淌。姆妈弯下身子，放脱行李，用手指狠命挤压，再取出手巾止血。她自始至终都不说一声，可从头至尾眼中都满含着泪水，此景至今历历在目。

到底也不知姆妈异乡客地使用了哪一招，在物资极度匮乏的农村，临走前一天，竟然给我变戏法一般添置了一双过膝的高统套鞋——形同马靴。在农村，这可是十分珍贵的装备啊！姆妈开心地叫我不要肉麻，下田就用，从此高枕无忧。

姆妈返沪那天，我照例挑秧落田去了，不过，感觉格外"有底蕴"，因为有高筒靴护驾。可意想不到的是，一脚入田，套鞋立马被烂污泥捂牢，由于重心向前，所以身不由己，第二只脚也跟着入水，可第一只脚，却怎么也无法从泥中脱身，根本容不得你从容应付。就这么一瞬间，脚拔出来了，可套鞋却实实在在倒在田里，人和高帮套鞋两分离。从此，格双套鞋被我视为鸡肋，束之高阁。

我最终也没去惊动姆妈，忒难为她了——一个出生殷实人家，一辈子从未与水田和庄稼活打交道的上海人，怎么可能有这方面的见识来替我排忧解难呢？

转眼"双抢"结束，我收到了姆妈要我即刻返沪的电报。我告假抵沪才放下行李，姆妈就陪同我去南洋医院就诊。因为早在她探亲时，就明显感觉我暴瘦脱形。只是碍于当时正值农忙，怕影响不好，故拖宕至今。

西医就诊结束，当时身高 1 米 7 的我体重仅剩 43 公斤，可所有生化指标均不见异常，而我本人也只是感觉容易疲劳口渴、胃口好而已。当年上海的就诊流程是三级医疗逐级转诊，我作为非上海户籍要去三级医院首诊，必须持有省会三级医院转诊单才行，否则，不给挂号。像南洋医院，它和二医大广慈医院（今交大医学院瑞金医院）确属上下级，完全可以开出转诊单，问题在于，它不认为你身患的疾病有必要往上转诊啊——当年的转诊审核是很严格的，不是侬开口、我盖章的事。

又不知道姆妈最终动用了什么法宝，居然顺顺当当开出了去广慈医院就医的转诊单。当时的转诊单有效期仅一个月，每月要开一次，而且必须持有三级医院的回转凭条，要求继续留诊才予续开。可我竟然在姆妈的呵护之下，一看整整 7 个年头，从未间断。

47 年前，为我首诊的第一位医师就是广慈西医内分泌科权威陈家伦。现在想想，我真叫有福气，怎么就被他给"看"上了呢？去前，毫无预兆，也压根勿认得。只能理解成，当年的三级医院首诊，医院是非常重视的，是事先花力气的，尽可能让医者与患者"对接"。通过望闻问切，陈医生给出了结论：代谢病，甲状腺功能亢进，典型的多饮、多食、多尿、消瘦。当然，之后的生化指标只不过印证了这一结论。

从此，7 年时光，我有幸在上海滩最为权威的广慈内分泌专家门下就医，一只普通门诊挂号，复诊挂号费绝对勿超过 1 角钱。不仅遇见陈医师，我还曾荣幸地得到其夫人、内分泌另一位名医许美英的点拨。那可是一位快人快语、豪爽、干练、极有气场的医师啊，在她身边永远簇拥着一众青年医师。

一场原本称之为"终生疾患，需终身服药"的甲亢，就因为广慈专家的悉心呵护，病情由控制到服维持量药而大事化小、小事化了。其实为之付出的身后人物，劳心劳力毫不亚于医生的，还是姆妈。20 世纪 70 年代甲亢不多见，男性患者更为少见，连二级医院的初诊都有可能漏诊、误诊，可见姆妈花了多少精力做足功课去咨询，去陈述，去与专家对接。父亲告诉我，姆妈那次"双抢"探望我之后，回家当夜就做了个梦，梦境中一只小病虎恹恹躺卧在一棵大树底下，颈项似乎特别异样，它正扭身舔弄。梦醒时分，她立马告诉父亲，说勿要是阿建有恙，且病在脖子，屋里厢只有伊属老虎。故而，"双抢"一结束，她即刻电报催我返沪。

说真的，我从不信梦，也从不做梦，唯姆妈这个梦，足足惊动了我大半辈子。

武汉"围城日记"：明天是新的一天

叶倾城

2020 年 1 月 21 日

电话响，是在医院工作的二姐，说："我在楼下。"

我说："我们都在家，你上来呀。"

她说："我昨天接诊的一个病人，今天确定是肺炎了。我两个同事，已经倒下了。我不回来吃年饭了。"

信息量太大，我一时反应不过来。她说："我把一箱橙子、一盒樱桃放在电梯上，我按了楼层，它上去后你接一下东西。还有蛋糕券。最近，我就不回来了。"

电话断了。我看着电梯一格格上来，简直像心提在嗓子眼一格格上来。门开了，电梯间地板上，果然有水果和蛋糕券。我拿起来，上款是我二姐的名字，下款是医院工会祝她生日快乐——半个月前，是她的五十岁生日。

直到此刻，我很惊慌。说来惭愧，我只担心我的姐姐，我只想问她："你在医院，危险吗？"

2020 年 1 月 22 日

按这几年的习惯，我们都不备太多菜过年。反正过年也休不了几天市，何必囤一堆。

大清早我去了菜场。卖牛羊肉的给了我一整个羊腿、五斤牛肉。我犹豫一下："我要一半吧。"他说："后天三十了，未必还卖。"我还是全拿了。

卖鸡鸭的两口子都戴了口罩，一次性的那种。从他们身边钻出一个小朋友来招呼我："阿姨，你要好一点的鸡还是普通一点儿的？"个子小小的，看上去跟小年差不多大，我边买边问："上几年级？哪个学校？"

他爸边拔鸭毛边答我："六年级，不是在这里上。放假了过来玩。"

我忍不住笑起来："今年有肺炎呀，哪里都封了，哪里都玩不了。"

他爸抬头看我一眼："过一阵就好了吧，反正寒假也蛮长的。"

2020 年 1 月 23 日

我是被一连串电话惊起的，不断有人跟我说："武汉，封城了。"什么叫封城？封城是什么意思？当我弄清楚之后，最开始涌上的是愤怒：我们被隔离在世界之外了吗？

我第一个庆幸是：幸亏我昨天去买了菜。第二个念头就是那个卖鸡给我的小孩他怎么办呢？他和父母一道被困在这个城市。生活怎么办？上学怎么办？

上学，对我来说，还是很重要的事儿。小年在年前还有最后一次羽毛球课呢。上还是不上？不用上了，教练在群里发了通知。

业主群里一片混乱，有人赶在最后时分去抢了两袋米、几箱水果。我检点过家里的存货，稍许安心。最严峻的时候，必须要想的是：食粮可充足？水电是否无虞？菜场几时能恢复？此时此刻，居然感激平时的自己，是个爱吃零食、囤了一屋子零碎的人。

2020 年 1 月 24 日

有很长一段时间，我都觉得这是一个科幻电影。我被困在一部电影里，进退茫然。这部大戏，鸦雀无声。

我在微博上，看到二姐所在的医院在向社会呼吁捐赠，我心慌慌地问她："你有防护服吗？"

到了晚上，她才答我，其实是答非所问："我们医院被征用作发热医院了，改造后使用。看现在的形势，不知道封城会持续多久。你们干粮储备要丰富，别浪费。"

那句"别浪费"让我全身一紧。我问她："你会一直在一线吗？"她答："应该。"我说："那至少，你每天和我们说一句话，让我们知道你的平安。"她说："没事儿的。"我很想说：

"但你是心内科的呀……"但最终我什么也没说。

我知道这是灾难，也是职责。她只是在做她该做的事。而我该做的，也无非就是照顾好家人。

刚刚经历了除夕夜的 12 时，而此刻已是大年初一？我要开窗四望，才看见对面的一楼还有灯。连听见电梯上下的声音都像一种安慰：这不是一座废城，还有人与我共同生活于此。

我不由自主地感谢宽带供应商、有线供应商、电力公司、自来水公司、天然气公司……

2020 年 1 月 25 日

朋友向我抱怨家里的老人不理智，这个时候还张罗要亲戚聚会。年轻人不太能理解老年人对亲戚的痴念，因为他们没有参与过老一代的成长：小小的、封闭的世界里，堂表兄弟姐妹是闺蜜、是哥儿们、是初萌的爱意。有些人，后来有机会走出小世界，在大世界里拥有更广泛的人际关系，但相当多人没有这样的机会。与亲戚、和他们同龄的亲戚在一起的时候，能兴致勃勃说说年少时的事，多好。

可当此非常时刻，儿女们简直恨他们想走亲访友、想被亲友走访的需求。平时能够母慈子孝，到现在必须"我们""你们""他们"，总有些需求是没有来得及点燃的火，在阴雨里烟雾腾腾地熄灭了……

我能说的只是：都会过去的。我上网查了 2003 年北京非典期间的中小学放假事宜，对小年说："可能一时半会儿开不了学……"我正准备给她进行身心各方面的安慰，但见她抬起头来，满眼发光，兴致勃勃："太好了。"这是小年第一次身历大事，我与她，在共同参与历史。

后来下起了雨夹雪，落在身上就是大粒的雨。我和我妈一道去附近她开垦的菜地，心中没底，多少收点儿菜回来吃。

慌慌张张，遇到一对邻居老爷爷老奶奶，看到我妈一把抓住，当她是救星："胡老师，卖一颗大白菜给我们。"原来，他们是拖着购物车坐公交车去买菜的。封城之后，女儿就开车给他们送菜。明天起，机动车被禁了，女儿过不来，他们出不去，怎么办？他们在走投无路之下，想起了我妈与我妈的菜地。

卖是不可能的，我妈立刻蹲身下去，砍一颗大白菜。我妈想削净了再给他们，但他们忙不迭地接过去，千恩万谢。他们抱着大白菜的样子，像抱个婴儿。

幸好后来又说：原定的机动车禁行调整了，改为"收到短信通知的机动车禁行，未收到通知的机动车可以照常上路"。

长期宅居，未免太不健康。看看周围邻居的朋友圈，还有人天天在操场上跑步打卡。我决定带小年去汉街走走。我从来没见过空无一人的汉街，有些店霓虹灯还在闪，有些店还写着"过年不打烊"的大幅彩招。

竟然见到了人，是清洁工。她看到我们，也是一脸惊疑。这都是我们很久以来，第一次见到家人以外的人吧？

我反复问二姐："你怎么样？"也是隔了很久，她才答我："别担心，现在武汉大多数医生都在看发热病人，全国各地的医生都到武汉来支援。正应了那句话，你不是一个人在战斗，没问题的。你安心待着。"

我问她："医生被感染的情况怎么样？"她说："没看到数据。"我说："那你的同事们呢？"她说："所有发病的都恢复了。别担心。"我才松了一口气又在想：万一，她没有对我说真话呢？这种时候，对我们，她只有一个标准答案呀……

2020 年 1 月 27 日

家门口不远处的地铁工地，已经停工若干天，今天忽然有响动，我看到有民工出入。

后来，有民工过来，向我妈买大白菜。今天，在市场，大白菜十块钱一斤。我妈当然还是不会收他们钱，给了一颗，与他们聊了几句——都戴着口罩，也不可能深聊。

他们是在封城之前就回家了的，然后不知道在哪一关被挡住了，于是又返回武汉。至少在这里，他们还有一个集装箱房子可以睡觉。那个集装箱房子，小年一直很好奇，我也觉得在夏天，像个烂漫的露营地。但现在是冬天。

原来我见过他们在路边开饭，一般就是一个馒头，一个搪瓷碗里有萝卜白菜。现在只会更将就。

2020 年 1 月 28 日

小年对我说:"我要找小薛、小黄玩儿。"我说:"封城了。"小年说:"她们都在武汉呀……"

我该如何告诉她正在发生的事?最后我说:"如果她们上我家来,我肯定不介意,你也不介意,甚至她们的爸爸妈妈也不介意,但他们会介意我们担心,我也会担心他们担心。"我虽说得这么绕,但她好像明白了。

也许,多有兄弟姐妹还是好的,至少在被困于一地的时候,有人稳定地牵挂。

我惦记二姐,她却说:"病房里不能用电话,不要打。我出来会和你们联系的。"

2020 年 1 月 29 日

小年的同学们在家里待腻了,开始在 QQ 群里模拟上学的时间表。中午 11 点 42 分,他们互相提醒:"还有 28 分钟要奔饭了。"——奔向食堂,不是真饿,是坐了一上午,享受飞奔的过程。

冷不丁,他们会有人煞有介事说:"某某文章如何赏析?"又过一会儿,有人说:"谁有大培优的答案给我对一下。"

今天是周三,是"独立作业"的日子——其实就是周考。看他们那么认真地假装,这是多日来,我第一次能笑出来。

2020 年 1 月 30 日

有一个朋友说："为了节约食物，我一天只吃一餐饭。"

我忍不住忧虑起来："现在市面上供应这么紧张？"两条大鱼已经吃完了，鸡也快到底，就剩羊腿还完好无缺。吃素是更不可取的，因为青菜的储备才是最有限也最难补齐的。

她说："不知道。是我自己不敢去市场。"

我真的很担心二姐。当医院成为战场，她很自然的，像她所有的同仁一样，成为第一线的战士。我知道，她像新闻里一样，每天穿着防护服上班。我唯一能说的就是：你每天至少要和我们说一句话，让我们知道你的安好。

肯定是很忙，她也没做到，往往是两天只发一个表情包——也让我们的心安定下来。

微博上说各医院防护用品都短缺告尽，我大惊地问她，她答两个字：还好。

——这是真的吗？易位而处，我想我的答案也是如此。问长问短有何用处，当"强敌"入侵，我们只能以各种方式去厮杀，去搏斗。

今天天才蒙蒙亮，我被响动弄醒。妈妈带着忧愁说："天然气没了。"她快半夜被冻醒，一摸暖气是冷的。她冷得头疼起来，她原来得过腔梗（脑梗的一种），不敢掉以轻心，赶紧把电热毯开到最大一档，又拿了两床小被子盖住脚。天一亮就叫醒我了。

我一直担心这件事，事先就打听好了，在支付宝上可以买气，但要到物业确认一下。我要感谢的是，物业还在上班。

下楼的时候，发现电梯坏了——我们社会上的所有设施，背后都是多少人的付出！

我到了物业，人家还没开门。我站在玻璃门外，眼前就像一个舞台。突然听见里面有座机响，一个姑娘从后面出来接电话："17幢有确诊？什么情况？"

戴着口罩的保安靠近门边，我直接把煤气卡从门缝里塞过去，他接过去，在门的那边扬声问我名字与楼号。

2020 年 1 月 31 日

有在美国的同学忽然问我：你认不认识需要帮助的医护人员？隔着屏幕，我知道他看不到我的苦笑："我认识的每一位医护人员都需要帮助。"他说他想捐两箱口罩，问了几家公司，都说不能寄到武汉。

小年念念不忘的小黄的妈妈突然问我："你知道附近哪一家超市可以送菜吗？"

她住得离我不远，我说："你到我家来，我妈妈有菜地，拿一颗大白菜、一颗萝卜，也能坚持一周。"

她和我客气了一会儿，就说定了，我把菜放在楼梯口，她自己拿。两边面都不用碰。这是为了大家好，完全没有感染的风险。

她事后在微信上问我："是买的？"

我知道她看到了保鲜袋上的标签，我说："我妈节约，重复使用保鲜袋。"

她衷心地说："真是羡慕你有个妈妈在身边呀。"我也这么想。

今天是一月的最后一天，可以把不愉快的事都放在今天结束吗？

《飘》是这样结束所有的爱恨与挣扎的：明天是新的一天。

《朝花》创刊四十周年

《朝花》创刊
四十周年
巴金
九六年八月

形成特色的
文学副刊形象

永远的清新　永恒的芳香

1996年8月

四十不惑

1996年8月

‖是一味‖

1996年8月

《朝花》与时代如影随形

1996年8月·北京

永葆青春的生命活力

徐俊西

报春

祝贺朝花创刊四十周年

《朝花》的定名

百花齐放百家争鸣

味美思

肖复兴

　　如今，南三环路内外纵横交错的公交车，都有洋桥这一站。洋桥，以前这里是一片农田。为什么叫洋桥？因为此地有一个村子叫马家堡，清末西风东渐，建起北京的铁路，最早的火车站就在这里。附近的凉水河上自然也得建起能通火车的水泥桥梁，便把这块地方取名叫了洋桥。就像当初把火柴叫作洋火一样，这个有点儿维新味儿的地名，不仅带有那个时代的色彩，还透露这样的信息：如果火车站真的在这里长久待下去，会带动周围明显的变化，即所谓"火车一响，黄金万两"。现代化标志的火车，肯定会让这一片乡村逐渐向现代化迈进。可惜的是，好景不长，庚子年八国联军入侵，慈禧太后逃离北京，从皇宫跑到这里坐火车；而后返回北京坐火车，还得从这里下车，再坐轿子回金銮殿。一路颠簸太远，1903 年将火车站从这里移至前门。这里乡村还是乡村，徒留下一个洋桥的地名，还有老站台一块水泥高台的遗迹，迎风怀想逝去的遥远岁月。

20世纪60年代，铁道兵在北京修建地铁后，集体转业留在北京，在这片农田上建起他们的住所，取名地铁宿舍，这里开始了从乡村到城市化进程的最初起步。

如果要看这一个多世纪以来北京城市的变化，洋桥是一个活标本，慈禧太后上下火车的一截老站台遗迹当时还在，对视着这一片红砖新房的地铁宿舍，衔接着时代变迁的足迹。

1975年下半年到1983年初，我从前门搬家到这里住了近八年的时间，图的是这里的房间宽敞一些，而且，每户有一个独立的小院。我母亲在世的时候，在小院里种了西红柿、扁豆、丝瓜、苦瓜等好些蔬果，自成一道别致的风景。

做饭也在小院里。朋友到家里聚会，给我大展厨艺的机会，小院里，便会烟火缭绕，菜香扑鼻。那时，兜里"兵力"不足，不会到餐馆去，只能在家里乐呵。艰苦的条件和环境，常能练就非凡的手艺。那时，在北京吃西餐，只有到动物园边上的莫斯科餐厅，谁有那么多钱去那里！因此，我拿手的西餐，便常被朋友们津津乐道。说来大言不惭，说是西餐，其实只会两样，一是沙拉，二是烤苹果。

沙拉，沙拉酱是主角。其他要拌的东西可以丰简随意，只要有土豆、胡萝卜、黄瓜就行，如果再有苹果和香肠就更好。这几样，都不难找到。沙拉酱，那时买不到，做沙拉酱，便成最考验这道凉菜功夫的活儿。事过四十多年，我已经忘记，做沙拉酱是我自己的独创，还是跟谁学得的高招了。要用鸡蛋黄（最好是鸭蛋黄），不要蛋清，然后用滚开的热油一边浇在蛋黄上，一边不停地搅拌，便搅拌成了我的沙拉酱。有了它，沙拉就齐活了。每一次，在小院里做沙拉酱，朋友都会围着看，像看一出精彩的折子戏，听着热油浇在蛋黄上吱吱的声音而心情雀跃。有好几位朋友，从我这里取得做沙拉酱的真经，回家照葫芦画瓢献艺。

　　烤苹果，我是师出有名。我在北大荒插队时，回北京探亲，到哈尔滨转火车，曾经慕名去中央大道的梅林西餐厅吃过一次西餐。最早这是家流亡到哈尔滨的白俄人开的西餐厅，烤苹果是地道的俄罗斯风味。多年之后，我到莫斯科专门吃烤苹果，味道还真的和梅林做的非常相似。要用国光苹果，因为果肉紧密而脆（用富士苹果则效果差，用红香蕉苹果就没法吃了，因为果肉太面，上火一烤就塌了下来），挖掉一些内心的果肉，浇上红葡萄酒和奶油或芝士，放进烤箱，直至烤熟。家里没有奶油和芝士，但有葡萄酒就行，架在篦子上，在煤火炉上烤这道苹果（像老北京的炙子烤肉），关键是不能烤煳。虽然做法简陋，照样芳香四溢。特别是在冬天吃，白雪红炉，热乎乎的，酒香果香交织，有一种说不出的味道和感觉。很多朋友第一次吃时，都觉得新鲜，叫好声迭起，让我特别有成就感，满足了贫寒中卑微的自尊心。

　　1978 年春节，我结婚也是在这里的小屋。没有任何仪式，只是把几位朋友请到家里聚聚，我依然做了这两道拿手菜，外加一瓶在街上新买的味美思酒。这种酒，是在葡萄酒里加进了一些中草药，味道独特；更主要是"味美思"这个名字，一眼打动了我。

最难忘的一次聚会，是1982年夏天，我大学毕业，专程回北大荒，重返曾经插队的大兴岛二队。因我是第一个返城后回北大荒的知青，队上的老乡非常热情，特地杀了一头猪，豪情款待。酒酣耳热之际，找来一台台式录音机，每一位老乡对着录音机说了几句话，让我带回北京给朋友们听。回到北京，请朋友们来我家，还是在这个小屋，还是在这个小院，还是做了我拿手的这两道菜，就着从北大荒带回来的60度的北大荒酒，听着从北大荒带回来的这盘磁带的录音，酒喝多，话说多，直到深夜依依不舍散去。

送大家走出小院，望着他们骑着自行车迤逦远去的背影……真的很难忘。那一夜，星星很亮，很密，奶黄色的月亮，如一轮明晃晃的纸灯笼，高悬在瓦蓝色的夜空，是我在洋桥住过的近八年时光里最难忘的夜晚。

前些日子读梁晓声的长篇小说《人世间》，里面也提到了聚会。小说从1972年逐年写到2016年，他们的聚会便也从1972年到2016年。这中间四十年来，每年大年初三在小说主人公周秉义家破旧低矮土坯房的聚会中，彰显了普通百姓赖以支撑贫苦生活相濡以沫的友情。快到小说的结尾，2015年大年初三周家的聚会，没有了原先的风光。尽管小说里的人物已经搬进了新楼，但曾经亲密无间的那些朋友发生了变化，有的死亡，有的疏远，有的隔膜，下一代更是各忙各的，不再稀罕旧日曾经梦一般的聚会。来的有限的人们，在丰盛的年饭面前，一个说自己这高，一个说自己那高，得节食，得减肥，让聚会变得寡趣少味。曾经在贫寒日子里那样让人向往的聚会，无可奈何地和小说一起走到了尾声。

2016 年的大年初三，周家的聚会彻底结束，梁晓声只用了一句话写了这最后的聚会："2016 年春，周家没有朋友们相聚，聚不聚大家都不以为意。"不动声色轻描淡写的这一笔，却让我的心里为之一动，怅然良久。四十余年已经形成习惯磨成老茧的聚会无疾而终，曾经那样热衷、那样期盼、那样热闹、那样酒热心跳、那样掏心掏肺的聚会，已经让大家"不以为意"。

我想起在洋桥我家小屋的聚会。1975 年到 1983 年，将近八年时间的聚会，也到此画上了句号，比周家四十年的聚会要短得多。

当年，大家下班后，骑着自行车，从北京各个角落奔到我家，蒜瓣一样，围着台式录音机听录音的情景，恍若隔世。

如今，很多人自己开着小汽车，没有小汽车，也可以打的或网约专车，但很难再有这样的情景了。几番离合，便成迟暮。

如今，西餐厅，北京再不只是莫斯科餐厅一家，西餐也不再那样稀罕，沙拉酱品种繁多，不再需用热油浇蛋黄土法炮制，烤苹果更是贻笑大方。也就是 1983 年初从搬离洋桥起，这样的聚会渐次稀少直至彻底消失，大家再聚会，会到饭店里去了。我的武功尽废，那两道手艺再也没有露脸的机会。

记得那天，朋友开着一辆大卡车帮我搬家。因房子要留给弟弟一家住，而他们还在青海柴达木，一时还没有回京，洋桥小屋，便荒芜了一阵子。但家具等一些东西还在。夏天，我回去取一些旧物，推开栅栏门，居然发现小院长满一人多高的蒿草，恍惚走进北大荒的荒草地一般。后来，一个朋友结婚无房，暂时借住这里，大概嫌放在屋角的一个破旧铁皮箱子碍事，便把它搬到小院里。后来，我发现铁皮箱子的时候，由于雨水的浸泡，它已经沤烂。箱子里装的东西没有什么值钱的，是我中学时代和在北大荒写的几本日记，还有回北京后写的一部长篇小说，厚厚一摞一千多页的稿纸，连魂儿都不在了。

那个小屋，那个小院，连同洋桥那片地铁宿舍，和马家堡村那一截火车站老站台遗迹，全部都已经不在，代之而起的是一片高楼大厦。

味美思酒，也买不到了。

水咸的，水淡的

高明昌

　　海边村，枕在东海的口子边上。只要爬过护塘，就能看见浪涛，浪涛像一道道泛着白光的城墙，吼着、跳着、挤着，拍岸而来，到了护塘后撞成了水花，它们撼不动护塘。护塘很长，边际在金山，源头在杭州。所有的护塘，离地五六至十来米，耸起后两边成梯形而下，靠海的是石头垒成的坡岸；靠村的是一道道的芦竹。海边村，在这护塘之下，过着平凡、平静、平安的日子。而这日子却能给海边村带来生机，无限的生机。

　　我在这里生活了二十多年，每天看见海，每夜听见海。到了海里，先戏水，后踏浪，再是扑腾游泳，无师自通。海风湿漉漉，有点咸，有点黏。海风吹得父母的脸跟焦炭一个颜色，我的皮肤也像上了一层桐油，黑里带黄，黄里带着油光。我常在村里的田野上独坐半天，想想有海的好处，也想想没有海的好处。我到钱桥镇读书的时候，都不敢看一眼漂亮女同学。因为我的手背像是烘过的山芋皮一样，做作业时也不想伸出手去。想到自己要在这里过一生，我就卑微，卑微到想哭。而我的父母却一直笑着、乐着、忙着。他们认为，海边村有海是天地造化，他们把这看作幸福，无限的幸福。

幸福，在海边村就是有海，有了海就有了一切。饭吃不饱，肚皮饿，精气神差，就去海里逛荡半天。在海里可以捉到许多的鱼，鲻鱼、鲈鱼、海鳗、弹跳鱼，还有长相怪里怪气的鱼，名字叫不出来。可以钩到毛蛸蜞、青蟹、梭子蟹、石蟹；海里也有虾，大的半尺长，小的半寸长，白玉般的颜色，虾脚伸缩自如、弯转神速、弹跳有力；滩涂上有泥螺，背上驮着沙泥，稳稳地向前移动着身体。更有蚬子，各种各样的蚬子，圆的、扁的、斜的，有白色的，也有花纹的。滩涂上的纲草湛蓝一片，地衣就在纲草的根上，雨过天不晴，地衣就长了出来，一串串的——这大海啊，大的小的，长的短的，圆的扁的，荤的素的都齐了。愿意去海里，海就养人，关键是人要勤谨。大家说，海对海边村人来说，就是一个宝藏，无限的宝藏。

海边村人，不管男女老少，个个都去过海里，都玩过海。海边村人个个看得出水波之下有无鱼儿，看得出水势之下有无浪潮。他们会游泳，会撒网，会捉鱼虾，是海让他们学会的。

海边村人感觉唯一的遗憾是，节日里有客人来，用海鲜招待客人，感觉自豪，但也会横生一个不好的预感，这个预感就是亲戚朋友喝过茶后会说，为什么这里的水是咸的？这一说，就觉得尊严被剥光。有玩、有看、有吃的海边村，到最后水是咸的。好像自己没有进化到现代人的样子，窘迫其次，坍台是实在的，但谁也改变不了这个事实。海边村人不愿意输在水的咸淡上。

他们想的办法就是存储天落水。天落水，是天上的水。天上的水，什么水可以比？

我小时候喝的水，基本上是天落水。天落水是盛在水缸里的，并且在水缸里做了处理的，比如加一点明矾。我们家里有六七只水缸，矮壮、厚重、坚固。灶头边有一只水缸，客堂屋檐口有一只水缸，宅前的菜园口也有一只水缸……位置都是按照接水、用水的便利计算好的。缸口都是用盖子盖住的，盖子是用木头做的，清爽、结实，轻重适中，掀盖方便。我们烧饭、烧菜用的水，是从水缸里舀出来的。其他用水，是到桥头完成的，用的都是河水。天落水金贵，是不可以浪费的。

那时，海边村人出门碰头，第一句话就是：你家水缸里水还有吗？

这是紧要的事情。水缸里的水是天落水，要落大雨、落长雨才会有。海边村里，天落一天一夜的雨，是好事。天落水是要人候着的，要接的，落雨了，就算在半夜，就算刮狂风，海边村人也一定跳将起来，冲出客堂，掀开缸盖，让雨水流进水缸。否则对不住老天爷，最后对不住自己。

有一年，七八两个月，只下了两场雨，场次少，雨时短，雨点小，屋顶的稻柴还没有湿透，雨就收场了。大家看看天，知道老天此时不怜人，就纷纷拉着水桶到一条护塘之隔的石桥村去讨水。开始去的都是亲戚人家，后来招呼不打直接到河里挑了，石桥村河水是淡水。我母亲夸大说，每一天收工后，大家都去挑，像是出工，一个也不落下，一天也不落下。半个月后，河里的水涨不上来，河里的螺蛳、田螺都顺着树枝、草蔓下沉到河中央。大家觉得自己的困难让小动物为难了，不好意思。回到村里后，有人提议，我们还是打个井试试。

一个月里，海边村所有的农家前面都有了井，是引娣叔叔帮忙打的。引娣叔叔有求必应，不舍昼夜，一身水，一身泥，一天一夜打几口。后来看看，海边村农家的宅前，都有一个隆起的小型碉堡，有的是圆形的，有的是棱形的，其实就是水井。

大家喜出望外，说我们也有淡水喝了。

事实呢？事实总是出人意料，大家从井里舀出来的水，喝过后大呼：咸的，咸的。有的人不相信，连着试喝了几十口井，喝了几十碗水，喝胀了肚皮，最后无奈宣告：水是咸的。此时，我爷爷跳出来说，我说别打井，不听！这水能淡吗？我们村几十年前、一百年前，就是海，海向南移出去了，我们这里就晒盐，家家户户都是盐农，晒盐沥出来的水，都到地底下去了，水淡了才奇了怪了。

大家纷纷佩服爷爷有先见之明。爷爷又丢出一句话，水咸点，碍啥事，咸水是咸不死人的。

是咸不死人，但咸坏了人的心境和面子。海边村的人急中生智，想出了许多急救办法，比如客人来了，水里放些白糖、红糖，要舍得多放。有时放茶叶，茶叶要抓一大把。也放薄荷叶，碗口上要放满。也开始学着烧老姜茶，老姜要放大半只，姜茶里再放红糖则更好。还烧大麦茶，大麦舀满半碗，烧出来的大麦茶一定要黄里透红，看上去像酱油汤一样。总之，天落水能不用则不用，能少用则少用。这成了海边村人自觉遵守的生活习惯。

海边村人的日子就这样在智慧中红火，他们也在忙碌中找到了许多的平衡点。他们喜欢自嘲，说海水不咸就叫河了。他们举例子说，海边村男人的脚是不臭的，脚癣是不生的，脚趾窝是干净的，这与脚天天接触咸的水有直接联系；海边村人力气大，是因为咸水喝得多的原因；海边村人喉咙响，是咸水让人的喉咙粗的；海边村的姑娘是黑里俏，也是因为多吃了咸水。

至于作物，就说村里种的西瓜，一是产量高，二是吃口好，好吃自然好卖，好卖腰间的钱袋自然会鼓。他们觉得这是因为海边村的土是沙土，沙土蓬松。沙土里种的山芋、土豆、花生，年年大丰收。据说盐碱地是生地，而海边村的是熟地，阳光之下，捧起来可以扬尘。那些作物在地底下生长，毫无束缚的感觉，能长多少是多少，能长多大就多大。如果水不咸了，西瓜、土豆、山芋、花生，还能好吃？

前年的秋天，市里的几位作家来采风，我带他们去海边看海。海水泛黄，海天一色，却是灰色、暗色的样子，没有半点清朗的感觉；海发出沉闷的声音，像是山石移动的声音，刺耳。但他们都说好看、好听，诗词口占十来首，都是羡慕与赞美。我让他们在我家吃了西瓜和山芋。他们说，这是珍品，都是珍品。说一方水土养一方人，重要的是出一方特产，最后确定明年的这个时候再来海边村看海。

现在的海边村，自来水通到了灶头，自然没有了咸水之烦。但海边村农家门口的井依旧是有的，井水时时被人用着。有许多人家，淘米、洗菜，以及洗衣、洗鞋、洗碗，用的还是井水，他们不愿意说咸水的好处与坏处了，而是用习惯、用冬暖夏凉来圆自己用井水的理由。其实这里面起决定作用是他们骨子里信奉节约的品德。至于心底到底怎么想的，一下子很难说清楚。

我问了母亲，母亲回答：水，咸咸淡淡的好；人，苦苦甜甜的好。

奶奶炖的肉

王久辛

　　奶奶炖的肉，无论牛羊肉，还是鸡鸭鹅，都别有滋味。奶奶是用砂锅炖肉，先把糖化好，翻炒色中便将各种调料依次掷入锅中，再翻炒；然后，续上水，放盐，盖上盖儿，待汤沸开锅，倒入砂锅；火压小，慢炖……

　　砂锅，那可不是熬煎中药带把儿的小锅子，而是大号双耳的黑砂锅。左耳贴着锅凸出一指，右耳也贴着锅凸出一指，并且还都凹进去一指，加起来就是两指的凹耳轮了，抬锅时四指抠进去，提，吃劲，牢靠，稳。尤其从炉火上端下那滚沸的一锅汤肉，这两个耳朵别提有多给劲儿。锅，深有一尺，宽有八寸，那沿儿的厚度，少说也有二厘米。现在回想起我家原来的那个黑砂锅，仿佛至今都在那火炉子上冒着咕咕噜噜的热气，像又一锅香喷喷的肉要炖熟了……馋死个人了。

　　那砂锅坚硬如钢，却比钢要轻，粗糙，面丑相憨。小时候，我一直都不明白，为什么我奶奶非要用这砂锅炖肉，而不直接用铁锅炖呢？奶奶说，那可是不一样呢。铁锅生硬且隔，肉倒是可以炖熟，但锅与肉不相融，去不了腥的，炖出的肉，味单且薄，吃起来不香；而砂锅炖出的肉，就不一样了。我想，兴许砂锅的砂，在高温中会与肉及调料相融，不仅去了腥，还有可能产生新的催化……那味道绝对是别有一番滋味在舌尖上闪金光哩。

　　不过，我们小时候很少吃肉，一是家里经济条件并不很好，哪能经常买肉吃呢？二是那时候买肉要凭肉票供应，不能随便买。我依稀记得，当时一个成人一个月只能给半斤肉票，小孩儿给三两肉票。我们家户口本上登记在册的，是七口人，即爸爸、妈妈、奶奶和我们兄弟姐妹四个，也就是说，我们家老少三代人，一个月也只能凭票买二斤七两猪肉，多半两也没有。虽然肉票少，每个月吃不上多少肉，但是我们家有奶奶，她有绝对高明的办法，让我们总觉得家里有肉吃。每次爸爸妈妈买回肉，奶奶便高兴地将瘦肉切成丝，一多半炒熟放着，每天炒菜铲一铲子撂锅里，那菜便有了肉味；常常一碗肉丝，奶奶能对付七八天。另一半，等星期天剁了，和白菜或韭菜或芹菜一起包饺子。那就相当于过节了，但这种节过得快。真正耐久的，是让我至今都难忘的、奶奶做的"肉皮黄豆萝卜菜酱冻"，我们家简称"肉冻"。每次，奶奶都会做一大砂锅，每顿饭，奶奶都会给我们盛上一盘子，那可真是好吃极了。

　　这个"肉冻"，可不是我们在饭店里吃的那种纯粹的肉皮冻，而是以肉皮为主料，多种原料拼做而成的一道美味菜肴。它是肉皮冻，却又不是肉皮冻；它是一道素菜，又是荤的。也就是说，你吃的是菜，却有肉的味道，这就是这道菜在那个吃不上肉的时代，让人吃了还想吃的耐久的神奇功效。

去年，我们兄弟姐妹和母亲想起这道菜，一致认为：这个砂锅皮冻，应该是我们家永远的传统名菜。可惜啊，自从奶奶逝世后，45 年过去了，我就再也没有吃过。其实，当我今天写到这里，绝对不是想吃的，而是想有奶奶的那些个好日子，那厨房的烟火气，那饭菜的热香味，多么令人怀恋啊……

不过，砂锅皮冻的做法不复杂，与炖肉差不多，只是先炖的不是肉，而是肉皮。那年月买肉定量，所以每次买回了肉，奶奶总要先把肉皮片（意同削、割）下来，挂在房前屋后晾晒，待积攒得多了，才琢磨着该做一回砂锅皮冻了。于是，将肉皮从墙头上取回来洗净，用热水泡上，待肉皮泡软后，再拿把小钳子或小镊子，将肉皮上的毛毛，一根一根地拔干净。有时候，奶奶会叫我帮她拔皮毛，她呢，便去洗菜、切菜。菜呢，都是家常菜，有红的白的萝卜，有藕、海带、白菜、芹菜，硬的切成丁，软的切几截。待我说：奶奶，毛毛拔干净了。奶奶就接过去检查，一条一条看，看得很仔细。如果检查后没发现拔得不干净，奶奶就会奖励我一块糖，说：好孩子，一边玩去吧。奶奶呢，便把肉皮放入砂锅，续上大半锅水，端上炉子开始煮，直到把肉皮煮得熟熟的，汤也变成了乳白色的浓汤。注意呵，这个汤才是最重要的，熬成多少，就是多少，千万不敢再续水了。这时候，再用筷子将肉皮夹出来，放入准备好的凉白开中，待彻底冰凉了，取出放案板上切成丝，再放入锅里煮。汤再开了，就可以放切好的红白萝卜丁、藕丁、海带片、白菜截，还有一碗提前泡好的黄豆……最后，就是放大料、花椒、桂皮，倒酱油、放盐、放五香粉，总之，一切该放的都放完了，就剩下一个煮与炖了。这中间，少不了要揭盖搅拌，因为放入的东西多了，就要严防煳锅底，当然，一时三刻，奶奶心中有数，到了时间，自然就会端着砂锅的双耳下炉，那自然也是皮冻做好之时，最后一个步骤就是彻底放凉。

哦，我真就差点忘了交代了。我奶奶做砂锅皮冻时，一般都是晚饭后，做好，盖好，让爸爸端着砂锅的双耳出门，将之放在门外的窗台上。不用说啦，这道美味佳肴，只能第二天中午饭时才能享用了。而往后的一个多星期中，我们家的饭菜便有了肉香味儿……

有饼食

尔 雅

　　翻阅《事物掌故丛谈》，编著者杨荫深说：饼，是并的意思，也就是用面粉调和使之合并的一种食物，其名约起于汉代，古无是称。饼在汉时名目颇多，主要分为胡饼、蒸饼和汤饼。胡饼，应该为有芝麻（胡麻）的饼，或为炊饼、烤饼的前身；蒸饼一路演化出馒头、包子，汤饼大体就是面条面疙瘩之类，当然这是我粗糙的理解。杨先生还提及：诸多面食，如馄饨、饺子，因为是面粉做的，在古时也统称为饼。

　　对我这样的 70 后上海人来说，对饼的认知，最早始于四十多年前国营早餐店里的甜大饼和咸大饼。甜者浑圆如小锣，饼底微焦，饼面柔韧，咬下去中空，当中是半流质的糖馅，时不时会吃到尚未彻底化掉的砂糖颗粒。写下这些字的时候，我仿佛回到了那时阴冷的上海早春，父亲急急买回的大饼、油条、豆腐浆都还冒着热气，甜大饼的焦香甜蜜溢出了嘴角，敦促我吃饱上学去。

咸大饼椭长近似大牛舌，有零星葱花，稍稍绵软。印象中，父母吃咸大饼居多，因为更抗饿，还有，我没记错的话，咸大饼要比甜大饼便宜一分钱。

有段日子，家里突然有了颇多的糯米粉，还有几只颇能下蛋的老母鸡，似乎都是乡下亲戚带上来的。父母是同一家国企的双职工，工厂抓生产，他们整日忙进忙出。那时小学放学早，作业不多，三四年级的我已经学会了生煤炉，淘米烧饭，择菜备菜。煤炉的使用很费心思，第一只煤饼可以烧开水，煮熟米饭，加第二只煤饼时利用其小火耐心地转锅烘饭，这些多半由我负责；随后是第二只煤饼的最佳火力时间段，由下班回来的父母掌勺煎炸炒煮，这样就能保证早些吃到晚饭。

有了糯米粉，有了鸡蛋，还掌控着第一只煤饼的使用权，当然还有人小嘴馋，我开始哆哆嗦嗦摸索着做糯米粉鸡蛋饼，半碗糯米粉加两个鸡蛋再加三勺白砂糖，耐心地搅拌成均匀的面糊，用饭勺慢慢地舀入油锅中，借第一只煤饼烧饭前的中小火煎制成鸡蛋饼，金黄软糯喷香可口。通常一次做七八个，除了自己解馋，还会给父母留更多，让他们到家先点饥。小学四年级时，班主任诸老师来家访。我因为当天学校里受了委屈，见了老师也不言语，闷着头做糯米粉鸡蛋饼，又在母亲督促下为老师奉上。小饼得到了诸老师由衷的赞美，我的不快也因此更快消散。或许，那时我便有了美味的食物可以抚慰人心、专心制作食物可以排遣情绪的概念。

　　大学快毕业时，我吃到了父亲亲手做的饼。因为工厂效益不好，母亲已经提前退休好几年，而父亲在做了许多同事的疏散工作后也无奈下岗了。父亲不知从哪里得来一口扁扁的平底锅，便开始自己摊葱油面饼，还做过一段时间的生煎小馒头。母亲更喜欢吃饼，我更馋圆鼓鼓肉墩墩香喷喷的生煎小馒头，虽然没法和点心店里的生煎比，但味道真心不错。周末从大学回家，吃生煎成了保留节目。父亲越来越沉默，我捧他手艺好，甚至鼓动他上街摆摊没准儿很赚钱，他露出笑容又随即否决：瞎七八搭，到马路上做生意像啥样子！自家屋里节约点吃了开心点算数了。

　　第一次吃到煎饼果子，是工作后不久，去学校南区研究生宿舍探望同寝室读了硕士的女友们。某位女友带着我去松花江路上的饼摊，看着摊主把一大勺面糊在硕大的饼铛上均匀摊开，敲上鸡蛋加盐挥撒葱花香菜，涂抹甜面酱辣酱，搁上油炸过的脆饼，然后裹踏实装食品袋，行云流水一气呵成。看得我目瞪口呆，女友一把递过来：快点趁热吃，我等下一个，你再带几个回去，我们都觉得好吃。咬着满是麦香的煎饼果子，嘴里充溢着咸香松脆的新鲜口感，心里翻来覆去默念的是：如果能在南区和她们时常一起吃煎饼果子，多好呀。

　　工作、生活，陆陆续续品尝到更多的饼。比如有段时间和博物馆小伙伴们常去云南路美食街，大啖新疆馕、西安肉夹馍、山东韭菜盒子；出门在外，也曾贪嘴连吃过三个刚出炉的绍兴霉干菜饼，不露声色领教过土风原味的山东烙饼卷大葱。上海是美食风起云涌的地方，被追捧的本地爷叔葱油饼、印度飞饼、意大利比萨饼，还有号称台湾小桃园的烧饼，美味缤纷。但这些都不及我记忆里国营老店的甜大饼、自己捣鼓的糯米粉鸡蛋饼，还有父亲做的葱油面饼和生煎肉馒头。

抗击疫情，在家"屏牢"的日子里，我试着将囤了颇久的山芋去皮洗净切片上锅蒸熟，趁热压成泥加入绵白糖和糯米粉，反复揉搓做成山芋小圆子，一举成功。配上酒酿鸡蛋，橙白相间诱人食指大动，发朋友圈赢得多个点赞。又某日，试做土豆饼，蒸熟压烂的土豆泥中趁热加入盐渍的胡萝卜颗粒、葱花和白胡椒粉，加少许小麦淀粉糯米粉，按压成型，放油锅里小火煎制，葱香扑鼻，入口鲜咸酥糯。

糯米粉用得很快，可喜的是在单位边上的杂货店里买到了新进的面粉、糯米粉、玉米淀粉以及发酵粉，接下来到底做什么，似乎有了很多种可能。

天气暖和起来了，花花草草热闹起来了，在鸟儿啾鸣的日光里，我恍惚想起年少时的岁月。有饼食便满足的清贫与隐忧，父亲的失落与沉默，我的早早工作和一贯保守——这些自有来由，也很难改变。可以庆幸的是，若干年后我终于可以把它们归入平和的文字，也在疫情的困境中有所领悟，挫折与灾难随时会降临，如果做不了大智大勇的英雄，那么至少，尽全力做好自己。

静守，劳作，有饼食。

霜华是一味

刘诚龙

蒹葭苍苍，白露为霜；玉立婷婷，小不点为大姑娘。若说露是霜的未成年，那么，雪便是霜的未长成，霜，养在乡晨人未识。唐朝温庭筠有一首霜诗，极得味，"鸡声茅店月，人迹板桥霜"，长亭外的游子读了，是要落泪的。

霜随形转，形塑霜状，板桥上的霜，茸茸的，有如蒲公英吧；蒹葭上的霜，圆圆的，有如鱼眼珠吧；而狗尾巴草一排排长在田埂或山脚，霜挂其上，便像极了撒上白粉的棒棒糖。张九龄写霜景是："潦收沙衍出，霜降天宇晶。伏槛一长眺，津途多远情。"霜景正是天宇晶，霜降的那些早晨，高高低低的乡野，弯弯曲曲的乡野，是浅浅的白，是疏疏的白，是薄薄的白，是田田的白，绿白相间，黄白相间，不是山头厚雪，当算草间雾凇。

茄子是没得摘了喔。霜来了，乡亲们悠悠兴叹，这时节，绿色蔬菜退场了，南瓜早没了，冬瓜不见影了；辣椒坚持着，但也不开花了，结的辣椒也是前些日子的，不葱茏，不舒展。辣椒们拢起袖，缩了脖，蜷了形。有俗语说的是，霜打的茄子。霜打后的茄子，个子小如老鼠仔不说，摸起来硬邦邦，吃起来也苦唧唧了。

萝卜却是甜起来了，菜市场卖菜的大妈，嗓子亮得不行：来来来，打霜了的萝卜呢。霜前萝卜与霜后萝卜，外形并无不同，都一样长长圆圆，都一样白白胖胖。霜前萝卜，生嚼有一股辣味，兼一股涩。霜后萝卜，便很甜了，便很脆了，萝卜不仅是蔬菜，也是水果了，吃起来有梨子味了。打霜的萝卜，里头水是甜的，自来水煮萝卜，自来水也是微甜微甜的了。霜，是萝卜的玉液琼浆，是莱菔的春风雨露。

红薯也是霜后佳。霜前红薯蒸也好，煮也好，或是烤也好，粉是粉的，粉中有点涩，不过经藏，要让红薯过到来年，得霜降前挖红薯。老家屋里，多在客厅里，挖了一个大窖，一人多深，双手之宽，四四方方。平时是空的，到了秋冬，满了，窖里全堆满了红薯。乡亲像是蚂蚁们，秋天从土里挖来红薯，全藏起来，过冬。

风雪日子，那一窖红薯，便是一屋子的幸福。风雪夜，人都归了，一家子都坐在火炉边，火炉上架了四方桌，桌上铺展了印花被。不知谁嚷了一声，饿。娘便翻开一块木板盖，从窖里拿出两三个红薯，铁筛子上盖木板，焖烤红薯，鼓鼓的香，泪泪的香，也是满耳咕咕的香。若说粮食香，没什么香过烤红薯。

乡亲们猫冬的日子，红薯是深冬里的"舌尖"。冰寒雪冻，

138 | 139

窖设正屋，正正好。围炉话桑麻，想吃夜宵了，不用去山脚窖里，伸一脚，便拿了红薯来烤；到了初春，红薯日渐见底，须是跳下去，才捡得上了。我姐曾害过我一回，她怂恿我去捡红薯来烤，待我跳下窖去，她不伸手拉我了，还把木板盖了：把红领巾给我，我就拉你上来。读了好几年书，我没戴过红领巾，欠死了。便偷了姐的，在学校里、家里、村子里，是不敢戴的，放牛山上去，才戴着向山麻雀们显摆。我姐早知我干贼牯子事，骂我我也不给她，她自己哭我也不给她。她便想出这个绝招，我招了。

霜后红薯，不经收，容易坏的。现在，我姐总要留一块红薯土，不到霜降不去惊动红薯们。好大一蔸霜啊。夜来天气冷，要盖七八斤被子了，赶早起来，冷得打战，便见田野里，白了。便有人喊，好大一蔸霜。霜华论蔸，大概早已秋收，稻田里剩一行行禾蔸了吧。霜落芨芨草，一根霜；霜落稻草蔸，一蔸的霜。秋黄世界，冬灰天宇，着了芦花白，着了雪花白，白绒绒了，白晶晶了。

好大一蔸霜啊，便要开挖红丘陵里那块最后的红薯土了。太阳出来，霜华隐去，土里，到底凉了，挖出红薯，手剥红薯身上土，手都冻僵。想到红薯好吃呢，便浑身来劲。霜前红薯，如嚼铁砣，有些夸张，如嚼木头，却是写实；霜后红薯，松了，脆了，软了，甜了，生吃出味，熟吃味出。

霜后红薯，蒸着，蒸锅边上都是老红色结团，如牛皮糖，刮了，手拿，手都黏黏糯糯，沾往嘴唇，甜甜如蜜。若说，霜前红薯，一条条烤，烤得四面黄，却是硬邦邦。霜后红薯，一个个烤熟，软如面团，甜如柿子；卖相也佳，老红老红的。

很多年了，我姐和我妹，秋收那会儿，田野与山头，庄稼都收得干干净净，她们都会留一块霜红薯，洗净，晒干，烘烤，密封，制作干红薯，一袋袋装着，天天问拟上城者，托其带给我。晨起上班，堂客煮面，吃了，肚子是饱了，舌尖没饱，便随手拿几根烤红薯，路上嚼，嚼。嚼之味，那是绝味。

霜华不只是冷味，霜华也是甜味，白菜也是借了霜，滋味从此悠长。白菜先前，多是青菜吧，叶叶舒展，蔸蔸青绿，白菜们只顾着舒枝展叶，待到霜来了，雪来了，白菜内向起来了，注重内里品质酿制了，注重味道提炼了。霜里拔蔸白菜来，雪里挖蔸白菜来，搁砧板上切，响声都脆很多，炒起来水分足得很，入口更是甜滋滋的。

不只霜华，比如阳光，比如雨水，都是一味。今年阳光足，橘子甜呢；今年雨水足，梨子脆呢。别说大铁锅翻炒炒出味，大自然更是蒸馏有道。

把佳肴弄出味的，不是厨师，不是柴米油盐，而是老天。厨师出小味，老天酿大味，其以风雨霜雪，调和鼎鼐，烹制万千人间美味。

江南风味腌笃鲜

沈嘉禄

　　雨后春笋，惠风和畅，郑板桥在泛潮的宣纸上写下一行诗："江南鲜笋趁鲥鱼，烂煮春风三月初。"卖文为生的穷秀才如郑板桥，还吃得起竹笋煮鲥鱼。还有一个会吃的李渔，用春笋配刀鱼，那是山鲜与河鲜的刎颈之交。

　　这两样江鲜，鲥鱼如今已大规模养殖，品质与往昔不可同日而语。刀鱼今年禁捕令已下。不过，银光闪闪的刀鱼在市场上或许仍会犹抱琵琶半遮面——早有人用海刀或湖刀冒充江刀。

　　好在我们还能吃到竹笋。我最爱油焖笋，用素油煸透，加绍酒、虾子酱油、白糖，若想奢侈一把，干脆剥了河虾子炒干后来拔鲜，成菜油亮，咸中带甜，酒饭两宜。或取几尾小黄鱼稍煮一下拆骨留肉，笋尖切碎，荠菜切末，煮一碗荠菜黄鱼羹，起锅后撒白胡椒粉，鲜香肥腴。

　　上海人家对春笋的最高礼遇就是经典名菜腌笃鲜了。取黄泥竹笋十几只，五花肋条肉一大块，新风咸肉一大块，也可取隔年咸猪脚一对，画风粗犷但味道更为扎实。五湖四海地挤进一只大砂锅，大火煮沸，撇去浮沫后转小火焖，汤色清雅，情意浓稠。吃了一顿，留下半锅，还可以加些百叶结与莴笋再烧，赛过一场精彩大戏的谢幕。

竹笋切丝炒咸菜，最好再加点肉丝，小煸小炒的风格，小家碧玉的味道，过粥过泡饭一流，做面浇头也不觉得寒酸。

我也爱毛笋。毛笋在竹笋快下场时再登场，毛笋不抢戏，有情有义。以前菜场里毛笋上市的辰光真是便宜得满街掼，妈妈从菜场里抱一只粗壮的毛笋回家，像抱着一个小毛头，累得气喘吁吁的。剥壳后咔嚓一声对半劈开，斩成大块，在锅里加盐炒至出水，再加咸菜焖透，起锅前加一勺素油，有一种清新简朴的山间野香飘逸，盛几大碗，可以放开吃。在物资匮乏的年代里，这种体验多么难得！不过妈妈还是要警告我：毛笋刮油水，多吃胃里要潮。所谓潮，是一种很难用语言形容的不适反应。

毛笋还能做成笋脯，可以储存较长时间。若加黄豆共煮，就是笋脯豆；加花生米，就是笋脯花生。以前妈妈经常做，晒干后寄到新疆去，给二哥补充营养。

绍兴人做干菜笋，加入大量毛笋片，日后与猪肉共煮，味道更佳。看绍兴人切毛笋片真是有趣，他们是骑在长凳子上切的，下面垫一只大脚盆，一会儿工夫就是满满一脚盆！

毛笋对劈，晒成干后由乡下人挑着担销往城里，过年前拿出来在淘米水里浸泡几天，使之发软，并有一股酸唧唧的味道，并不好闻。几天后，就会有人肩荷长凳走街串巷地吆喝："切水笋呵……"切水笋是颇有看头的，手艺人用安装在凳子顶端的小铡刀飞快地将水笋片切成极细的笋丝。这种笋丝与五花肉一起煮，猪肉不再油腻，笋丝则吃进了肉味，两者互相渗透，味道非常好。

毛笋的壳晒干后存起来，端午节前包粽子，似乎是宁波人的专利。淡黄色的毛笋壳上有深褐色的斑点，体现着豹皮斑纹的野性之美，说它性感则更加合适。宁波老太太用它包碱水粽或灰水粽，紧实而泛一点黄绿色，吃起来别具风味。现在碱水粽和灰水粽很少见了。有一次吃到日本风味的扎肉，倒是用毛笋壳包的，香腴不腻。再一打听，原来是"中国制造"。

宁波人还会将一下子吃不了的毛笋腌起来，埋入瓮内压紧，入夏后慢慢享用。盐煮笋吃起来也相当够味，带一丝清酸味更佳，如今在宁波风味的酒家作为冷碟供人下酒。

浙江人称之为扁尖笋的笋干，表面结一层盐花，极咸，煮汤前须在水里浸泡一夜。杭帮馆子里的老鸭汤，全靠扁尖笋来帮衬，吃饲料长大的鸭子已经没多少鲜味了。扁尖冬瓜汤在夏天是消暑良品，价廉物美，老少咸宜。

苏帮菜里有一款金银蹄，一只鲜蹄与一只咸蹄共煮一砂锅，家常味道，腴美无比。我认识的一位国家级厨师用走地鸡、鸽子、咸鹅与鲜笋做过一道家禽腌笃鲜，层次丰富，饶有风味。去年在苏州吴江他还特地为我做过一道素腌笃鲜，以莫干山哺鸡笋、天目山焙熄笋（临安笋干）、干羊肚菌、素肠等为食材，先用尖扁笋、黄豆芽、笋老头吊汤，然后捞出黄豆芽、笋老头淀汤待用，另外起锅坐灶，鲜笋切滚刀块，用茶油煸香，加入水发羊肚菌及素高汤后煨煮半小时，最后下面筋、素肠及剪成段的焙熄笋，味道清雅隽永，有僧家意。

　　20 年前，我在方浜中路藏宝楼里看到一老者手持数条竹根兜售，每根长约一米，100 元一根，有人嫌贵。我倒是真喜欢，就随手挑了一根。竹根属另类印材，椭圆形的截面坚实密致，可以刻闲章，玩久了也会起包浆。现在藏宝楼也关门了，若要买竹根，就不知去哪里寻觅啦。

春风十里，不如几个小菜

王太生

天气晴好，草木含烟的早春，人沐清风，觅诗情，闻鸟鸣，踏歌行，简衣鹤步，访故交……其实，春雅何须多，不如有几个小菜。

春风十里，摘半篮芸薹。做客乡间，村妇下田，踩一畦露水，素手掐菜薹。半篮菜，蓬蓬松松。菜长至此，才好吃，茎叶水嫩，花秀初青蕊。洗时，三捞两沥，不伤筋骨，素油爆炒，倒入姜米，绿碧碧的一盘，正合春意。所以说，人要在一个以三十公里为半径的活动圈中，交几个布衣好友，不为别的，只为乡下小馆尝鲜，田埂月下散步。

一树芳菲，玉兰花入馔。明代文震亨《长物志》里说，玉兰"宜种厅事前。对列数株，花时如玉圃琼林，最称绝胜"。奇妙的炸玉兰花瓣应季而生，花开九瓣，色白微碧，香味似兰。一树的白色花朵，看不到叶子，只见粉妆玉琢的层层花苞。下场雨，把前一夜还满开的万蕊白花给打得云容黯淡，树下满是残雪般的落花。这时，巧手厨娘捡取花瓣，和以粉面，在油锅里轻煎一下，称为玉兰花饼。明代王象晋《群芳谱》中说："玉兰花馔，花瓣洗净，拖面，麻油煎食最美。"明清时，炸花片是风行度颇高的网红小吃，王世贞《弇山园记》提及，堂前"左右各植玉兰五株，花时交映如雪山琼岛，采而入煎"，直接从书房前的玉兰树上摘下鲜瓣，送到厨房随即炸制。

春日野菜，手捧为妙。麦菽野地里的蒲公英，身姿轻盈，捧二斤，一大堆。周作人《园里的植物》中提到蒲公英："蒲公英很常见，那轻气球似的白花很引人注目，却终于不知道它的俗名，蒲公英与白鼓钉等似乎都只是音译，要附会的说，白鼓钉比蒲公英还可以说是有点意义吧。"蒲公英可入馔，这一点，周氏没有提及，但这并不影响它成为春天的一道美食。蒲公英煎饼，开水焯烫，捞出控干水，切碎。鸡蛋放入加盐拌匀，加面和水拌成稀糊。锅烧热，倒油占满整个锅底，舀上一勺面糊，一面煎黄后，翻面煎另一面。若凉拌，水开撒少许盐，蒲公英焯一下，捞出过凉，蒜瓣剁碎，加剁辣椒、香油调成汁，拌匀。

杂鱼二三尾，瓷盘清蒸。江罗果，是杂鱼的一种。河中罗果，手指大小；江里罗果，一根筷子长短，身形修长，可以想到江罗果在浪中嗖嗖嗖地游，风大浪急，这家伙蹿得更欢。仲春，江罗果清蒸，色香与味形，俱佳。要说最妙处，江罗果是大江的馈赠，我觉得拿它做菜可惜，实应该入画，春天的江罗果簇拥一丛落入水中的黄金油菜花才雅，吃倒在其次。

　　一把芦蒿，清气弥散。芦蒿，又名蒌蒿、水艾。长于江中沙洲，或浅泽水边，择净叶留其嫩茎，与腊肉同炒，清香四溢。我喜欢把一捆芦蒿，在未择洗前，置于鼻下深嗅，一股淡淡的，有着野菊花的清香，入肺腑。拿着这一把碧绿水嫩的芦蒿，我就会想，它们生长在一片无人抵达的地方，四周那么干净，独自酝酿芬芳。芦蒿一物，让人想起苏轼那句诗，"蒌蒿满地芦芽短"。河滩上已经满是蒌蒿，芦苇也开始爆芽，短短的，芦蒿清炒一盘，有思故怀古之意。

　　一碟豌豆苗，清芬素草头。撑一柄伞，斜风细雨不须归。春天有许多嫩草头可食，秧草、枸杞苗、马兰头……豌豆苗这种植物，剔透得很。下过雨的豌豆地，苗头绿得透亮，圆叶片缀满晶莹水珠。不要紧，掐下一把，用手抖一抖，抖去水珠，再掐一把，一把一把地掐，浓密的田地里，豌豆苗带雨正欢，掐下的，植物最嫩的部分，拎回去爆炒一锅糖醋豌豆苗，这是春天的时令菜，药食同源，可以明目。

　　春风十里，还有嫩笋，此物最合文人意。它们在春天的竹林里，拱破地皮。

　　煨笋，煨的是山野清气和文人清趣，把情境都调动出来了。明代《四时幽赏录》说："每于春中笋抽正肥，就彼竹下，扫叶煨笋至熟，刀戳剥食，竹林清味，鲜美无比。"其实多数人的欲望深处，都有一小园。私密小园做什么？植竹与读书。春来雨水嘀嗒，这时候的竹林里会冒出很多尖细笋，与山中的黄泥竹笋相比，显得小巧娟秀，毕竟生于庭院的纤竹，少了山岚野气，有淡若薄烟的宅气。庭院春风，砂锅里细笋与狮子头同烩，自成格局。笋破土，一年只有一次，我在古园林，想听寻那细笋拱泥的细微天籁声，却不可得。

　　几个小菜，有一种清素淡雅的美。几个，刚刚好，不贪心。多易滥，一桌菜，冲淡意境，没了心情。

　　春风十里，不如几个小菜。

一菜一蔬，装着汪曾祺心中故乡的云

葛国顺

汪曾祺既是一介文人，也是大千世界里一个游童。他总是自谦"充其量是个名家"，平淡是他的压轴菜，让人从中品出人生的隽永。"平淡是个很不容易实现的境界，大部分人都是将平庸做平淡，即便经历丰富，也是庸庸碌碌了此生。汪老的关键在心态。"（姜异新《汪曾祺这个老头挺别致》）

汪曾祺在世时很乐观，是个对人间烟火充满世俗趣味的出世者，总认为"生活，是很好玩的"。他能写、喜书、会画，还能做一手好菜，是个少有的"四栖高手"，作家中少有的特别热爱世俗生活的人。他一辈子热爱劳动以及劳动所创造的美，包括饮食、风俗和生活中的艺术，创造美文，制作美食，奉献美。"汪曾祺的美文，以温馨、隽永、优美、崇尚自然，绵延悠长的韵味，迷倒了无数的汪迷，捧读他的美文，你会觉得连纸张的味道都变得好的。"（张晴《像美文一样的美食》）汪曾祺的美食，更是以独特的魅力，迷醉了众多文人雅士，并因此获得作家、剧作家、散文家、书画家之外的另一个头衔——美食家。他的关于吃、喜欢吃、喜欢写吃，其实也是美，是艺术之道。

懂得吃。

汪曾祺的《受戒》《大淖记事》等很多小说中都有水，充分体现了他对水乡生活的迷恋。水乡的静谧温柔，养成了他爱好各种美食的习惯。在他的《所谓吃货，不过是太热爱这个世界》中，谈吃的散文就有32篇之多，荠菜、枸杞、苦瓜、葵、薤、瓜、莴苣、蒜苗、花生、韭菜花、豌豆，都在他笔下开花；鲥鱼、鲤鱼、鳜鱼、凤尾鱼、鳝鱼、螺蛳，都在他文字中游弋。

《五味》中，炒米、焦屑、端午的鸭蛋、拌菠菜、拌萝卜丝，写得文采缤纷。《昆明菜》一篇说到昆明的炒鸡蛋，"炒鸡蛋天下皆有。昆明的炒鸡蛋特泡。一掂翻面，两掂出锅，动锅不动铲。趁热上桌，鲜亮喷香，逗人食欲"，真的把人的食欲给"吊"了起来。

其实，汪曾祺笔下的美食，并不上"档次"。几个小小的"杨花萝卜"，也被他描述成最好吃的食材。杨花萝卜即北京的小水萝卜。"因为是杨花飞舞时上市卖的，我的家乡名之曰：'杨花萝卜'，这个名称极富于季节感。"汪曾祺笔下的高邮鸭蛋写出了人间滋味。"平常食用，一般都是敲破'空头'用筷子挖着吃。筷子头一扎下去，吱——红油就冒出来了。"（汪曾祺《端午的鸭蛋》）这种笔法充满无限的家乡恋情，细细品味，让人感到高邮人骨子里对鸭蛋的那份骄傲。

在汪曾祺看来，吃喝实乃人生一等大事。比如，他刚到美国时去逛超市，"发现商店里什么都有。蔬菜极新鲜。只是葱蒜皆缺辣味。肉类收拾得很干净，不贵。猪肉不香，鸡蛋炒着吃也不香。鸡据说怎么做也不好吃。我不信。我想做一次香酥鸡请留学生们尝尝。"他说，他给留学生炒了个鱼香肉丝。美国的猪肉、鸡都便宜，但不香，蔬菜肥而味寡，大白菜煮不烂，鱼较贵。

品着吃。

汪曾祺对吃是饶有兴趣的。在 20 世纪 70 年代的一封信中，他教朱德熙做一种"金必度汤"，原料无非是菜花、胡萝卜、马铃薯、鲜蘑和香肠等，可做工考究，菜花、胡萝卜、马铃薯、鲜蘑和香肠全部要切成小丁，汤中居然还要倒上一瓶牛奶，起锅之后再撒上胡椒末，称之为西菜。有一次到菜场买牛肉，汪曾祺问卖牛肉的：牛肉怎么做？让人觉得老头奇怪：不会做，怎么还买？其实，他是为了引出话头，结果倒给人家讲解了一通牛肉的做法，从清炖、红烧、咖喱牛肉，直讲到广东的蚝油炒牛肉、四川的水煮牛肉和干煸牛肉丝。(汪曾祺《吃食与文学》)

汪曾祺生前曾编过一本《知味集》，给这本文集写稿的有48 位知名作家，历数中国菜的渊源和历史。文人很多都爱吃、会吃，吃得很精，而且善于谈吃，把谈吃文章集中成一本，什么八大菜系、四方小吃、生猛海鲜、新摘园蔬、酸豆汁、臭千张等，相当有趣。他在 1973 年写给朱德熙的一封信中还说："我很想退休之后，搞一本《中国烹饪史》，因为这实在很有意思，而我又还颇有点实践，但这只是一时浮想耳。"足可见汪老对吃的兴趣。

让我难忘的是，1981年10月24日，汪老阔别42年后第一次回故里，还到我家乡川青公社采风，时任当地文化站站长的我有幸全程陪同。在中午的餐桌上，自然少不了具有当地特色的菜肴，如雪花豆腐、川青过桥鱼和一些野味。汪老毕竟是美食家，对特色菜肴细细品味，赞不绝口，吃得开心。

亲手做着吃。

汪曾祺的"好吃"精神促成了一道汪氏菜肴的诞生。他在《文章杂事》中详细列出回锅油条的做法："买油条两三根，劈开，切成一寸多长一段，于窟窿内塞入拌了剁碎榨菜及葱丝肉末，入油锅炸焦，极有味。""这是我的发明，可以申请专利。回锅油条极酥脆，嚼之真可声动十里人。"

在不少文章中他都透露出对豆腐菜系的钟情。《豆腐》一文是他对豆腐喜爱之情的大成之文，洋洋洒洒四千余字，讲述豆腐的各种做法及风味，写出了汪曾祺的"豆腐学问"。"汪豆腐好像是我的家乡菜，豆腐切成指甲盖大的小薄片，推入虾子酱油汤中，滚几开，勾薄芡，盛大碗中，浇一勺熟猪油，即得。叫作汪豆腐，大概是因为上面泛着一层油，用勺舀了吃，吃时要小心，不能性急，因为很烫，滚开的豆腐，上面又是滚开的油，吃急了会烫坏舌头。我的家乡人喜欢吃烫的东西，语：'一烫抵三鲜'。"

1987年的《家常酒菜》中，在拌菠菜、拌萝卜丝、干丝、扦瓜皮、炒苞谷、松花蛋拌豆腐、芝麻酱拌腰片、拌里脊片之后，他正式将"汪豆腐"列入，并说"这道菜是本人首创，为任何菜谱所不载。很多菜都是馋人瞎琢磨出来的"。美籍华人作家聂华苓到北京访问，汪曾祺以家宴接待。做了几道菜，其中一道煮干丝，聂华苓吃得非常惬意，最后连一点汤都喝掉了。煮干丝是淮扬菜，不是什么稀罕物，但他是用干贝吊的汤。他说"煮干丝不厌浓厚"，愈是高汤则愈妙。中国台湾作家陈怡真到北京，请汪先生给她做一回饭。汪给她做了几个菜，其中一个是干贝烧小萝卜。那时，正是北京小萝卜长得最饱满也最嫩的时候。汪先生说，这个菜连自己吃了都很诧异，味道鲜甜如此！他还炒了一盘云南的干巴菌。陈怡真不仅吃了，剩下的一点点，还用塑料袋包起，带到宾馆去吃。（汪曾祺《自得其乐》）

汪曾祺逝世后，故乡高邮为纪念他，"汪氏菜肴""汪氏家宴"一时鹊起，还出现了专事推介汪氏菜肴的"汪味馆"，生意十分红火。全国众多"汪迷"不顾路远迢迢慕名前往，品尝汪氏菜肴，饱览汪曾祺的美文和书画。

谁的心里没有一片故乡的云呢？只是，汪曾祺把对故乡的感情融入生活的一菜一蔬，平淡朴实地叙说着心中的那片云。

闹道天上仙桃
三千年一闹花
五千年一结子
何以人间嘉禾
岁々年々不谢
朝々带露开花

柯灵的祝辞

朝花如锦笑春风

袁鹰

蓦然听说《朝花》将纪念创刊5000期，不禁又惊又喜，回想五十年代中第一次见到《朝花》初创时的摸样心情，撩如昨日，忽忽竟已5000期了。5000，不是个小数字。五千颗短者云霞的壮丽花朵，映迎一条七彩缤纷的绚丽路。我说报纸星斟林总总，副刊办到5000期的，恐怕凤毛麟角。它陪我们与人民共和国一起，从五十年代初世纪之交，走过了半个世纪了。

我个人说《朝花》相濡以沫的缘分，一是我放后我的第一个工作岗位就是《解放日报》，总该三年半后才知原本摊着开了店。但是因口话上的报社总归是我的娘家，《朝花》副刊时的编者多是我熟识的老朋友，二是解放前的最后一家晚报是地下党领导的《联合晚报》……

…《朝花》的名字有古：步，无以致千里。"如果说就是说踏访了一步，5000期的5000步。如果……真实的脚印，作……能够在历年的靠青上建……的思想步，这一切一切，愿愁忘记5000期，激励你的永动力。

偶用海人逢句：
年年岁岁花相似，岁岁年年人不同
遥望江南好风景，朝花如锦笑春风
龙年春

李国文

朝气蓬勃
花香海上
贺朝花瓶五千期
刘心武

‖一片瓦‖

真予

（国画）蔡大雄

活泼、多元多样

徐中玉

《朝花纪念发刊5000期期，是个很少的数目了。纪念纪念，谨致衷心祝贺。大概在1956年前后，我曾为做七、八篇小文章，读者多届的感想。那时报纸尚属副刊，报题刊出时，字嘉在达可从几种年的课本中…的感情。20年前……党它……了它的喜悦。我之所以被它抵着……的副刊质，大部只是在于它……向当次数较多的读者，偏意能让……话泼、多样的随意、杂趣、小中见…

宝贵，混分篇人化、稀疏化的内容，如富大众融心的问题大道。人们记录来激励的孩子上去路，记得去年多次去看至……

祝福第五千个清晨

王无化、冯亦代等报纸的副刊《夕光》1947年5月报纸被下令停刊，这个刊先生着作《朝花夕拾，当时一见到《上忽然出现用魚另《朝花》刊话，姗姗珞姿的分外领彼之人。《朝花》这块园地，火都以发动员之力，他仍然保持着十年代编刊物的沙味，每天早晨，鲜靳的朝阳，当一身江南晨雾拂去，清香有色味来到读者面前，成为上海滩时代特色的文化氛围。

海将花开，花瓣上露珠，花茎期待你转吻油墨的香气次惊。《朝花》来了第5000次晨曦，是一阵的暖暖牙，当包起了《朝花》的翩翩记记里，模糊了年月，却勾起了的淡淡的信息息，戾，是青花人，后来，年可爱记路摊那，多少幅新花枝曙悦蝇霞霞，绍多峥嵘地枝蓬伴好少需要的呼吸声，你这开放的翅膀是我……心花聚拥着需到与自款。祝福第5000个清晨！这也是第5000个诗开嫩猫好花开开，愿伴你…

"银幕将军"汤晓丹

汤沐黎

2020年，是先父汤晓丹导演110周年诞辰。

8年了，国内外有些老影迷记得他，问如何纪念。我建议说先父一贯行事低调，只要翻翻老光盘、看看老片子，就是对他最好的怀念了。言毕附七绝一首，代为片名索引："沙漠渡江南北征，盛衰无阻拓新程。阳春又过百十寿，红日高悬不夜城。"

至于我自己，则打开电脑，沉浸在码字的情思中……

当谢父亲面子大焉

我们两兄弟，小时候就习惯了父亲缺席不在家的生活。他长年累月拍电影，远近奔波，多在艰苦内地，行内叫"出外景"。回沪后也不轻松，要加班加点完成后续制作。能干的母亲十分关注孩子的成长，可她做完剪辑工作下班后，还要向苏联专家学习俄文，不得不送我们去托儿所全托。之后，我们相继过渡到校园天地里去了。

　　每天放学铃响，我待在世界小学出墙报、练乒乓，周末上午在"生活小组"集体做作业，下午去少年宫学画。而沐海弟则在东湖路小学、游泳池和练琴房之间三头跑。家中熄火，饿了嘛，就各自去兴业里居民食堂凭票吃包饭。这种生活方式早早唤醒了我们的独立自强精神，也造成对父亲早年印象的零散稀疏。

　　至今印刻在我心里的图景有这么几幅：

　　1956 年秋冬，父亲拍完《沙漠里的战斗》从新疆归来，全家去虹桥机场迎接。眼前的人风尘仆仆、衣裤皱巴巴不说，皮肤黧黑，嘴唇干裂，还平添了一撮胡子……这是我爹吗？他离家时可不是这样子的啊！

　　窗外襄阳公园春光明媚，父亲倚窗而立，摊开油画架调色，写生穿红衫的母亲。好立体呀，幼小的我心中赞叹，顿时就迷上了这门艺术。

　　盛夏大暑，在人挤人"插蜡烛"的常熟游泳池里，父亲耐心地教弱小的我练蛙泳。泳姿欠标准，不免被后来居上至徐汇区游泳队的沐海打趣，然而挺管用，多年后我在海外靠此技下太平洋、大西洋，游刃有余。

　　大约每月一趟，父亲率全家光临市文化俱乐部法式餐厅，鸡鸭鱼肉伺候。少年的我只觉得居民食堂跟不上身体发育的需求，故每趟到此用餐都填得要松裤带，全然不注意左邻右桌的明星们……

　　此外，还有件和电影沾边的事值得一提。那还是在新中国成立初期上影托儿所时代，各剧组都到本系统托儿所挑选临时小演员，图的是手续简便，家长肯放人。这次来了位导演，听阿姨报上父名，便一把拉我出群，横看竖看，带去大木桥路摄影棚。棚中央搭着庞大的麦秸垛，垛前泥坪上摆着石墩，石墩上坐着一位头缠白巾的"老农"。我被领到他跟前，听导演一字一腔教我说："伯伯，讲个故事吧！"几次排练后，看我还够机灵，导演便叫试机。霎时顶灯通明，长镜逼前，一排高大人影围拢观瞻，我再也发不出声。如此数回，毫无起色。导演不甘心："留他几天，习惯习惯。"接下来两天，我在棚中道具堆里爬上爬下，倒海翻江，终于把那堆庞大麦秸垛给轰然蹬塌了。导演见状，速速再试一次，见我仍是哑炮一尊，就送我抱着新玩具走了。这段经历幼绝星途，却超前赐我自知之明。而那个小捣蛋，无人责怪还礼送有加，当谢父亲面子大焉。

　　就读位育中学后，凡遇父亲新片上映，我和沐海总是直奔"国泰"或"东湖"影院。先睹为快之际，也想早点告诉他前后左右观众的评语。父亲重视观众和影迷的反应，力图日后改进。父亲也这般待我们。20世纪70年代，我有画展览，父亲不顾被揪挨批之风险，大口罩蒙面去参观，并负责地向我转达其"本意"和"民意"。沐海自改革开放初即经常回国开音乐会，父亲常至现场，若不能到现场就看电视转播。不仅欣赏，他还研究所演的曲目，尤其是洋歌剧，要搞清故事情节、作曲家生平、歌星特色，等等。这是为有资格与指挥家小儿子"平"论一番作准备。某次闻知沐海指挥经典歌剧要翻新版本，他甚至勾画了一批布景草图示儿，陈述独到"艺见"。

代表父亲接受"终身成就奖"

时空之轮飞转，落到 2011 年 12 月 19 日那天的中国国家博物馆大礼堂台上。我代表父亲接受中国艺术研究院颁发给他的首届中华艺文奖终身成就奖，作如下发言："我父亲汤晓丹 101 岁了。代表他来领奖，对我和汤氏家族都是莫大的荣誉。临行前我去医院看望了父亲，讨论受奖之事，并为他画了幅速写肖像。虽然体弱，他能读能听，还在画上签了名。现在，打开速写本，让肖像代替父亲见证他想说的话吧。他说：中华艺文奖是改革开放政策的丰硕成果。我很清楚自己取得的一切离不开电影战线上和我并肩工作的同代人的奉献。很多人已逝去，没能参与这个奖，而我有幸参与了。我为大家领奖……"

仪式毕，我乘高铁回上海，急驰华东医院，把奖杯、奖状、奖品和受奖人名册等摊放在病床上。父亲慢慢摸望着每件物品，露出坦然的微笑。

此后，他的健康每况愈下，虽经多方抢救，仍于一个月后长眠，享年 102 岁。我思绪万千不能寐，心中反复默诵着以前赠他的一首五律："百年声望隆，导演自成宗。坎坷轻荣辱，平和淡富穷。金鸡倾尾力，银幕录头功。已撰三朝史，余晖映沪淞。"

1987 年，父亲退休后，多次长住华东医院。但高龄和疾病压不住灵感，他移师绘画书法，有时在大宣纸上涂风抹景玩毛笔字，有时手握彩铅在小白簿上捕捉客容。他会即兴画套土月历自挂自娱，也会专心抄写英文名篇练习洋书法。他录下了百多盒影视节目，用的是早期的砖头型大盒带，在其空白标签上描题配图。这批磁带盒排列在书架上，五彩缤纷，别有情趣。他给破损的书包上新皮重画封面，还认真设计他和母亲在青浦福寿园的合葬墓地……

持久而广泛的"自学运动"

1910年，父亲出生于福建省华安县仙都镇云山村。那里风景美，但交通不便。村民需徒步行至附近九龙江畔，乘小船蜿蜒划出山区，再转赴各地。

母亲曾带我陪同某影视团队去那里追拍有关父亲生平的纪录片。在遮天的古榕树荫里，我们一行人踏石阶鱼贯而下，到达九龙江边。渡口木码头立有石碑，上面刻着："新圩古渡／原省委书记项南从这里走向革命／电影艺术家汤晓丹从这里走向艺术天堂。"目睹碑文我陷入沉思，想象着当年父亲离别家乡的场景。

1929年的夏季，19岁的父亲，在村头泪别慈母，孤身来到这个古渡。他幼年随父母侨居印尼，10岁回国。曾在厦门集美学校读书，因参加学生运动被开除学籍，回到村中帮木匠画家具度日。

那一日，船夫荡开双桨，一叶孤舟便渐行渐远……不管未来是祸是福，父亲"走向艺术天堂"的航程开始了。

到厦门再换海船抵达上海后，父亲立即投身左翼文艺圈，初凭投稿进步漫画谋生，继以制作通俗广告为业。1932年，他在天一影片公司画布景时，在名角急等开拍、老板兼导演邵醉翁突然病倒时，临危受命接手导演、剪辑和布景三职，完成了生平第一部影片《白金龙》，从此戴上专职导演的桂冠。

其实，父亲离家时全无拍摄电影的经验技能。他唯一的从艺史是童年曾跟随印尼乡镇木偶班巡演打杂，他出走的原始目标是美术而非电影。但为了生存，他奋力拼搏、成功转型，而这一切仅仅花了3年时间。

1934年，父亲在沪执导两年拍片3部后，被邵醉翁之弟、邵氏兄弟公司创始人之一的邵仁枚邀去香港合作拍片，直到1942年，父亲拒绝为日军拍摄美化他们侵略行径的电影《香港攻略》，在友人的帮助下逃离香港。在香港的8年，他拍摄了《金屋十二钗》《上海火线后》《小广东》《民族的吼声》等14部影片，迎来了事业上的第一个高峰，被香港媒体誉为"金牌导演"。

有人说此乃运气，有人说天赋使然，我却认为这主要是父亲勤奋自学的结果。事业越红火，对导演学识的要求也越高。他深感补课的重要性，便展开了一场持久而广泛的"自学运动"。为增强编写能力，他亲自动手把小说改成剧本，导演了生平第二部影片《飞絮》。他练弹钢琴，方法是替室友——一位音专学生租了一架钢琴，让其省下琴房排队时间来给自己授课。课程包括乐理，以致二十多年后他拍《不夜城》时，尚能读懂上影乐团王云阶作曲的五线总谱。另一位室友是剧社专职化妆师,他"近水楼台"向其请教舞台化妆术。他还勤晒太阳、勤做操,学习游泳,走哪游哪,体格良好,随时能出外景。他自修外语,社交时碰上英文"说客"就练对话。他的衣袋里总藏着袖珍字典,随时随地掏出来读,连逃难途中这一习惯都未改变。去世后,父亲留下一百多部字典。

终于一脚跨进电影这扇大门

流亡重庆时,父亲邂逅做秘书的母亲,教她英文打字,由此牵缘。拍完抗日影片《警魂歌》,抗战胜利了,父亲回到阔别12年的上海,又拍了《天堂春梦》等3部影片。他和母亲先在泰安路上的电影厂宿舍寄住,上海解放后才在淮海中路上高塔公寓安家。

这时期父亲开始认真建立私人藏书库。他海量收集各国有关电影的理论书籍和技术杂志,就着字典啃读,做到了足不出户而知世界电影动态。他的藏书还包括文学、戏剧、音乐、美术、建筑、历史、地理等方方面面,形成一个专业资料库。父亲努力通读下来,基础扎实了,学养深厚了,各种题材自然都不畏惧拍摄了。作品层出,被业内划为全能型导演也就顺理成章了。

特别值得一提的是,从未当过一天兵的父亲,却以拍摄军事题材影片见长,执导了《南昌起义》《南征北战》《渡江侦察记》《红日》《水手长的故事》《怒海轻骑》《胜利重逢》等众多军

一片瓦

事题材片，这都得益于他的刻苦自学、潜心钻研。

回望父亲转型做导演的那 3 年，我发现有一点相当重要，即他当时结交了一群志同道合、互帮互学的好友，苏怡、沈西苓、许幸之、司徒慧敏、柯灵、朱光、陈曼云、曾雨音、赖羽朋……对他电影事业的启航影响甚大。特别是其中两位：一位是左翼老牌编导苏怡，当时他在艺术剧社、大道剧社担任要职。父亲频繁去看话剧排练，从这位比他年长 10 岁的老大哥那里学取掌控舞台剧的经验。另一位是父亲参加左翼艺术家聚会被捕，在拘押时结识的狱友。他俩都对电影有狂热的兴趣，出狱后就结伴观影过瘾，方法是买票进虹口大戏院，怀揣干粮泡一整天。他们反复观摩上演的每部片子，背诵全套台词，拆解分析摄影、用光、剪辑、音响、表演、美工和特技的处理，直至烂熟于心。这位狱友不是别人，正是留日归国、后因导演电影《十字街头》而闻名的沈西苓。可想而知，两位才子如此彻底的交流，会擦出多么灵性的火花！

父亲在潜移默化中掌握了各种创作手法，培养了独立的艺术见解，更明确了追求的方向。电影是门综合艺术，作为其灵魂的导演需要强大的综合力来掌控全局。当美术基础、音乐修养、编剧能力、舞台实践、摄片程序、化妆技巧乃至健康体魄都到位时，这种综合力就形成了。此时若收到剧本，父亲应该胸有成竹，挑得起这副重担。问题是，他本人觉悟到了吗？答案是，未见得。他不愿放弃苦心经营的小广告社，没有主动打入电影圈的迹象，如果天下太平，也许他会终老于一介画匠。

但人生充满了变数，1932 年 1 月 28 日，日军大举入侵上海，摧毁了父亲在杨树浦老靶子路（今武进路）的住所和广告业务。他避难投奔苏、沈二人，心存感激，到天一帮忙，独立创作了影片《小女伶》的布景，并被正式录用为布景师。这可是天赐良机啊！偶然耶？必然耶？离乡背井，闯荡江湖，三载忐忑，原名汤泽民的父亲终于一脚跨进了电影这扇"走向艺术天堂"的大门，并取新名汤晓丹。

不断在实践中摸索前进

阳光破雾，江鸥掠过，长鸣一声，将我从沉思中唤醒。影视组拍摄完了古渡口，要移镜换地了。

接着，我们随访了父亲出生的那幢"祖屋"。他走后，胞弟禧承也离家，经香港辗转到苏北参加了新四军，出关东北。父母先后病故，"祖屋"长年无人居住。随着改革开放的深入，生活富足了，当地政府和百姓出资翻新扩建了"汤晓丹故居"。我把部分父亲用过的家具、书籍等物品，以及所画父母肖像、家乡速写都交由故居陈列。沐海也数次率团去那里开音乐会。最近收到的照片显示故居已成当地各族人民开展多项文艺活动的热门场所。

父亲辞世后，他的电影工作日记由商务印书馆出版。全套三本日记逐日记载了新中国成立 60 年里父亲拍摄影片的经历，书名由他亲定为"沉默是金"，隐藏了下半句"是金子总会发光"。父亲之意：话要讲，关键在什么时候讲。导演这职业，除了对讲话要求高，对牺牲精神要求也不低。父亲有三次大难不死的经历。首次是 1932 年日军夜袭淞沪，他凌晨迁回到北四川路桥头。面对日军的枪炮封锁，中弹者纷纷落水。他不愿退回日占区，心一横，向前猛冲穿抵对岸，再转移至法租界天一公司宿舍。当时若临阵胆怯或不幸落水，也就没有随后的电影故事了。第二次发生于 1956 年率摄制组大队人马去新疆拍片现场。父亲在海拔 5445 米高的博格达山顶马失前蹄，几落断崖，脱险后"三军欢呼，勿失主帅"。末次是 1986 年为拍《荒雪》，在黑龙江雪地翻车，摄制组多人折骨伤筋，76 岁的他仅擦破点皮。父亲拍军事片外景多，事故危险也多。遇洪水台风袭击，遭火车门砸而头破血流，被铁屑嵌眼而手术取出，森林里恶虫钻肤，还有雨中山路滑倒之类，都是家常便饭了。1977 年四赴黑龙江达斡尔族边区拍摄《傲蕾一兰》，行程共 47000 公里。他有牺牲准备，出发前夕说："我这个人即使要死，也不会死在家里。"颇有古人"马革裹尸还"之悲壮。人们称他"银幕将军"，并非虚名。

　　父亲也有遗憾，那就是他计划中的 3 部片子未能实现拍摄的愿望。好在他这辈子完成了另外 43 部电影作品（加上短片、纪录片、翻译片、顾问片及话剧，达 50 多部），获得 4 次（原）文化部优秀影片奖、中国电影终身成就奖、中华艺文奖终身成就奖，因拍《廖仲恺》而获第四届金鸡奖最佳导演奖。他还在实践中带出了于本正、鲍芝芳、包起成等下一代优秀导演。他的成就和精神遗产，与他的同辈一起，已由历史论定。

　　父亲在他的自传《路边拾零》中写下了这么一段话："我这个人的一生，如果说有什么可取之处的话，那么首先就是我甘当人家的学生，不耻下问。其次就是老老实实地自学。我认为自学可以成大材，古今中外不乏先例。我从踏进电影公司大门开始，几十年来，一直在不断学习，不断在实践中摸索前进。"语言朴素，但每次重读都给我新的动力。

永远的微笑

曹可凡

　　一年一度《我和春天有个约会》主持人歌会启动时，节目制作人林海提议，是否可以和黄龄演唱经典老歌《永远的微笑》，并由作曲家陈钢亲自伴奏。听罢此创意，不禁拍案叫绝。《永远的微笑》为陈钢的父亲陈歌辛赠予爱妻金娇丽的礼物，当年一经周璇演唱，迅即红遍上海滩。

　　说起此歌，不由想起廿余年前与袁鸣联合主持综艺栏目《共度好时光》，其中专门设置"情怀追寻"版块，邀请知名人士讲述与亲人或友人的非凡情感故事。之所以策划这一主题，是因为综观人们的一生，其美好时光往往无法绕开一个"情"字。生活因情而丰富生动、温暖感怀。好时光离不开一段段动人的交往、一个个难忘之人。正是拥有那些刻骨铭心的生命片段，人们方能享受此刻欢愉时光，短暂生命之河才会流出璀璨之色。

　　其中的《美丽到八十》单元便是叙述一代"歌仙"陈歌辛与

妻子金娇丽的动人爱情故事。陈歌辛曾追随德籍犹太音乐家弗兰克尔学习音乐，风流倜傥，才华横溢。金娇丽为其学生，16岁被推选为校花，还在新新公司楼上"琉璃电台"担任播音员。金娇丽曾如此描写陈歌辛："他在上课时穿一件熨得平整的深蓝竹布长衫，而且半件已洗刷得发白了。我喜欢上这英俊青年，认为他'穷'就是好的。"然而，这段"师生恋"差点因家境与门第悬殊而夭折。金娇丽为吴宫饭店经理家掌上明珠，陈歌辛祖上虽为印度贵族后裔，但早就家道中落、勉强度日，世俗偏见几乎棒打鸳鸯。

金娇丽外表看似柔弱娇小，内心却坚强无比。她断然违抗父命，与陈歌辛租借陋室，共筑爱巢。兴许是受爱情滋润，《玫瑰玫瑰我爱你》《蔷薇蔷薇处处开》……一首首情歌从陈歌辛的心底汩汩流出，而金娇丽永远是丈夫作品的第一读者。两人蛰居逼仄旧屋，但心怀大爱，相互激励。没过多久，陈歌辛"歌仙"的雅号便不胫而走。一时间，海上流行歌手，如周璇、姚莉、李香兰等，均以演唱陈歌辛作品为荣。

艺术家天生浪漫敏感，与女歌手相处之间，难免互生情愫，陈歌辛也不例外。他一度与姚莉的哥哥姚敏对李香兰倾慕不已。而李香兰对陈歌辛亦赞赏有加，他们彼此惺惺相惜。但碍于家室，陈歌辛始终保持克制。他与姚敏相商，共同创作一首歌曲，以纪念彼此的友谊。于是，姚敏借用唐代诗人张籍《节妇吟》中名句"还君明珠双泪垂，恨不相逢未嫁时"，与陈歌辛共同写出传世之作

《恨不相逢未嫁时》："冬夜里吹来一阵春风，心底死水起了波动。虽然那温暖片刻无踪，谁能忘却了失去的梦。你为我留下一篇春的诗，却教我年年寂寞度春时……"舒缓委婉的旋律之下，蕴藏翻江倒海的情感纠葛，无奈苦恼，缠绵欢愉，尽在不言之中。

　　而一首《苏州河边》则是陈歌辛记录了他与"银嗓子"姚莉一次难忘的姑苏之旅。那时，他俩随公司同时往苏州游玩。月夜之时，他们漫步于小桥流水间，感受单纯的美好。回沪后，陈歌辛以白描方式写出《苏州河边》。"河边不见人影一个／我挽着你，你挽着我／岸堤街上来往走着／夜留下一片寂寞／河边只有我们两个／星星在笑／风儿在妒／轻轻吹起我的衣角／我们走着迷失了方向／尽在岸堤河边彷徨／不知是世界离弃我们／还是我们把它遗忘／夜留下一片寂寞／世上只有我们两个／我望着你／你望着我／千言万语变作沉默。"音乐与词曲均返璞归真，唱出了少男少女纯净的内心世界。姚莉晚年说起这段往事，仍感动不已："那时候，虽然歌中唱到'挽着手'，但实际上，手根本没有碰过，是名副其实的'发乎情，止乎礼'，但是非常美好。"彼时，姚莉已是耄耋之年，但说起前尘往事，眼睛里仍闪过一丝光亮。

　　虽然生命之河翻起几朵情感浪花，但陈歌辛一生挚爱仍非爱妻莫属。"心上的人儿，有笑的脸庞／他曾在深秋，给我春光／心上的人儿，有多少宝藏，他能在黑夜，给我太阳／我不能够给谁夺走，我仅有的春光／我不能够让谁吹熄，胸中的太阳／心上的人儿，你不要悲伤／愿你的笑容，永远那样。"这首陈歌辛专为妻子创作的《永远的微笑》，旋律简洁优美，情感真挚浓厚，有疼爱，有怜惜，更有鼓励，难怪陈歌辛哲嗣陈钢称"这是父亲送给母亲的音乐素描"。1957 年，陈歌辛不幸成为"右派"，被发配至白茅岭农场。作为妻子，金娇丽不离不弃，每年春节都不辞辛劳，独自一人，冒着风雪，踉踉跄跄行走于崎岖山路去看望丈夫。漫漫40公里长路，耳边尽是凄厉风声，心里却涌动着《永远的微笑》的旋律。她曾在一封家书中记叙当时与丈夫相见的难忘时光。"相聚一夜，诉不尽的情。没条件像在家里时那样对饮红茶，谈天说地，只能苦中作乐，用刚洗过套鞋的泥水放在小铅桶里煮滚而饮，也就够满足了。茶未喝完，队里的哨子吹响了，让家属乘汽车去赶火车。此时此刻难分难离，但必须走呀！我，一路哭到家。"但回到家里，作为母亲，她又必须抹干眼泪，承担起照顾孩子的职责。她没日没夜抄谱挣来 72 元救命钱，维持全家最低生活线。原本想着终有等待丈夫回来的那一天，但陈歌辛仅留下一盏煤油灯和一句"你要保重"的叮咛，长眠异乡。闻听噩耗，金娇丽不省人事，但她仍坚强地只身前往白茅岭，接回陈歌辛的遗骨。

屋漏偏逢连夜雨，次子陈铿也被划为"右派"，参与劳动改造。由于内心煎熬，他想一死了之。金娇丽为此赶至复旦大学与儿子谈心。"你父亲客死他乡，我一个女人，独自将他接回。虽说万念俱灰，但从来没想过'死'这个字。是我的儿子，就一定不能自暴自弃，否则便不是我儿子。"母亲这一番话，让他从绝望中获得重生。所以，长子陈钢感慨："母亲经历太多苦难。如果是一个稍微脆弱点的女性，恐怕就承受不住。就在那么困难的情况下，她还能充满自信，热爱生活。这一点是我们全家受用不尽的财富。"

　　果然，当金娇丽女士身着白底绿花丝裙，款款走上舞台，讲述过往艰难与坎坷时，仍保持一份难得的淡定与优雅。她说："我只是一个很平凡的母亲。虽然经历过不少风风雨雨，但现在我觉得很幸福。为什么呢？因为我的孩子们都是在逆境中长大的。所以，他们懂得自尊、自爱、自强不息。他们非常爱我，我也非常爱他们。我记得冰心老人说过：有了爱就有了一切。我有了这些爱，所以我的晚年很幸福。"她还风趣地教育陈钢兄弟要向劳模徐虎学习，为人民服务。观众席顿时爆发出热烈掌声。她还告诉我，原本她要去美国看望次子，但听说我们的节目要回忆陈歌辛，便毅然改变行程。为了率子女在舞台演唱《永远的微笑》，她还专门去位于衡山路小红楼的中国唱片厂试音，所用话筒还是当年周璇所用旧物。睹物思人，金娇丽在微笑中流下热泪，但她说，自己早已走过悲伤，生命航船正驶向圆满彼岸。所以，这是充满幸福与感恩之泪。

　　如今，在陈钢先生的钢琴伴奏下，与黄龄共同唱起《永远的微笑》，仿佛看到陈歌辛先生与金娇丽女士正相依相偎含笑注视……人生固然转瞬即逝，但艺术可使之获得永恒；生活难免会遇到困顿与挫折，但微笑能让我们在风雨里战胜苦难，从黑暗中寻到光明。

朱光潜：厚积落叶听秋声

谢思球

全面抗战开始后，高校纷纷南迁，武汉大学从武昌迁到了四川偏僻的小县乐山。朱光潜时任武大教务长兼外文系老师。

多年后，有学生在回忆录里记载了朱光潜在武大任教的情景，其中有一件"厚积落叶听秋声"的趣事。一次，几名学生受邀到朱光潜家中去喝茶。当时正值秋天，朱光潜家中的院子里，积着厚厚的落叶，走上去飒飒地响。一名男生见状拿起一把扫帚说："我帮老师把这些枯叶扫掉吧。"朱光潜赶紧制止说："别别，我等了好久才存了这么多层落叶，晚上在书房看书，可以听见雨落下来、风卷起来的声音。这个记忆，比读许多秋天境界的诗更为生动、深刻。"

诗 心

要知道，当时可是战乱时期，物资匮乏，生活艰难。日寇的

一片瓦

飞机像苍蝇一般，到处狂轰滥炸。武大上万师生被困在川西这座三江汇合的小城里。就是在这种情境之下，朱光潜仍保持着一个中国传统文人的生活雅趣。他有一颗坚强的诗心。

武大的临时校园就设在县城的文庙里。朱光潜每天的生活很有规律，早晨七点多出门，从租住的地方赶往学校上课。身着布衫，头发梳得一丝不乱，手里拿着一根粗藤拐杖，腋下夹着一个旧皮包，总是低着头，目不斜视，行色匆匆，像一个从古书中走出来的老夫子。实际上，他那时也不过四十来岁。从临时住处到临时校园，朱光潜每天来回四趟，几乎都有一定的时间和路径。所以，街坊上有老乡把他当成报时的人。看见朱先生走过来，就估摸着是到了该吃中饭，或是该吃晚饭的时间了。

在乐山，朱光潜的生活可以称得上"艰难"二字。他工作繁忙，白天到学校处理公务，上课，开会，晚上才筋疲力尽地赶回来。他的居住条件并不好，与妻子、两个女儿挤在一间卧室兼书房里。每天，差不多要到晚上八九点钟，等家人都睡熟之后，他才能开始自己的工作。所以，他经常是一边听着妻女的鼾声，一边忙着写作。

夏天蚊虫多，孩子们小，朱光潜怕蚊香的烟会熏着她们，影响健康，所以一般不点。但蚊子又会影响家人，也影响他的写作，所以，每晚在工作前，他会在房间的各个角落里寻找蚊子，一个个地将它们拍死。每晚打死的蚊虫放在书桌的一个角落上，还要点点数。第二天，他会得意地告诉妻女，昨晚上又消灭了多少只蚊子。

朱光潜灭蚊虽然取得了成功，但灭鼠却失败了。他们房间的窗户上有几个洞，外面的老鼠又多又大，晚上明目张胆地钻进室内觅食。朱光潜在老鼠出入的洞口周围插上了旧刀片，是他平素刮胡子的废刀片，给老鼠精心准备了一座座"刀山"。可老鼠太狡猾了，会小心避开这些刀片，进出房间如履平地，在房间里咔嚓咔嚓地咬东西，让朱光潜徒叹奈何。

春　草

虽然生活艰难，但朱光潜的小日子仍过得有滋有味。由于封锁，生活物资极其紧张。朱光潜在那种艰难的处境下处变不惊，仍保持着一颗乐观的诗心，委实不易。可以说，他是左耳听着远处的炸弹声、右耳听着近处的秋声写作的。而且，由于抗战一时失利，日军随时有可能要进犯四川，武大在必要时要撤退到川康边境的大凉山地区，校长王星拱已向全校师生作过动员讲话了，要大家随时做好转移准备。

当时，朱光潜的英诗课颇有声誉。他讲课不是泛泛而谈，而是鞭辟入里、声情并茂，给在战乱中流离失所的武大学生留下了终生难忘的记忆。学生回忆说，朱光潜讲授英诗是极其动情的，常常沉湎于诗情中难以自拔。他平时讲课很少用手势，但上英诗课时例外。如在讲授雪莱的名诗《西风颂》时，他一边朗诵诗句，一边用手大力地挥舞、横扫，好像在让学生们感受西风怒吼的情景。在讲析华兹华斯的《玛格丽特的悲苦》一诗时，朱光潜自己也被诗中的悲情所感染，讲着讲着，不知不觉满眼含泪。他缓缓取下眼镜，泪水流下了双颊。他压抑着忧伤，感觉自己再也无法讲下去了，突然把书合上，快步走出教室，留下满室惊愕。学生们也被他深情的讲述打动了，没有一个人开口说话，大家都久久回不过神来。

在课堂上，朱光潜要求极严，他要求学生细心研究每首诗的主旨、布局、分段和造句，不放过一字一句，熟读成诵，用心品味。朱光潜的学生杨静远多年后这样回忆上老师英诗课的感受："那掠过长空的云雀的欢歌，溪边金星万点的水仙，鬼魂般纷纷逃逸的晚秋落叶，大海的永恒涛声，辉煌的落日，都随着朱先生那颤抖的吟诵声，深深植入了我的心。"

抗战期间，山河破碎，满目皆殇，四处传来的都是让人揪心的消息。朱光潜的英诗课，硬是在武大学子们心中、在笼罩的硝烟中，开辟出一块诗意的空间和乐土。这乱世中的诗心和诗情，像葳蕤的春草，在烽火蹂躏过的土地上顽强地生长着。

好 梦

在那特殊的年代，在那一辈学人中，像朱光潜这样有情调和诗心的，不是一个两个，而是一批。1941 年 10 月 15 日，在西南联大任教的朱自清路过乐山，朱光潜陪同他游览了乐山大佛、龙泓寺。当天，恰好朱光潜的夫人奚金吾带着孩子回娘家去了，朱光潜就将朱自清及其家人请到自己家里，住了一晚。当天晚餐的主菜，是一盆红烧羊蹄。也真难为朱光潜了，不知他从哪里弄来了这个稀罕物。两人把酒言欢，畅谈到半夜。朱自清非常怀念乐山的这次游玩，离开乐山后，他作诗一首《好梦再叠何字韵》记之，诗就写在四川夹江产的竹帘纸上，用的是娟秀的行书。那张普通的竹帘纸上，记载的是乱世中两个书生的一次愉快相遇，相看泪眼，惺惺相惜。竹帘纸，诗，都散发着草木的清香，这才是真正的岁月留香。这是书生之梦。好梦难得，不可再得。

朱光潜在欧洲留学时，看见阿尔卑斯山谷中公路边有一块标识牌，上面提醒游人道：慢慢走，欣赏啊。朱光潜说："你是否知道生活，就看你对于许多事物能否欣赏。"

他当然懂得欣赏，他是有诗心的。

也许，我们每个人都曾有过诗心，问题是，庸常的日子、琐俗的生活和繁重的工作，日复一日，将诗心慢慢消磨殆尽，或者，诗心变成了麻木的顽石。宋代诗人王令在《庭草》一诗中写道："独有诗心在，时时一自哦。"这是古典文人的诗心。朱光潜的诗心不是局限在个人小天地里的自我吟哦，他是有大诗心的，心与物齐，穷极千古，克服现实世界里的艰难险阻，劈波斩浪，一路前行。

人的一生，几十年的时间，说短不短，说长不长。该如何度过，兼济天下还是独善其身？功名利禄，荣辱得失，柴米油盐酱醋茶……伟人与凡夫俗子在这些问题面前一样头痛。但是，拥有一颗诗心，大抵能让你发现烟火俗世和平常生活中别人忽略的诗意与美好。

在复旦校园，寻找李老校长

读史老张

这里的"李老校长"，指的是复旦大学奠基人之一李登辉老校长。李登辉（1872-1947），字腾飞，出生于荷属殖民地爪哇。1905 年，他担任复旦公学总教习（教务主任）；1913 年起，任复旦校长。他把一生献给了复旦，是一位纯粹的教育家。为了复旦，他真正做到了鞠躬尽瘁、死而后已。

You see，李校长来了

如今在复旦校园里，要寻找李老校长的实物印记，似已困难。然而，复旦却永远记载着他的恩泽。1920 年，李老校长变卖家产、下南洋募捐共 15 万银圆，在江湾购地建校，确立了复旦的永久校基。简公堂、奕住堂和第一宿舍三幢早期建筑的建造，让坟茔荒地变成了巍巍黉宫——复旦版图，脱胎于此。今天，当我在相辉堂前大草坪上漫步时，当年李老校长风尘仆仆从徐家汇出发，坐火车到江湾镇，然后乘独轮车前来勘察校址的一幕，时不时会情景再现。

简公堂（原复旦200号）是江湾复旦最早的教学楼，李老校长常来此旁听教授上课。有时候，他站在教室门外倾听；有时候，索性坐在教室后排，一坐就是两三个小时。这个习惯，一直保持到抗战期间他在赫德路（今常德路）办的复旦上海补习部。

当年复旦除国文课外，所有课程皆用英语教学，这似乎符合毕业于耶鲁大学的李老校长的标准。有一教授喜欢用国语上课，每遇李老校长巡视，就忙改口："You see, You see"，学生们明白，一旦该教授说"You see"，就表明"李校长来了"。于是，该教授得了一个绰号："You see"。李老校长来听课，常常会出其不意。有一次，他走进某个教室，拿起书来问前排同学几个问题，因为回答错误，他就对任课教授说："一定是你不卖力，学生的程度低落，是教授的失败……"弄得那位教授面红耳赤。

谁会"吃大菜"

奕住堂（今复旦700号校史馆）是复旦现存最古老的建筑，原为校行政办公楼兼图书室，李老校长曾在此办公。师生们一般不进校长办公室。假如有人被召进校长办公室，则大事不妙——接受校长的当面批评和训斥，师生们暗地里称之为"吃大菜"。吃过李老校长"大菜"的有：乱剪花木的校工、无端接受捐赠的职员、不认真备课的教师以及考试作弊的学生……

有一次，李老校长偶赴一饭店，见一位道德课程教师与妓女同坐一道。对方看到校长，满脸通红，羞愧难当。李老校长异常愤怒："此种伪善之教员，仅能造成伪善之学生！言之不能不痛心！"那位教师究竟是如何"吃大菜"的，没有留下记录，但笃信基督教的李老校长一直耿耿于怀，多次在公开场合表示忏悔。

1929年某一天，一位名叫李获海的学生突然接到校工传来的"大菜单子"（通知），让他到校长办公室谈话。就在几天前，李获海因恋爱问题闷闷不乐、精神萎靡，同学们一致以为，这一次他"凶多吉少"。谁知当他回到宿舍时，"手持白色信一封，一团高兴，与平时判若两人"。原来，李获海的英文名字缩写为T.H.Lee，与李老校长的英文名相同，校工误将别人寄给他的情书，送到了校长室。李老校长拆阅后，大惑不解。后经多方调查，方知收信者为李获海。误拆学生情书后，李老校长心中甚觉不安，为了慎重其事，特地邀请李获海到办公室，再三解释，当面道歉。在当年，校长具有绝对权威，即使有错，也很少有人放下"师道尊严"，而李老校长态度诚恳，让学生深受感动。

嗯嗯，女生比男生整洁些

在今第一教学楼西侧、子彬院（今复旦600号）与燕园之间，原有一幢坐东朝西的宫殿式建筑——女生宿舍。它是1927年9月复旦实行男女合校后的产物，位于当年校园东侧，又被称为"东宫"。

李老校长原先反对男女合校。有一年招生考试，题目为如何看待男女合校。一位考生答题时，对男女合校大加赞美。交卷后，李老校长当场斥道："如果上课有十几个油头粉面、香气袭人的女生坐在前面，你还有心听讲吗？"不过，李老校长还是与时俱进，最终认同了男女合校，并力促"东宫"建成。后来，他参观了女生宿舍，由衷赞道："嗯嗯，果然要比男生整齐清洁些。"

其实，李老校长并不反对男女平等，他是国内最早聘用女教授的大学校长之一。20世纪20年代，复旦就出现了女教授。1931年，留学归国的毛彦文，在复旦女教授郭美德的引荐下，到复旦求职。李老校长当即答应，让毛彦文担任女生指导，同时兼任英语教授。毛彦文住在"东宫"二楼，这位被国学大师吴宓一生追求的才女，为"东宫"带来过一丝浪漫：66岁的前民国总理熊希龄，曾亲往"东宫"向毛彦文求婚。最终，白发红颜终成眷属，毛彦文请辞教职。鉴于她教学有方，李老校长还一度以聘期未满不愿放行。

1937年，"东宫"被日军炮火夷为平地，但"东宫"往事，流传至今。

你有没有种牛

在蔡冠深人文馆（今复旦300号，复旦实验中学原址）西侧，原是复旦合作社食堂。当年复旦食堂餐食品种丰富，中西菜肴齐全。从徐家汇李公祠起，李老校长就喜欢在食堂与同事、学生共进午餐。

据说，在食堂用餐，李老校长还有一个真实意图：学习国语。

他生长在海外，刚回国时不会讲国语，用餐时，他可以面对面与大家交流国语。为此，他也闹过不少笑话。有一次，他问同事端木恺："你有没有种牛？"端木恺回答："我家不种田，没有养牛。"他急道："不是，不是，现在 Smallpox（天花）很厉害，我问你有没有种这个牛！"端木恺恍然大悟，原来校长说的是"种牛痘"，连忙说："种了种了。"笑话虽多，李老校长的国语却长进不少。后来，他不仅可以用国语与人交谈，还能用国语发表演说。

李老校长最后一次演说，是在 1947 年 7 月 5 日。应章益校长邀请，他在新落成的登辉堂（今复旦 400 号相辉堂）前用国语向应届毕业生发表演说，虽然演说中还夹杂着不少英语单词，但师生们却记住了他提出的复旦精神："服务""牺牲""团结"。两个多月后（9 月 19 日），李老校长猝然而逝。

一生只当复旦的教授

李老校长学问渊博，懂英、德、法、拉丁等多种语言，当年北洋政府曾请他出任外交总长，但他坚辞不就；他和夫人汤佩琳结婚后，生育四个子女，后皆夭亡。中年时，夫人也因病去世。李老校长孑然一身，将全部身心都投入到复旦。

抗战胜利后，章益校长和几位校友在华懋饭店（今和平饭店）宴请李老校长，希望他讲讲生平所得，结果他只讲了一句话："我归国后，一生只在复旦，一生只当复旦的教授，一生只做复旦的校长。"有人提议要为他写传记、编年谱，被他一口拒绝。师生们无以回报李老校长，遂在第一宿舍废墟上建造了"登辉堂"（今相辉堂），以此纪念他的丰功伟绩。其实，登辉堂的建筑费，有一部分还来自校友募集给李老校长的颐养金。

今天，在复旦校园，李老校长没有雕像、没有纪念碑，他只是一个符号、一段往事，这大概也符合他本人的想法——他是一个不愿被人记住的人。然而，只要一想起"博学而笃志，切问而近思"的校训，一看到刻着篆体字"复旦"两字的圆形校徽，一唱响"学术独立思想自由，政罗教网无羁绊"的校歌，复旦人就会想到李老校长。复旦校训和校徽，是他亲自选定的；复旦校歌，是在他任内确立的。作为复旦人，我们永远缅怀他、纪念他。

木心的莫干山居

王琪森

　　在莫干山上枫鹃谷别墅区小住了几日。老别墅历经百年沧桑，波澜不惊地让我们感受了那远去的岁月背影，一切都在等待中相逢。俗缘尘绪，人生就是一种邂逅。雪泥鸿踪，年华就是一些留痕。

　　傍晚时分，我正一边悠闲地喝着茶，一边观赏山景。管理员小黄对我说：出别墅后院，便是当年木心的故居。

　　这个信息立即引起了我的兴趣。20 世纪 80 年代初，我曾与木心在上海工业展览馆办展一年多。我们朝夕相处，留下了不少难忘的记忆。他曾经跟我说过，莫干山可是个清静幽然之地，但没有说他在山中居住过。如今在我客居之地的咫尺，竟有他曾住过的房子，这真是一种缘分与机遇。于是，我在小黄的热情引导下，即踏着竹林间的小径前去拜访。

　　莫干山上的老别墅除了有雅致的名称外，为了便于管理，都是编了号的，如我们入住的枫鹃谷别墅，又称为62号别墅，而木心当年居住的别墅是66号。这是一座典型的苏格兰式乡村别墅，因山势而建，前两层，后一层，上下有六室加客厅和小书房。别墅外墙上挂有铭牌，上面写着："德清县第二批历史建筑——莫干山66号别墅。该别墅是一幢置有半地下室的石木结构老建筑，为美国基督教复临安息会之产业，建于1904年，距今已有百年历史。是莫干山众多老别墅中保持原貌较好的建筑之一。"虽说"保持原貌较好"，也仅是整体结构还在，由于无人居住，已显得相当衰败颓唐，门窗大都残缺不全，院内杂草丛生，弥散出落寞的沧桑感。唯有那相拥的竹林所泛出的苍翠，似依然呵护着当年的梦境，还有那相依的一树霜叶所折射的红晕，似依然传递着诗意的眼神。

这座似乎已远离尘世、无人间烟火的66号别墅，在木心的人生行旅中是一处相当重要的驿站。

尽管木心作为一个"文学的鲁宾逊"，自称"我的存在已是礼节性的存在"，但他在这里度过了他一生中最纯粹、最澄明、最自在的读书写作、遐思畅想期。这段日子对他是刻骨铭心的。即使在生命的最后一年，他依然眷恋思念，深情而伤感地吐露："很想旧地重游，可是据说那房子已经不在了。"这也许就是木心一生收藏的莫干山情结。

1950年8月，在莫干山通往剑池的山道上，一名挑夫挑着整捆的书、画笔、纸及电唱机等拾级而上，后面跟着一位面容清

一片瓦

秀、气质儒雅的青年，他就是 24 岁的木心。其时他已辞去杭州第一高中的教职，对那西子湖畔舒适的生活、三潭印月旖旎的风景，还有那份颇丰的薪金等，他都不在乎。为此，他在专为莫干山居而写的那篇散文《竹秀》中告白："是我在寂寞。夏季八月来的，借词养病，求的是清闲，喜悦这以山为首的诸般景色。此等私念，对亲友也说不出口。便道：去莫干山疗养，心脏病。"

就这样，木心把自己流放了，陪同他流放的，还有他那正盛的青春及书桌上的莎士比亚、福楼拜及尼采的书。他以工整的楷书写了福楼拜的名言："艺术广大已极，是可占有一个人。"并恭敬地贴在床头。

老别墅内的楠木家具，是父亲留下的。木心的父亲孙德润当年也是为了养病住进了山间，但终因重疴难愈，在木心 7 岁时便撒手西归。

而今这位乌镇孙家花园的少东家又来此养病。"莫干山半腰，近剑池有幢石头房子，是先父的别墅"，他儿时就听说了，在《竹秀》中他也写了。其实，他父亲当年是租住，该别墅是美国基督教复临安息会的产业。据周庆云编写的，于 1935 年出版的《莫干山志》中证实，在"莫干山住户表中"，并没有孙德润的记载。但这一切似乎对木心无关紧要，也正是这种错觉，才使他有回家的感觉，在山居中感受到父亲当年生活的气息。不过，他却是以殉道者的精神来此的，远离红尘，与世隔绝，潜心读书，专注写作。从木心后来的人生行旅及所取得的艺术成就来看，莫干山居为其作了精神上的铺垫和心灵上的引导。

木心在《竹秀》中自述："八月、九月、十月。读和写之余，漫步山间。"66 号别墅可谓处在莫干山中心的风景绝佳处。朝上走可直达竹海苍茫、楼台巍峨的旭光台，在那里可看壮丽的日出；也可达优雅恬静、别墅成群的武陵村等。朝下走数分钟，就是莫干山的标志性景点剑池。那一方清碧深沉的剑池传说为干将、莫邪夫妇当年的铸剑淬火处，而旁边那飞流直下、喷珠吐玉的剑瀑，洗练出一种穿越千秋的工匠精神。

有时，木心会在傍晚长久地伫立在景色俊美明丽的剑池旁，任那飞瀑打湿他的衣衫，天青色等烟雨。他感到自己与干将、莫邪相邻相守，这是冥冥之中的巧合，还是前尘后世间的相约？难怪他在《竹秀》中说："我已经山化，要蜕变。"从剑池向上不远，即是峰翠谷秀的古望吴台，干将、莫邪当年在此铸剑的日子，常在晨曦初露或月明星稀时登高遥望故乡。木心也曾在此俯瞰财神湾畔的故乡乌镇，而乌镇在当时也隶属于湖州乌程县。看来，木心与同属湖州德清县的莫干山是有乡梓之情的。那才下眉头却上心头的乡愁，是一道融化在生命里的永恒底色。

尽管木心曾说自己是"没有乡愿的流亡者"，但乡愁却是挥之不去的。从山居时的望乡，到后来年暮时的返乡，古望吴台上木心留下的脚印，就是隐藏在岁月深处的最初伏笔。

木心的《竹秀》开头便写道："莫干山以多竹著名，挺修、茂密、青翠、蔽山成林。尤其是早晨，缭雾初散，无数高高的梢

一片瓦

尖，首映日光而摇曳，便觉众鸟酬鸣为的是竹子。"莫干山的景色的确是迷人的，然而生活的现状并不轻松。当时的莫干山尚未通电，山里的冬季寒冷彻骨，尽管老别墅有旧式壁炉，但我们的少东家调理不来，且买来的松木未干，一烧就熄火。于是，他只能燃起白礼氏矿烛，披了棉被伏案写作，右手起了冻疮，左手也跟着红一块、紫一块的。但是他朝手中哈一口热气，依然"沙、沙"走笔。

山居半年，他终于完成了《哈姆莱特泛论》《伊卡洛斯诠释》《奥菲司精义》三篇论文。从"泛论""诠释"到"精义"，是木心在莫干山解读人生，也是人生在解读木心。这与他后来又孑然一身地移居美国，在纽约牙买加区的一幢小公寓里埋头著述一样，也就着最简单的面包或熟泡面充饥，却要每天完成7000至1万字的写作量。他曾说，"岁月不饶人，我亦未曾饶过岁月。"我要补充一句的是：木心，也未曾饶过自己。

现在看来，这莫干山的笔耕，是他晚年著作等身的序曲或是演习。从当年的莫干山到后来的纽约客，木心似乎一直是艺术的苦行僧。那时，莫干山民就嘲笑这位富家少爷：好端端的杭州舒服日子不过，跑到山里来受苦挨冻。那时，也有友人劝他：你已经57岁了，何苦跑到美国去打拼受苦。是呵，早在上莫干山时，木心就说过："现在生活虽好，但这是常人的生活，温暖、安定、丰富，于我的艺术有害。我不要，我要凄清、孤独、单调的生活。艺术是要有所牺牲的，如果你以艺术决定一生，就不能像普通人那样生活了。"

如果说民以食为天，那么在伙食上，更使木心深切地体验到了一种贫困的尴尬。他的三餐是付费在一山民家搭伙的。初到时，菜肴不错，山气清新，食欲亢奋。特别是"粗粒子米粉加酱油蒸出来的猪肉，简直迷人"。但一星期后，不见粉蒸肉了。偶尔邂逅，也是肉少粉多，肉也切得很薄。而山民碗里的，是素菜。自小锦衣玉食的木心，似乎第一次真切地体验或感受到了贫穷的无奈与困惑。更使木心惊心动魄的是半夜还有老虎来叩门，后来这只老虎因咬死一只羊而被山民轰走。而木心掏钱买下了一只羊腿，让山民一家四口及他美美地饱餐了一顿。山民自嘲为"筷头像雨点，眼睛像豁闪"的吃相，唤醒了这个富家公子的良知，"我是笨，笨得一直以为姑娘全家四人都是喜素食的"。

莫干山的冬天，山裹银装，竹披白雪，静极、美极，于是，木心萦怀着"竹秀"，融入了悠长的梦境。雪后初霁，也就在这年终岁尾的时候，木心下山了。整个莫干山空明澄澈，纤尘不染，满眼是琼楼玉宇的景色。

世间好物不坚牢，她依然温文守静有书香

鱼 丽

　　蒲园意蕴淡远，如菖蒲般青翠葱茏，清淡的底色衬托着杨绛先生年轻时的往事。

　　这个小家充满了温馨的书香。埋头读书著述，就是杨绛与钱锺书二人的日常。每每只有在午饭前，两人才互相对视片刻。不用说话，肚子都饿了。杨绛温婉贤惠，甘为"灶下婢"，主动先行去了厨房。

　　钱锺书称此处为"且住楼"，和此前将辣斐德路（今复兴中路）的居所取名"槐聚庑"一样，是出于传统文人的某种癖好，在"南下与北上"（钱理群语）一片乱纷纷之际，钱锺书也面临着去与留的艰难选择。"且住"一词，表露了他处于两难境地的内心矛盾和无奈。

　　那时，生活虽清苦，但他们自得其乐，每日创作不辍，并常与新朋旧友小聚畅谈，这其中包括傅雷、王辛笛、刘大杰、曹禺、

李健吾、唐弢、柯灵、郑振铎等人，所谓"谈笑有鸿儒，往来无白丁"。和朋友相聚吃饭不仅是赏心之事，也是口腹的享受，文化和知识原是这样点点滴滴积累和散播的。

蒲园是一个优雅安静的西班牙式小区，由中国第一代女建筑师张玉泉设计，1942 年竣工，刚建成就被抢购一空。小区旁边有一家很好吃的鸡肉包子铺。后来杨绛在北京生活多年，还记得那包子皮薄肉嫩汁水多，那时只要有客人来，她就会请阿姨去买来招待客人。那年，傅雷住在重庆南路 169 弄巴黎新村，距蒲园不远，杨绛、钱锺书晚饭后常常到傅雷家夜谈，一起度过一段美好的时光。

现在的蒲园是民宅，周边很幽静，人走在弄堂里，穿行在阳光中，挹取清香满衣裳，别有一番闹中取静的意味。

后来，钱锺书被清华大学聘任为外文系教授。从此，杨绛离开上海，定居北京，她和上海的缘分也就暂告一段落。钱锺书有一首《蒲园且住楼作》七言律诗（收入《槐聚诗存》时易名为《古意》），让人记起那时夫妻二人在蒲园高阁的生活情状："袷衣寥落卧腾腾，差似深林不语僧。捣麝抟莲情未尽，擘钗分镜事难凭。槎通碧汉无多路，梦入红楼第几层。已怯支风慵借月，小园高阁自销凝。"这首精致律诗颇有玉溪诗风，深微细密、浑厚蕴藉，描摹当时羁居上海的生活情状，惆怅而有韵致，既真且挚，分明是且住楼内飘出的古淡馨香。

己亥新春闲暇，欣赏一幅杨绛用小楷抄录的《汉乐府　长歌行》："青青园中葵，朝露待日晞。阳春布德泽，万物生光辉。常恐秋节至，焜黄华叶衰。百川东到海，何时复西归？少壮不努力，老大徒伤悲。"杨绛先生的文人小楷，质厚与古风，分毫不逊时贤。她在百岁高龄时还每天练习书法，用小楷抄写钱锺书的《槐聚诗存》。这本书所刊的诗，是当年钱先生汇集一册，题赠给杨绛先生的。杨绛用心去抄录那一首首饱含浓浓深情的诗，笔调注入爱意和温存。

谈及杨绛先生抄诗，还有一段温情往事：在古稀之年，杨绛先生钟情于练字，想请一个老师，请谁好呢？思来想去，发现眼前就有一个现成的老师，就是自己的先生钱锺书。她把这个想法一说，钱锺书就笑了："好啊，不过你这个学生可要每天都交作业。"杨绛也微笑颔首同意了。于是，她就像一位勤奋的学生，每天都勤勤谨谨写一篇小楷作业，交给老师钱锺书。钱锺书也像一位要求严格的老师那样，每天悉心批改，好的画圈儿，差的打杠儿。杨绛想多得一些红圈，钱锺书则故意找茬，挑出一些书写欠妥的，故意多打上杠儿。

老师钱锺书有时故意说学生杨绛："尔聪明灵活，何作字乃若此之滞笨？"

学生杨绛则很认真地回答："等我练好了字，为你抄诗！"

钱锺书和杨绛琴瑟和声、文墨共舞的往事，值得忆念。在钱锺书辞世后，杨绛先生陷入深深的怀念之中，于是她以练字来排遣这与日俱增的思悼之情。日复一日，她在百岁以后，也恭写小楷不辍。

　　勤加习练中，杨绛先生的字进步显著，但她却谦虚地说《兰亭序》应是圆的，她写成方的；褚遂良应是方的，她写成圆的；说自己天生滞笨，写谁不像谁。其实，曾有书法家如此评价杨绛的书法："小楷如温良之璞玉、潺潺之清泉，横竖间渗透出的文人气息，犹如老树普洱，慢品过后方得醇厚甘味。"以此可知，杨绛的小楷，儒雅清秀，具有文人的品质与性情，给这躁动时代以温润的慰藉。

　　董桥也曾收到杨绛的来信。看到她的那手温润小书，整洁挺秀的小字，是喜不自禁。他曾说过，写小楷的女子真迷人！张充和如是，杨绛亦如是。杨绛的小楷，书风流韵，宁拙勿巧，淡雅不俗，细腻温润，一望而知，出于学养有素者之手。风致远胜于功力，韵味十足，流露出一种旧时的雅致、才情。这样的字，飘着满纸古雅的墨香，足以让后来人低徊不已。

　　手头有本杨绛先生的《我们仨》，没事的时候，便会翻阅它，听她轻轻地讲述：

　　"我们这个家，很朴素；我们三个人，很单纯。我们与世无求，与人无争，只求相聚在一起，相守在一起，各自做力所能及的事。碰到困难，锺书总和我一同承担，困难就不复困难；还有个阿瑗相伴相助，不论什么苦涩艰辛的事，都能变得甜润。我们稍有一点快乐，也会变得非常快乐。所以我们仨是不寻常的遇合。

　　一九九七年早春，阿瑗去世。一九九八年岁末，锺书去世。

我们三人就此失散了。'世间好物不坚牢，彩云易散琉璃脆。'现在，只剩下了我一人。"

女儿钱瑗、丈夫钱锺书先后离开了自己，转眼已近二十年了。杨绛独自留在世间，却坚强而执着，一心一意地为实现亲人的遗愿而努力着，也为好学的读书人留下一个又一个文化瑰宝。

她寂寂地坐在书桌前写下的这些清静平和的文字，像点点薪火余温温暖着我。秀慧的笔势孕育着温存的学养，这是文人淡泊疏朗的文风。只要认真读，就能近距离地领略她的文化情怀，领略她丰富感人的人生经历。

杨绛先生寿至105岁，听上去，真是好悠长的人生啊。对于这位世纪文化老人，我总有着深沉的不可动摇的文化情愫。在绵长的文脉线上，20世纪的学人，大多历经人事倥偬，流年沉浮。可杨绛与钱锺书先生相契终生的情缘，如经霜的词句，历久弥新。细细体味她那温和的性情，恬静的生活，坚韧的品格，固守着的那一点文脉香火，让人心安、景仰。

晚华中的杨绛先生恬淡祥和，她静观人生的简约态度，作为一种精神表征，是风华时代的记忆，值得后辈世人敬重与瞻仰。

刘半城留下的一片瓦

冯 乔 隗宸昕

　　1972 年 9 月 27 日晚，毛泽东主席在中南海书房接见来访的日本首相田中角荣，送了一套古籍《楚辞集注》影印本给田中首相。《楚辞集注》汇集名家对屈原《楚辞》的注译读解，原为山东聊城海源阁藏书，后为刘少山收藏并捐赠给国家，影印出版。毛主席经常翻阅，爱不释手。田中首相把东山魁夷的画作《春晓》送给了毛主席，画面是比睿山岚拂晓，晨曦映照樱花，寓意日中关系正常化的春天到来了。

　　这套《楚辞集注》从何而来呢？它和青岛的一个家族又有什么关系呢？

青岛半城红瓦是谁烧制的

　　刘少山是谁？刘半城又是谁？在上海华容路的宛南华侨新村，笔者采访了《楚辞集注》捐赠人刘少山之子刘植，他年过八旬，精神矍铄，学者风度，曾经担任过上海电力学院副院长。刘植拿出一块瓦楞清晰的红瓦片说："这片瓦片，上面的德文写的是青岛刘子山监制。祖父刘子山的事业发展起点可以说从这片瓦片开始。"

1877年，刘子山出生在山东掖县（莱州）湾头村，家里兄弟姐妹八个，只有五间破房七亩地。他是老二，属牛，14岁就进城做童工，在青岛德国神父家里做仆役。他天性好学，干活时死记硬背德语单词，渐渐会讲德语了。而后，湖广总督张之洞要在湖北大冶开发铁矿，聘请德国人勘探矿产，有人就推荐刘子山到洋务系统工作，给张之洞做德语翻译。那时华人地位低，德国人上街坐大轿，他在后面跟着跑；德国人在屋内坐高椅，他只能坐低凳。洋人经常羞辱华人，刘子山由此立下了不甘于洋人之下的志向。

刘子山有了一定的积蓄后，回到青岛，做的第一笔生意是，进口美国大来公司木材，做红松木生意，赚了第一桶金。此时的青岛正在大兴土木，迫切需要建筑材料。他又买下德国人办的红石崖窑厂，扩建成一个砖瓦厂，专门烧制洋式红色砖瓦，获利颇丰。他还收买过一家德国兵工厂，改造成一个船修厂，北方的大船都在那里修。他开办永利汽车行，经销美国产别克牌汽车。他投资50万两白银，修烟台到潍县的公路。青岛人把他叫作刘半城，是因为昔日百分之四十的青岛居民，都住他盖的房子。

刘子山从打工仔变成华北首富。他又在金融业发展，办了东莱银行和安平保险公司，发行过钞票，在上海、天津等地也有大量地产。他作为主要出资人，捐资创办了私立青岛大学、私立青岛中学、青岛女中等学校。民族危亡时刻，他保持着爱国的气节。抗战时期，上海、天津沦陷以后，刘子山对东莱银行职工讲："绝对不要同日本人做生意，情愿不赚钱，我来养活大家。"

宋元善本藏到了盛锡福帽庄

清末民初，全国有四大藏书楼阁：江苏常熟铁琴铜剑楼，山东聊城海源阁，浙江湖州陆氏皕宋楼，浙江杭州丁氏嘉惠堂八千卷楼。江南占了三家，此外只有山东一家。但是，海源阁传到第四代杨敬夫时，每况愈下。

海源阁受过几次火灾，还遇上土匪抢劫。20世纪20年代，杨敬夫举家搬迁到天津，把书也搬到了天津。当时，杨家家境拮据，就把一批书抵押给天津盐业银行。杨敬夫手里仅剩二十种宋元善本，他想把这些书卖掉，换点钱，再做生意。

宋版书籍价值连城，曾有"一页书一两黄金"之说。有个在青岛报社工作的朋友，把海源阁卖书的消息告诉了富甲一方的刘子山之子刘少山。那时，刘少山已经子承父业，担当大任。

嗜书如命的刘少山很想把这二十种书都买回来，但买书费用不菲，刘少山需要禀报父亲才行。起初刘子山认为："这些书不应该个人保管，都是国家的无价之宝，私人保管不大恰当。"杨敬夫回话说："我这些书，日本人早就看中了，我不想让这些书流落到日本去。"刘子山甚为感动，答应刘少山花重金把这些书买下来。

刘少山买书的事情极为秘密，只有父亲刘子山、太太苗惠芳知道，瞒着家里其他人。书买来后，刘少山经常变换藏书的地方，储藏室、库房等处都放置过古籍，旁边还堆上许多杂物掩盖，遮人眼目。

特别喜欢看《三国演义》的刘少山，给自家儿子起名也选了《三国演义》里面的人名。刘植，出自七步成诗的曹植。刘植三哥叫刘权，借用吴国霸主孙权之名。小时候的刘植，并不知道父亲刘少山收藏了一批宋元善本古书，其中的《百川学海》是中国最早刻印的丛书，专门写古代文人轶事和野史，价值连城。宋朝以前，印刷术的字都是凹版，往下刻的阴字，印起来，墨一刷上去，就像拓石碑一样，字是白的，纸是黑的。宋朝时变刻凸版，挺出的阳字，油墨用得少，印出来的书，纸是白的，字是黑的。宋元善本就是以这种方式刻印出来的。

战乱年代，树大招风。刘子山平时喜欢坐在客厅沙发上，拨弄一架外国短波收音机，听时局新闻。有人举报他收听抗日消息，日本人跑来抄家，抄走了收音机，还抓走他的儿子刘少山，把他打得鼻青眼肿后放回。一抄家，刘家就害怕了，刘少山最担心这批藏书受到损坏或被日本人抢走，就把其中最珍贵的《楚辞集注》《百川学海》等古籍转移了。

刘少山的太太苗惠芳化装成小媳妇，携带包袱，把书送到了天津本家的盛锡福帽庄。说来也巧，盛锡福帽庄的老板刘锡三，是刘家的一个远房亲戚，当过沿街叫卖的货郎，投奔二叔刘子山，在东莱贸易行做伙计。后刘子山看刘锡三勤快，给了他3万银元，扶助他创业，从编草帽起，继而开办了盛锡福帽庄，制作销售毡帽、呢帽、缎帽、便帽、皮帽、通帽、草帽七类产品，生意越做越兴隆，遂成了帽子大王。

抗战胜利后，苗惠芳到盛锡福帽庄去把书拿回来。结果，从床下拉出来的书的包裹把她给吓坏了，上面沾满灰尘，还有斑斑水迹。拿回家打开一看，幸好，古书没有大的损坏。

1948年，刘家从天津搬到上海，这些古籍也要南运，生怕途中出事，就分了两批运。刘家想办法借军用运输机托运了一半书，混在皮货等细软中，运抵上海龙华机场。另一批古籍走海上船运，放在一个樟木箱中，由东莱银行属下太平船务贸易公司太吴号货轮，运到上海吴淞码头。古籍安全运到后，存放于上海东莱银行二楼一间密室，防人觊觎。

上海东莱银行旧址在如今的天津路河南路路口。天津路拓宽时银行被拆除。如今能留下"东莱"印记的是热闹的南京西路电视台旁边的东莱大楼。这幢建于1927年的东莱大楼，现已是上海不可移动的文物。楼上原来是酒店式公寓，临街有出挑的欧式阳台。旁边弄堂里有刘子山花园住宅，欧风城堡状洋房别墅，和青岛刘家巴洛克建筑相似。

捐赠《楚辞集注》的来龙去脉

刘少山出巨资收藏一批宋元善本，全家冒着生命危险保护着文化瑰宝。到了和平年代，刘少山准备将珍藏捐献国家。

1952年春节，文化部社会文化事业管理局局长郑振铎获悉后，就把刘少山叫到北京叙谈。郑振铎见面第一句话："你书全捐吗？你还有两套海内外孤本，也捐吗？"其实，收藏大师郑振铎对刘少山手里的宝贝了如指掌。刘少山说："都捐了。"郑振铎又问："那你要什么报酬吗？"刘少山当即表态："第一不登报，第二不要报酬，第三不要政治待遇。"

刘少山把宋元善本捐献给北京图书馆，捐献古书和古籍共计26种、427册，其中《楚辞集注》《百川学海》两部是海内外孤本。文化部对此评价非常高："我国人民是最早发明印刷术的。自隋唐以来，以木板及活字印刷之书籍，最多而质精。中央人民政府成立以来，国内各藏书家相继捐献宋元以来善本图书：常熟翟氏、江安傅氏、南海潘氏和刘少山、翁之熹、吴青南、邢詹亭、周叔弢、赵元方、丁惠康诸先生所捐献者尤为重要。"

郑振铎亲笔写了邀请信："少山先生：前来承捐珍贵图书多种，至为钦佩！现北京图书馆拟于9月20日举办《中国印刷发展史展览》，希望先生能够到京参加预展。专此，即颂。郑振铎"

1953年，人民文学出版社影印出版了宋善本《楚辞集注》。"朱熹这部书是今存的最早的最完备的刊本，而且也是最后的一个定本。"郑振铎欣然为影印本写跋:"这部仅存于世的朱鉴刻本,为山东聊城海源阁旧藏,为后来东莱刘氏所得。去年,因刘少山先生捐献给中央人民政府,现藏北京图书馆。今年是屈原逝世的二千二百三十年。我们借此机会,把这部最古的最完备的《楚辞集注》定本,影印出来,作为对于屈原这位古代伟大的爱祖国爱人民的诗人的一个纪念。"

毛主席比较推崇爱国诗人屈原,早年抄录过屈原的《离骚》《九歌》。毛主席经常在书房阅读《楚辞集注》,当作至宝,还写过《七绝·屈原》。20世纪70年代,田中首相得到毛主席送的国礼《楚辞集注》之后,日本兴起了一股《楚辞》热,读卖新闻社影印出版了1000套《楚辞集注》。

刘植的大哥刘燊在美国看到这个消息,写信给读卖新闻社,说自己是捐书者的儿子,想买一套。读卖新闻社收到信后回复,你就不要买了,送你一套。后来,刘燊代表刘家决定把那套日本读卖新闻社影印出版的《楚辞集注》,转送给重修后的山东聊城海源阁,也算是一种物归原主。

2008年,首批《国家珍贵古籍名录》由国务院批准公布,其中刘少山收藏捐赠的《楚辞集注》《百川学海》赫然在列。

笔者把刘家捐书的故事告诉了郑振铎的孙子郑源和孙媳妇王菁,他俩很兴奋,说祖父郑振铎收藏文物甚多,全部重要文物也都捐赠给了国家。还说,他们的儿子正巧在国家图书馆工作,看得到《楚辞集注》,文脉传承。笔者说:"找机会,我来安排刘家与郑家后代的见面会。"他们连说："太好了！非常敬佩刘家。"

历经沧桑的一片红瓦

1953 年，私营东莱银行参加第一批公私合营，刘少山出任公私合营银行董事，每月只领 80 元车马费。大家庭住房也从几千平方米的花园住宅，逐渐缩小到东莱大楼的四间房。不久，刘少山把自住陋室也加入公私合营改造，每月向房管部门交房租。

慷慨的刘少山捐宋元善本，为保护国家文物作出贡献，但他非常低调，从不向外人张扬。女儿刘玳参军后探亲回家，发现自己身着戎装的照片挂在客厅里。刘少山对女儿说："我是光荣之家，我愿意让别人知道我女儿是解放军，所以我把照片挂在客厅里。我给国家捐书，做了应该做的事情，用不着炫耀。所以，文化部奖状只可挂在我的卧室里。"

有一年，刘家后人从海内外集结，重返青岛寻旧。刘子山造的精致房子，在青岛鳞次栉比，到处皆是，有的还成为文物保护单位。但刘家在青岛已经没有一间房子，没有片瓦。

青岛湖南路 39 号别墅，是当年刘子山用来避暑的洋楼，也做过东莱银行的办公楼。刘植依稀记得："爷爷曾经在济南兴办了一所做慈善的厚德平民工场，吸收无业者编织地毯，专门为青岛湖南路 39 号客厅编织了一块硕大地毯。后来，这块地毯运到天津，生怕弄脏，平常不铺，只有过春节时才会铺在中式客厅，铺放时我们的孩子总是非常兴奋,因为即将要过年了。"

刘植看到青岛湖南路洋房在修缮,就向工程队要了一片红瓦。瓦片上德文刻的字清晰可见:青岛刘子山监制。

岁月沧桑,刘植在上海家里拿着祖父留下的这一片红瓦对我说:"这片瓦片意味着这一百年的变迁。他(祖父)有这么多的房产,当时他是华北的首富。但他对我们的要求是要自食其力。我祖父,我父亲,到我们这一代,完完全全跟上社会潮流的发展。我们家在社会主义改造时,本来私有的变成公家的。我父亲刘少山没有一句怨言,而且都是积极支持。我们没有靠家庭财富传承,而是靠自己奋发图强。现在先辈留给我们的,也就是这一片瓦。"

这片瓦片是刘家无价之宝。

刘少山把珍藏的宋元善本捐献给国家。"百川学海而至于海,丘陵学山而不至于山。"而古训格言一直勉励着刘家的后人勤奋前进。

在进化论大厦的客厅，莫逆而笑

卞毓方

一

1809 年 2 月 12 日，达尔文诞生在英国的一个小城。他的父亲是位名医，22 岁就加入了英国皇家学会。达尔文的祖父更有意思，既是医生、诗人，又是发明家、植物学家与生理学家，全才。更重要的，祖父已琢磨出物种的可变性，指出生物有其共同的祖先。这是进化论的萌芽啊。达尔文的天赋，不妨说是来自他祖父的隔代遗传。

有天赋的小孩，在常人眼里行为总是出格怪异。小达尔文顽皮成性，全不把功课放在心上，唯独对搜集贝壳、印鉴、邮票、矿物标本之类，表现出十二分的热心。

达尔文 16 岁那年，中学尚未毕业，他的哥哥伊拉斯谟赴爱丁堡大学习医，在父亲的安排下，达尔文作为伴读随行。而后不久，想必也是出于父亲的意志，达尔文步哥哥的后尘，进入爱丁堡大学医学院。

父亲满心以为，两个儿子将来都会成为医生，克绍箕裘。

错了。哥哥伊拉斯谟更爱化学（最终成为独立学者），不过他表面上听话，医学成绩也还过得去。弟弟达尔文呢，他的兴奋点、燃烧点完全在于大自然、在于观察生物世界和搜集各种动植物标本。父亲得知后，作为有身份的高级知识分子，难免火从中来，大发雷霆，他对达尔文说："你对正经事从不专心，只知道打猎、玩狗、逮老鼠，这样下去，你将来不仅要丢自己的脸，还要把全家的脸都丢光！"

有道是强扭的瓜不甜，父亲看出达尔文不是当医生的料。那怎么办呢，总不能让他游手好闲地过一辈子？父亲想来想去，决定改送达尔文去剑桥大学基督学院。那儿功课简单，只要熟读《圣经》就行，毕业后就能当牧师，这是个体面的职业，也是个稳定的饭碗。

达尔文和当时英国的芸芸众生一样，是上帝的子民，对于这个新选择，无可无不可。于是他去了，学了，态度尚算认真，成绩也还不赖。但他的爱好，或者说天性，有增无减。他对自然的兴趣，简直是如痴如醉。

举个流传甚广的例子：一天，达尔文掀开一片即将脱落的老树皮，瞧见里面藏着两只奇特的甲虫，他急忙左右开弓，一手捏住一只，仔细把玩。正在这时，树皮里又爬出一只。达尔文迅即把右手的一只搁进嘴里，权当嘴巴是保管库，然后伸手抓住第三只。谁知，口里的那只甲虫反戈一击，释放出一股辛辣的毒汁，烫得他的舌头火烧火燎，他慌忙张嘴，"呸"的一声吐出甲虫。

一片瓦

二

消息长着翅膀，或迟或早终归要飞到达尔文父亲的耳里，不管是这种，还是那种。

总而言之，做父亲的明白，这孩子的天性是扭不过来的了。好在他是皇家学会会员，是见过大世面、懂得成长规律的，因此，1831 年，当从基督学院毕业的达尔文获得一个乘贝格尔号环游世界的机会，身份是船长的高级陪侍加兼职博物学者时，父亲就放他一马，任他去闯荡海角天涯了。

贝格尔号从英国的普利茅斯启航，沿大西洋南下，途经非洲西侧的佛得角群岛，然后缘南美洲、太平洋、澳大利亚、新西兰、印度洋、好望角，再次经停南美，于 1836 年返回伦敦。

出发时，达尔文是一个未来的牧师，笃信上帝创造世界，笃信物种不变。归来后，他摇身一变为坚定的进化论者、上帝的叛逆、无神论的先锋斗士。

不是他 5 年内多读了万卷书，而是他 5 年内多走了万里路。人们知道，书本会讲话，讲的是古人、今人的教诲，讲的是知识、经验的积累。达尔文则体会到，那万里路上的一花一草、一枝一叶、一石一鸟、一虫一鱼……都会讲话，讲的是宇宙演化的话，地球生长的话，人类由来的话。5 年前，他满耳是上帝的声音，上帝无处不在，上帝创造一切，地球的历史仅仅几千年，物种永远不变。5 年后，他彻悟上帝是宇宙在人心的投影，宇宙无言，上帝亦无言，所有上帝的话都是人说的。

但那是上帝高高在上的世纪，人们在上帝的穹隆下待得太久太久，待得麻木而不知思考。你若想挑战上帝，得备下足够掀天揭地的武器弹药，得十年、二十年狠磨一剑，以期毕其功于一役。于是，达尔文从1836年回到英国，潜心蛰伏了23年，直到1859年，他50岁上，才推出惊世骇俗的大作《物种起源》。

这是人类思想史上继哥白尼之后的又一颗"原子弹"。

19世纪的另一位思想巨匠马克思，对达尔文的进化论高度激赏，他在致恩格斯的信上说："达尔文的《物种起源》，包含我们的理论的自然科学基础。"而马克思的追随者李卜克内西，则直接把进化论和马克思主义联系到一起，他指出："达尔文远离大城市的喧嚣，在他宁静的庄园里准备着一场革命，马克思自己在世界嚣嚷的中心所准备的也正是这种革命，差别只在杠杆是应用于另一点而已。"

上帝啊，你若果真存在，你就不该放达尔文出生，更不该放他踏上"万里路"。

三

此刻，我正在拜读达尔文的《物种起源》，主译者是中科院院士舒德干教授，他是达尔文进化论的坚定追随者，专攻古地质学、古生物学。他为此译本写了《导读》和《进化论的十大猜想》。他阐述道：达尔文之前，已经有人在研究物种渐变、用进废退、获得性遗传，达尔文的贡献在于提出自然选择、万物同源。达尔文认为，"地球上所有生命皆源于一个或少数几个共同祖先，随后沿着三十八亿时间长轴的延展而不断分支和代谢，最终形成了今天这棵枝繁叶茂的生命大树"。

只不过，在达尔文时代，科学技术远不如现在发达，很多想法，他可以提出，但不能验证，所以就留下许多缺憾。比如："地球的生命有四十六亿年，约在三十八亿年前出现了生命迹象，仅仅是迹象，很微弱，很稀薄，而进入五亿多年前的寒武纪，地层中几乎'同时'地、'突然'地冒出了门类众多的无脊椎动物化石。看上去，就像一场生命大爆发。达尔文注意到了，但他无法解释——解释是要建立在众多化石的基础上的，达尔文生前，古地质学、古生物学还不能提供足够的证据——他为此深感困惑，因为他知道这种突如其来的'生命爆发'，一定会被论敌利用，当作反对进化论的炮弹。不过，达尔文坚信，这种'生命爆发'必然是承前期时期的'渐进'而来，只是暂时还没有发现前寒武纪的动物化石而已。"

而舒教授他们几十年来从事的，正是寻找并研究寒武纪及更早前的生命化石，从根基上支持达尔文描绘的生命大树。

舒教授说，在达尔文之后，这样的化石库，已陆续发现五十多个，其中保存得最好的在加拿大落基山脉，被命名为布尔吉斯页岩生物群，隶属寒武纪中期，年代约在 5.05 亿年前。而他的团队，20 世纪 80 年代初，恰好在我国云南澄江也发现了化石库，隶属寒武纪早期，年代约为 5.2 亿年前，早于落基山脉。

正是在澄江，他们发现了 5.2 亿年前的"天下第一鱼"，上面有一条长 2.5 厘米、宽仅 0.5 厘米的鱼状印迹，比成人的小拇指还短还细。化石不以大小论价值，而是年代越远越能获得科学家的青睐。上帝是设计出来的，化石不是，它是生命在宇宙的留影，声音消逝，呼吸消逝，肌肉、骨骼、内脏统统消逝，但是痕迹还在，信息还在。不管后世进化了多少代，时间过去了多少百万年，留在岁月长河上游的祖先，总能与我们的目光相接。这条最古老的鱼，不仅证明了"寒武纪生命大爆发"已涌现出门类众多的无脊椎动物，同时也产生了更高级的脊索动物和脊椎动物，把脊椎动物的起源向前推进了 4000 万年。

我看过那条"天下第一鱼"的照片，我从它的身躯扭动中瞥见狂喜，是一条鲜活的生命遭活埋又在若干亿年后涅槃重生的那种狂喜。

在为《物种起源》写的导读中，有这样一个细节：达尔文晚年隐居的庄园"Down House"，在伦敦东南一个叫党村的地方。历来有人将它译为"达温""唐恩"，舒德干却将它译为"党豪思"。因为，这是诞生进化论的圣地，是孕育最杰出思想家的摇篮。"党豪思"恰好表达了"出自党村的杰出思想家的摇篮"这一层含义。

舒德干这一翻译，颇见英语和汉语的双重功力，既见出他对达尔文的敬仰之深、理解之透，又凸显他已从自然选择转向更高维度的文化选择。达尔文和舒德干，他俩在进化论大厦的客厅，彼此相视，莫逆而笑。

我 与 《朝 花》

——纪念解放日报《朝花》创刊50周年

"朝花"——从"解放"到"开放"

五十年是个什么概念？一方面是"弹指一挥间"，一方面是"一天等于二十年"，如今的五十年，足可历尽沧桑，一言难尽。

《解放日报》的副刊"朝花"，就办了五十年啦，岂得大庆！

中缝五十年来的从"解放"到"开放"，其所培育的"朝花"，也毕竟引来被淡沈了的"朝花"，正当有许多京剧脸谱客牵动，这得益于她的离开。

"朝花"的一贯

到今天时期，鲁迅、胡乔木文学大师的许多文章，也是走在报纸的副刊……

历经一个多世纪，这几乎是大家心悦久之的事实。

祝贺《朝花》创刊50年

旅日上海籍摄影家冯宁联合国总部办了《情系放久中国文化之旅》摄影展……

永远的朝花　许大舟

五十年前，我读中学时就喜欢文学作品。我是喜报的忠实读者，自然也留意着副刊，尤其解放日报有朝花文艺副刊，都曾影响……

贾雨村的惊世宏论

周　岭

　　曹雪芹在《红楼梦》中，提出了一个发前人所未发的关于"人"的理论：正邪两赋论。

从冷子兴说起

　　《红楼梦》第二回，说到贾雨村遇见一位故人冷子兴，引出了冷子兴"演说荣国府"的一大回文字。先是贾雨村寒暄落座后发问："近日都中可有新闻没有？"这话问得很有意思。这个新闻跟今天所谓的新闻，是完全不同的概念。在那个语境里，"新闻"两个字特指官场的人事擢升、黜降、迁转、起复等重要消息。那么冷子兴怎么会知道如此机密之事？原来，冷子兴不仅是贾府中王夫人的陪房周瑞家的女婿，还是个古董商。

　　那个时代的古董商，是一个极其特殊的身份。达官显贵收藏古董蔚成风气，这就少不了古董商的参与。但这还仅仅是古董商

古老范

的表面作用。

而古董商的真正作用，竟是许多为官之人绝对离不开而又无人能够替代的。这就要说说那个时代的官场规矩。当时的规定，京官和地方官如果互相交结，最严重的是杀头的罪。但不准来往就有问题了。官场上有句话，"朝里有人好做官"，所以地方官一定要交结京官的。京官也要交结地方官，为什么呢？清代的京官是历朝历代最穷的。京官如果不交结地方官的话，就凭那点儿俸禄是不够的。所以京官和地方官，互相交往都有需求。有交结需求而规矩又不敢破，怎么办？找古董商！这是古董商的第一个深部作用：帮助京官和地方官互通声气。

第二个作用呢？大家知道，在官场攀附之风甚盛的时候，行贿受贿习以为常。但是一旦为人举报，查出来就是重罪。所以既要行贿受贿，又不能授人以柄。怎么办？还是找古董商。譬如某人要行贿四十万两银子，自己不敢送，对方也不敢收。怎么办呢？双方商量好了：一位从自己家里拿出个一钱不值的破罐子，交给指定的古董商，要价四十万两银子，另一位即刻用四十万两银子从古董商手里把这个罐子给买回来。于是，行贿成功。

冷子兴说到荣国府，提到一桩异事："这政老爹的夫人王氏……生了一位公子，说来更奇，一落胎胞，嘴里便衔下一块五彩晶莹的玉来，上面还有许多字迹，就取名叫作宝玉。你道是新奇异事不是？"贾雨村笑道："果然奇异。只怕这人来历不小。"冷子兴又道："那年周岁时，政老爹便要试他将来的志向，便将那世上所有之物摆了无数，与他抓取。谁知他一概不取，伸手只把些脂粉钗环抓来。政老爹便大怒了，说：'将来酒色之徒耳！'"冷子兴又道："说来又奇，如今长了七八岁，虽然淘气异常，但其聪明乖觉处，百个不及他一个。说起孩子话来也奇怪，他说：'女儿是水做的骨肉，男人是泥做的骨肉。我见了女儿，我便清爽；见了男子，便觉浊臭逼人。'你道好笑不好笑！"所以，"将来色鬼无疑了！"

"正邪两赋"之人

贾雨村听到此处，"罕然厉色忙止道"。"罕然厉色"这四个字，一定是作者为了醒人眼目。接着，一番大道理出来，这番道理是从来没有人说过的。

贾雨村说，人是要秉气而生的，而气分两种，一种是正气，一种是邪气。秉正气而生者，一定是大仁；秉邪气而生者，一定是大恶。大仁的例子：尧、舜、禹、汤、文、武。汤是商汤王，文是周文王，武是周武王。还有周公旦、召公奭、孔子、孟子、董仲舒、韩愈，还有理学家周敦颐、程颢、程颐、张载、朱熹，"皆应运而生者"。大恶的例子：蚩尤、共工、夏桀、商纣、秦始皇、王莽、安禄山、秦桧等等，"皆应劫而生者"。"大仁者修治天下，大恶者扰乱天下。"

但历史是不是由这两种人构成的呢？绝对不是。真正要说的一种人在后边。贾雨村说："今当运隆祚永之朝、太平无为之世，清明灵秀之气所秉者，上至朝廷，下及草野，比比皆是。所余之秀气，漫无所归，遂为甘露，为和风，洽然溉及四海。彼残忍乖僻之邪气，不能荡溢于光天化日之中，遂凝结充塞于深沟大壑之内，偶因风荡，或被云催，略有摇动感发之意，一丝半缕误而泄出者，偶值灵秀之气适过，正不容邪，邪复妒正，两不相下，亦如风水雷电，地中既遇，既不能消，又不能让，必至搏击掀发后始尽。故其气亦必赋人，发泄一尽始散。使男女偶秉此气而生者，在上则不能成仁人君子，下亦不能为大凶大恶。置之于万万人中，其聪俊灵秀之气，则在万万人之上；其乖僻邪谬、不近人情之态，又在万万人之下。若生于公侯富贵之家，则为情痴情种；若生于诗书清贫之族，则为逸士高人。"

这段话是说，恰巧有人秉了这正邪两气而生的话，既不是大贤，也不是大恶，这就是第三种人。又拉出一个大名单。

第一位，许由，是尧时代的贤人，道德学力可以经时济世，尧曾多次要让位给他。这样一位贤人，为什么不出来做事呢？他觉得世事太不干净，所以要做隐士。尧又派人来找他出任九州长，他夺路而逃，跑到颍水边上撩起水来洗耳朵。这时正好碰到他的好朋友巢父，牵着牛犊子来喝水，问：你干吗洗耳朵？许由说，这耳朵听了太多不干净的话。巢父一听，啊？你在上游把水弄脏了，我的牛犊子岂能在你的下游饮水？赶快把牛犊子牵走了。两个人，一对乖僻邪谬、不近人情。所以后世把他们归为一类，经常以"巢许"并称。

第二位，陶潜，就是陶渊明。这位夫子做彭泽县令的时候，觉得不自在，不愿意为五斗米折腰，写了篇著名的《归去来兮辞》，"归去来兮，田园将芜胡不归？"挂印逃走了。还要检讨："实迷途其未远，觉今是而昨非。"宁可"种豆南山下"，哪怕"草盛豆苗稀"，也要隐逸山林之中尽享田园之乐。

再有就是"竹林七贤"，还有王、谢二族。王、谢是什么人呢？王是王导，谢是谢安，都做过宰相。刘禹锡《乌衣巷》诗句"旧时王谢堂前燕，飞入寻常百姓家"，说的就是这两家。还有顾虎头，就是被称为"画圣"的顾恺之。还有陈后主、唐明皇、宋徽宗。陈后主，是南朝陈的末代皇帝陈叔宝。唐明皇就是那位爱美人不爱江山的唐玄宗李隆基。宋徽宗就是那位能写善画私幸妓女丢了江山的赵佶。还有温飞卿，晚唐的花间派词人温庭筠；米南宫，北宋书法家米芾；柳耆卿，北宋词人柳永；秦少游，"苏门四学士"之一秦观。还有明代的书画大家唐伯虎、祝枝山。奇女子中，有卓文君、红拂、崔莺莺等。还有一些艺人，像唐玄宗时的乐工李龟年、黄幡绰，五代后唐时的敬新磨。甚至还有妓女，像唐代的薛涛、宋代的朝云。当然，脂批说得很清楚，也就是大概举几个人而已。如果允许我们再补上一些人的话，像屈原、贾谊、李白、杜甫、李贺、陆游，包括曹雪芹，这些人是不是都应该在这个名单里啊？

"第三种人"两个特点

第一，"正邪两赋"之人在当时都是没用的。不是不被人所用，就是不起什么重要的作用。许由、陶潜，都没什么作为。李白有作为吗？杜甫有作为吗？有人用他们吗？陆游曾经写过一首诗《剑门道中遇微雨》，"此身合是诗人未？"我难道就该是个诗人吗？前方在打仗呢，我不应该上阵杀敌吗？但是没有人用我呀！只好"细雨骑驴入剑门"。宋徽宗有作为吗？把江山丢了，被关到五国城，一直到死。这些人基本上就属于这样的一类。

第二个特点呢？就是他们都得到了历史的高度肯定。这是很奇怪的，当世不被肯定，后世却被肯定。为什么呢？一部历史，并不都是大贤和大恶写成的。其中非常重要的一部分，是"正邪两赋"之人的贡献。简单地概括为两个字，就是"教化"。人类总是要从蒙昧状态逐渐地发展到文明状态，这个发展过程，最离不开的就是"教化"二字。而这类奇人，对历史的贡献正好就是这两个字。曹雪芹不仅深刻地认识和理解了这一类人，他应该知道，自己也是这一类人。所以，他的笔下极度赞美的，诸如贾宝玉、林黛玉等等，几乎都是这一类人。

请君着眼第二回

有人说，读《红楼梦》应当以第五回为总纲。因为第五回的内容是"贾宝玉神游太虚境"，在警幻仙姑的引领下看到了"薄命司"中的"金陵十二钗"正册、副册、又副册。册子上写的是《红楼梦》中主要女孩儿命运的"判词"，这些"判词"都预示了这些女孩儿的身份、处境和归宿。因此是读《红楼梦》的门径线索，或曰总纲。持这个主张的大都是红学家。

又有人说，《红楼梦》的总纲不是第五回，应该是第四回。为什么呢？因为第四回是"葫芦僧乱判葫芦案"。写的是贾雨村在应天府大堂判案的时候，因为一张"护官符"而徇情枉法、胡乱结案。由此细算了整部《红楼梦》里的"几十条人命"，于是得出了一个结论：《红楼梦》的主题是"阶级斗争"。读《红楼梦》的着眼点应该是第四回的"护官符"，第四回才是总纲。持这个主张的大都是政治家。

对不对呢？我认为都不对。为什么呢？首先，第五回的局限，只是预示了《红楼梦》的一个主题，就是"美的毁灭"。而《红楼梦》是一部极特殊的书，多主题是一大特点。也就是说，除了"美的毁灭"，至少还有几个重要的指向。第一，以贾宝玉为代表的"天性"与"天理"的冲突，从而发人深思：是宝玉错了还是社会错了？第二，"大旨谈情"。其中最重要的就是宝玉、黛玉、宝钗为代表的一系列的爱情故事。第三，通过贾家的败落，阐发了一种"无常"哲理。指出万事都在不断的变化之中，变是绝对的，不变是相对的。那么，第四回呢？更不能涵盖整部书的主旨了。"阶级斗争"说，是一个特殊历史时期对《红楼梦》的特殊解读。如果仅仅从这个层面上理解《红楼梦》，无疑是对这部伟大作品的粗暴矮化。

所谓的文学其实就是人学。文学创作面临的第一个问题，就是写什么样的人。《三国演义》写的是争霸天下的群雄，《水浒传》写的是江湖社会的豪杰，《西游记》写的是拟人化的神仙妖怪。俄国十九世纪文学画廊里出现了一组"多余的人"，像莱蒙托夫写的《当代英雄》中的毕巧林，普希金写的《叶甫盖尼·奥涅金》中的奥涅金，屠格涅夫写的《罗亭》中的罗亭，等等。他们的特点，都是出身于贵族家庭，都受到过良好的教育，但都是没有作为的人。这些艺术形象，与曹雪芹所说的中国历史上正邪两赋的人以及《红楼梦》里所写的主要人物有些相似。但是有一点最重要的区别，就是曹雪芹所称许的人物由于"教化"之功于后世受到高度肯定。这个高度差就拉开了。并且曹雪芹所谓"正邪两赋"的人，比"多余的人"要早一个世纪。

曹雪芹要写的是人，是特殊的人，是迥别于古今中外任何文学作品中所有出现过的人，是像他自己一样秉"正邪两气"而生的人。是当世不被认可，而身后因"教化"之功永垂青史的人。所以，读《红楼梦》首先要读懂"正邪两赋"论，要深切体会作者的苦心，要着眼于作者笔下以贾宝玉为代表的"其聪明灵秀，在万万人之上，其乖僻邪谬不近人情又在万万人之下"的一组可歌可泣的人。鲁迅先生说，自《红楼梦》一出，传统的思想和写法都被打破了。一个"都"字，说尽了曹雪芹，说尽了《红楼梦》。

再说一遍，文学就是人学。从这个意义上，读《红楼梦》应该以第二回"正邪两赋论"为总纲。

古老是一种范儿

陈鹏举

1996 年春，朋友范君约我去敦煌、麦积山。敦煌神圣至极，"麦积山"三字如雷贯耳，因为麦积山在天水，即古秦州。天水是有史可考的远古之城。它的古老很凛然地静止在那里。

儿时读三国，不知怎的，就是喜欢姜维。而姜维，就是天水人。还因此梦见天水关，梦见城堞和吊桥。稍长些读古诗了，喜欢李杜。李白也是天水人。杜甫呢？他有年几个月里，就地写了一百多首秦州诗。也就是这些诗，成就了诗史上的杜甫。秦非子在渭河边牧马，有功封邑，即所谓秦邑。之后才有秦州，才有了嬴秦的发迹。不可一世的始皇帝，原本是弼马温的子孙。

匆匆记起这些，我欣然应约。记得那是一个午后，上海静安寺阳光明媚，抬眼见山门背面，"为甚到此"四字大匾，不禁感恩万幸。

五月就成行了。先飞到西安，从那里坐车去天水。

秦州夫子李桂梓专程来西安迎接。他早年就读兰州大学历史系，满腹才华，天庭饱满、地角丰隆的长相，出众的轩昂。他是陇西成纪人，和李世民、李白同宗。他说成纪李家不出五服，都是这个面相。他这话也够"轩昂"。

当晚他带大家登上西安城墙，他说东北面是蒲城，也就是古时的奉先。杜甫曾去过，中途还写出了"朱门酒肉臭，路有冻死骨"的名句。南面就是终南山了。古时候住过许多谋求功名的隐士，所谓"终南捷径"。那晚，我听到了一种很古老的乐声，夫子说那是有人在吹埙。

第二天，我们坐车前往天水。途经周原，所谓"借道灭虢"虢的旧地，过宝鸡，也就是古时的陈仓。进入秦岭北麓，过大散关，登上秦岭，见到了秦岭顶点的石碑。站在碑前，头上云天，抬手可以触摸。脚下是深谷山脉，苍鹰盘旋，还有入蜀的火车在山谷中出没。夫子说，盘山公路很快会全部通车，以后再上顶点的机会不大了。那天有的是依依不舍，毫无韩退之"云横秦岭家何在"的伤感。记得那天和秦岭石碑的留影，我和陆俨少大弟子褚光遗老先生同框。人生的稀奇，难以预料。我和他仅此一遇，无有以往，也无后来，而人生中非常难得的一瞬，却是几乎毫无瓜葛的我和他两人共有。

深夜，往西翻越秦岭。夫子在黑暗里说，左手是汉水西流。我朦胧中听到水声，感觉似乎比眼见的更真切。

子夜过后，到了天水。很失望，苍茫古城，没有城墙，也没有吊桥。天水和兰州乃至整个甘肃，地形都是南北窄、东西长，好像兰州拉面、河西走廊的模样。

接连几天，去了卦台山、南郭寺、杜甫草堂。才知道，天水还是伏羲、女娲的故里。记得儿时翻看中国地图，发现最中心的一点，是天水。伏羲、女娲出生在这里，想来也是天意。在卦台山缅怀了伏羲，自然也要去陇水凤山之间拜谒女娲。黄土遍地，古老的女娲庙。在四邻的人群里，点烛焚香，突然发现女娲的脸，和四邻的女孩很像。都是俊俏的眼睛，秀气的鼻子，还有小巧的嘴巴。还都是嫩白的肤色。历来说"天水白娃娃"，我看还可加一句，"天水女孩女娲脸"。

伏羲、女娲，有人说是神话。天水还有个大地湾，还留着八千年前先人真切的遗址。残壁不存，断础犹在，特别是地面光滑紧致。专家认定，这铺地的材质，和如今上好的水泥相仿。八千年，不能说和我们相隔一个冰川期，只是先人如此的能力，仅用"神奇"二字，实在敷衍不过去。再说大地湾还出土了个娃面陶罐，竟然也是天水至今到处可见的女娲脸。

那天一早，我们路过秦安，去凭吊五十里外三国时候的古街亭遗址。秦安，也就是史书上说的陇西成纪。渭河边秦非子牧马之后，这里还是李广、李世民的故乡和李白的祖籍。高原黄土，风云依旧，这地方怎么看，都感觉气象不凡。车行半路，夫子突然指着山谷之中一处，是他的家，即兴请大家下车去看看。大家欣然下车。陪同的天水市一位领导面有难色。一旁县里的一个人平静地对他说了句："他们是文人啊。"那领导会心一笑，不说什么了。

　　夫子家在山谷里。门口一条短巷，朝西一头就是山麓。虽是五月，山麓杂树横斜，枝叶纷披，远多于繁花。有风吹过，但觉萧瑟。他家有个小院，其间井础、磨盘、犁锄之类，长物纷然。进了屋内，得见墙上挂着霍松林、林散之的字。夫子在家乡中学教语文，还是一位诗人，还和李白同宗。二十年里，他四下江南，三番入蜀，还东出潼关，走马燕赵，交游天下。数千里路途，他都是徒步、乘舟、搭车，独自去来。娇巧的妻子，独自操持家务，只担着个夫子美眷的名声。来到山野人家，大家散落说笑。夫子说我来天水，收获会最大。他说，到过这里了，以后写诗会有豪气。记得当时，我正靠在门上，直觉哪辈子来过这里，心里冒出一句诗："今来始觉到家门。"

　　夫子有个儿子，属蛇，惊蛰节气生的，取名"应雷"。夫子后来有了孙女，要我给取个名，说她命相缺火。我给取了火神祝融的"融"字。李融现在六七岁了。前几天见她相片，头上竖着两根小辫，萌萌的，女娲脸。

　　上文中"县里的一个人"，姓安。他是安维峻的曾孙。天水市政府对外宣传册里，有安维峻的整版照片。他是晚清重臣，曾弹劾李鸿章，其实是弹劾慈禧，后经众臣求情，才免一死。削职回乡之日，珍妃兄长特地篆刻"陇上铁汉"印章送他。他一路由"大刀王五"护送，回得故乡。安家至今在当地受人尊敬。

古街亭在很荒落的路途尽头。一路上道旁的屋舍大抵是泥土和茅草盖的。道旁有零星闲人蹲着，无所事事。祁山边的街亭，是当时蜀魏边境。史上的诸葛亮五伐中原，二出祁山。姜维九伐中原，七出陇右。到此看来，大抵都是边境争斗。失街亭之战，发生在诸葛亮初伐中原、一出祁山的时候。诸葛亮竭尽心力，初战即遭大败。可见他和后来的姜维，"知其不可而为之"的说法，是真的。

当地人至今沿用"曹、刘"二字，来代称"我、你"，譬如"曹留，刘走"就是说"我留下，你去"。天下的分合，所谓"分久必合，合久必分"，原本是寻常的事情，有着内在的定数。绝顶聪明的诸葛亮，也知道"人力不可为"。而那个扶不起的刘阿斗，居然做了四十年蜀主。

杜甫晚年在秦州住了差不多一百天。大多的说法，杜甫携家来秦州，是因为关中饥乱，"万里饥驱"所致。而到了秦州，他的生命光芒万丈。从《秦州杂诗二十首》可以知道，他个人的气象、家国的苦难，还有秦州万古的苍茫，熔于一炉之后所成就的伟大，无人能出其右。五律，其实是旧体诗中最坚韧的内核。杜甫在秦州，破解了它。他是真正有力量破解五律的人。因此，他的七律《登高》、歌行体古诗《茅屋为秋风所破歌》等杰作，都只是苍梧大木，开枝散叶而已。

麦积山很神奇地在秦岭的西端，在长江和黄河两大水系的分水岭上。都说天水是陇上江南。这话是对的。它和江南的区别，

古老范

我看只是绿更沉着一些，风更硬朗一些。麦积山石窟，它泥塑的佛、菩萨，和沙弥、供养人，是最好的。因为那些不留姓名的匠人，所塑的是自己，是和自己一样的俗人、无足轻重的人、宛如草芥的人。他们认为佛也好，菩萨也好，沙弥也好，当然供养人就不必说了，而且都是和自己一样的生死哀荣、电光雷声。这个世界上，可能只有这块土地上的人，怀有万古不老之心，如此寻常、如此从容地把自己的面目、自己的笑容塑在泥土里，铭记在时间里。因为只有他们明白，无边际的时间里，只有人的面目、人的笑容才是最美的。麦积山石窟前有条蜿蜒苍翠的小路，当地人说，玄奘当年从此经过前往西域。那个下午，我一个人久久地站在那里，看落日西下。

天水，可说是渭水起源的地方。杜甫怀念李白有两句诗："渭北春天树，江东日暮云。"他是上句说自己，下句说李白。看到了渭北出奇清秀的春天树，突然感觉这两句也许都是说李白。李白原是这里的人，可他没来过，他飘零如云，最终失去了沉浸万古的机会。这是最令人伤心的。

檀板那么一敲

喻 军

明末清初的文坛，隐鳞戢羽的人物不少。比如黄宗羲，反清不成，继又力辞"博学鸿儒"的诏征，隐居山中，孜孜埋首于学问，著作等身，直至老死。还有张岱，淡泊功名，勤于著述，避居当年王子猷访戴的剡溪山。一笔散文写得孤峭幽深，颖脱时辈，被郑振铎誉为明末散文家翘楚。至于"江左三大家"之一的吴伟业，即大名鼎鼎的吴梅村，明崇祯四年（1631年）高中榜眼进士，曾任翰林院编修、左庶子等职。晚年对自己曾屈节降清殊滋赧汗，抱愧痛悔，后丁忧南还，从此坚不出仕。

曾去余姚化安山南麓拜谒过黄宗羲的墓地；亦于姑苏太仓寻觅过吴梅村的遗迹；而绍兴人张岱的坟茔，不知是否一如从前那般荒芜？

这三大家，生于同时代，虽有创作风格和仕隐取舍的不同，但至少有两处交集：一来他们都是被称为"明末一流文人风向标、承东林正脉"的复社成员；其次是在阅读他们著作的过程中，发现他们对于柳敬亭这个人物，都曾写过传记类的文字。黄宗羲和吴梅村有同名《柳敬亭传》传世；张岱则以传神的笔触和寥寥数百字的篇幅，写下名篇《柳敬亭说书》。

明末以来，诸多诗文书画大家，比如钱谦益、余怀、孔尚任、王时敏、俞樾、陈汝衡、曹聚仁等，都曾为柳敬亭撰写过各种类型的文字。或许有人会为此感到纳闷：作为一名江湖艺人，不过是檀板那么一敲、利嘴那么一张，说书卖艺而已，何至于引得名满江南的才子们为之摇动笔杆？莫非都是误采虚声、率意成文？当然不是。我想，还是基于柳敬亭的胸次、风骨和才艺，有足堪丈量之处吧。

柳敬亭，"扬之泰州人"，原名曹永昌，生逢明末板荡之世。十几岁时因在案逃亡异地，凭借童年听书时的悟性和一本话本小说，开始说书谋生。某日，他说书后醉卧安徽宣城的敬亭山下，因柳枝轻拂其身，有所感慨，遂改姓为柳、以敬亭为名。再后来，柳敬亭名声大振，在金陵说书，缙绅公卿竞相邀约，成为所谓朱门柴门皆出入、达官显贵和文人学士皆待见的人物。虽说旧时视演艺为"贱业"，与今日艺人之地位有霄壤之别，但柳敬亭生平"长揖公侯，平视卿相"，从不以一介倡优伶人的身份自轻，反以一腔家国情怀、士人气节自重，堪称那个行当的不二奇人。

比如，从柳敬亭与阮大铖的结交和绝交，就能看出他的道义感和好恶心。柳敬亭当时很红，使得素喜结纳名流以伎乐自娱的阮大铖，也和柳敬亭时有过从，且纳为"门客"。崇祯十一年，当柳敬亭看到复社指斥阉党阮大铖的文告《留都防乱公揭》时，方知阮大铖的底细，悔恨不迭，遂"不待曲终，拂衣散尽""宁可埋之浮尘，不愿投诸匪类"。可见柳敬亭虽广有结交，却绝非夤缘以势，结纳以利之徒。据传，柳敬亭此举，也使得复社的才子们对其刮目相看。这就不难理解，前文所提及的记载其生平的文字何以如此之多的原因。

柳敬亭还是一个具有英雄情结和谋士韬略的人，可谓生有四方之志，本不甘终身牖下。崇祯十六年，也就是甲申之变前一年，他被推荐至拥兵自重的左良玉军中帮办军务，充任不挂名的幕僚。

左良玉可是个厉害角色，一见面就给了柳敬亭一个下马威。据吴梅村记载："帐下用长刀遮客，引就席……生（指柳敬亭）拜讫，索酒，诙啁谐笑，旁若无人者。"如此行状，活脱一个单刀赴会的明末关云长。后来，柳敬亭一方面利用自己的特长，为军中说书，口授檄文，以激励士气，还与左良玉日夕交流"三国""水浒"中的经典战例；另一方面，他不避斧钺，代左良玉出使南京，与马士英、阮大铖等南明权臣谈判，共谋光复大计。虽然备受礼遇，被尊为"柳将军"，怎奈大厦将倾，江山危如累卵，岂是尽人事所能挽回？

不能不提的还有他的侠气和才气。

柳敬亭成名后，有一次回乡省亲，顺便探望年少时的雇主。不想夫妇二人已亡故多时，却因返贫，两口棺木横陈屋内，无钱落土安葬。柳敬亭念雇主夫妇昔日的好处，于心不忍之下，竟去扬州说书月余，得银三百两，捐作雇主夫妇的葬资。倘无一副侠肝义胆，决然做不到这个地步。

另外，柳敬亭的说书内容，与近代诸多评书家通常一生只说一两部书有很大不同。其题材涉猎很广，诸如"西汉""东汉""三国""隋唐"这些充满沧桑更迭、天下兴亡的内容，都在他的取材范围之内。而《岳传》《韩世忠》《水浒》这样的书目，因蕴含保家卫国、替天行道、除暴安良的精神意涵，受到柳敬亭的格外青睐。我想，他对于书目的选择，绝非偶然，乃其内在的大丈夫气概和英雄情结所致，属于他的价值取向。

柳敬亭并非文人墨客，故不长于诗文辞赋，但他的说书技艺，我以为若非大才，断难企及。据当年在演出现场、身临其境者的记录，柳敬亭说书时，"纵横撼动，声摇屋瓦，俯仰离合，皆出己意，使听者悲泣喜笑"，可见其绘声绘色、调动观众心理的能力。

张岱在听了柳敬亭说武松一书后，言其"疾徐轻重，吞吐抑扬，入情入理，入筋入骨"，以张岱博物大家及"好梨园"之高品位，能有如此评价，实属不易。吴梅村以沁园春词赠柳敬亭，有"楚汉纵横，陈隋游戏，舌在荒唐一笑收。谁真假，笑儒生诳世，定本《春秋》"之高赞。黄宗羲虽然对柳敬亭的身份有所轻视，但他在评论柳敬亭的艺术成就时，也由衷地认为："敬亭既在军中久，其豪滑大侠、杀人亡命、流离遇合、破家失国之事，无不身亲见之。且五方土音，乡俗好尚，习见习闻。每发一声，使人闻之，或如刀剑铁骑，飒然浮空；或如风号雨泣，鸟悲兽骇；亡国之恨顿生，檀板之声无色……"

柳敬亭的说书，甚而能营造一种莫名的气场："剑荆刀槊，怔鼓起伏，髑髅模糊，跳踉绕座，四壁阴风旋不已。予发肃然指，几欲下拜，不见敬亭。"如此，便产生了极大的明星效应。据张岱《柳敬亭说书》一文记述，请他说书，须"十日前先送书帕下定，常不得空"，且"一日说书一回，定价一两"。他还挺会"摆谱"，到了凡听他说书，"主人必屏息静坐，倾耳听之，彼方掉舌。稍见下人咕哗耳语，听者欠伸有倦色，辄不言"的程度。他的说书，不是他看观众的脸色，而是观众要看他的脸色才行。侈然自放如此，却也靡不钦服。

以上所述，若非才气纵横，天赋异禀，能把书目演绎到令人心醉神迷，乃至惊天地、泣鬼神的地步，我以为绝无可能。

随着明亡，柳敬亭的人生轨迹也发生重大转折。正所谓鱼辙本枯，雀巢又失，窘迫之状可想而知。

首先，降清的马士英、阮大铖欲谋捕之，不啻有实施报复的成分。柳敬亭既要小心藏匿，却也不能不顾生计，故辗转于扬州、南京、常熟等地，重操旧业，聊以度日。这种颠沛流离的生活，竟达十年之久。

说实在的，要求一个年迈的说书艺人，像一些个效忠前明、不计生死的遗民那样，与清朝顽抗到底，似也不太现实。其实，柳敬亭不是没有依附和攀附过，比如曾到松江提督马逢知（明降臣）那里充任过一阵子军幕，俾鹧鹚一枝，得所寄托，却很快失势；也曾于康熙元年（1662年），随清漕运总督蔡士英北上至京，与政客频频接触，在各王府中敲着檀板说书。说其一无营心，恐非事实。但即便如此，在权贵们眼里，一大把年纪的柳敬亭，终究不过是供人娱乐的倡优而已。于是，落魄潦倒、矛盾挣扎就成为他在那个时代档口无法逃脱的宿命。而此前，史可法在扬州城舍生取义了，黄宗羲归隐化安山了，朱舜水逃亡日本了，而礼部尚书钱谦益和东阁大学士王铎也早在南京城降清了……说书艺人柳敬亭又该如何呢？在饱受亡国之痛后，他理了理头绪，檀板那么一敲，扯开嗓子本色出演了。

周志陶先生在《柳敬亭考传》一书中，提到柳敬亭甘冒"留头不留发"的禁令，借职业需要为由，三十余年内，一直留发不剃，且不改明朝衣冠，这是否也是一种变相保持气节的行为呢？不得而知。作为《桃花扇》中人物，孔尚任言其"人品高绝，胸襟洒脱，是我辈中人，说书乃其余技"，似乎也透露出某种信息。但我们只知道，他于康熙四年暮春，"老病萧条蓟北回"，买舟南下，踏上生命的归途。八十余岁，还在食奔衣走，四处说书，后于瓶罄饥寒中无闻而终，葬于苏州。

柳敬亭死后，渐被说书艺人们尊为祖师爷。虽说数百年来，檀板之声不绝，可每当这行当举行收徒拜师仪式时，都要齐齐先拜他的牌位。

《春江花月夜》像一个意外

宋执群

他和他的大作，就像他的名字一样，差点被时光化为虚无。好在，只是一场虚惊。

故纸堆里惊现

"春江潮水连海平，海上明月共潮生。"四百多年前的某个深夜，当这两句从未见过的唐诗跳进诗学家胡应麟的眼眸时，这个明万历举人"唰"一下从躺椅上跃起，踢开满地的历代诗歌选本，一个箭步奔向书案的油灯下。他瞪大眼睛，再一次吟诵起来。春、江、花、月、夜——天地间五个最美意象，从故纸堆里爆出光芒，刷新了他的眼眸。

这个年过半百的举人当时正赋闲在家，没事找事地编写一部历代诗选《诗薮》，意图搜罗有史以来的诗歌珍品。"这么光芒四射的一首诗，怎么就明珠暗投了呢？"胡应麟激动地来回踱步。

古老范

　　要不是胡应麟在宋人郭茂倩早被世人遗忘的《乐府诗集》看到了它，它就真的明珠暗投了。幸亏，从胡应麟编纂的《诗薮》开始，这首天才之作才被人发现，并渐渐被推上唐诗的巅峰。此时，离这首不朽唐诗的诞生，差不多已经过去了10个世纪的时光。

　　胡应麟把那本刊载此诗的《乐府诗集》供奉到书案上，叫上书童推开后花园的朱门，似乎真的发现此夜的月光确与往日不同。那是千年之前张若虚叩问过的一轮明月。

　　由于这首唐诗差点失传，因而他的作者也差点被埋没。甚至又几百年过去了，考据学家也只能大致地告诉你：诗人名叫张若虚，大约生活于初唐开元年间。官场失意的诗人回到了家乡扬州。一个春夜，他独步长江之畔。正逢百花盛开，明月高照，一江春水滚滚东去。浑蒙如初的大自然壮景触动了诗人的万千思绪……春、江、花、月、夜这五个美如少年的意象，花团锦簇地涌出天际，在诗人的笔下恣肆喷发出了全新的意境。

　　诗中那热烈饱满的气象，顿时让天地通透，也使初唐的诗坛大放异彩。后来，《春江花月夜》被赞誉为"孤篇压全唐"。一些评论者认为，在唐诗的海洋里大放异彩的《春江花月夜》像是一个意外，是唐诗大秀场上的一个意外，一个孤立的高峰。我想这"意外"与"孤立"，大概是指这首长诗所表现的内容与表达方式在中国诗歌史上几乎空前绝后，很难找到与其相像的作品。

诗人的怅与惘

既然我们无法了解张若虚更多的人生故事，那我们就更多地
去解读他留下的经典诗篇就好了。

这首诗虽然字字珠玑，但精华都蕴含在这两句："江畔何人
初见月？江月何年初照人？"这两句诗使得奔腾的唐诗大河有了
另一个方向，使得一首诗超越了诗，而抵达了另一个高度——哲
学的高度。"春江潮水连海平，海上明月共潮生。滟滟随波千万
里，何处春江无月明？"起始四句就把全诗"春、江、花、月、
夜"五个主要意象中的四个一并推出，营造了一幅大江东去、明
月孤悬、春潮澎湃、夜野无垠的辽阔深邃画面，确定了全诗雄浑
壮美的基调。但诗人的关注点却不在景色。他描写春、江、花、
月、夜的壮美，是为了引出人在这样壮美的自然面前，不禁产生
"江畔何人初见月，江月何年初照人"的疑问。这是个宏大而古
老的疑问，是哲学的根本问题之一，即便到了今天，也没有谁能
真正回答这个疑问。

也许正是无法解答，甚至永远都无法解答的疑问，"江畔何
人初见月？江月何年初照人？"才具有了永恒的魅力。

至于"人生代代无穷已，江月年年望相似。不知江月待何人，
但见长江送流水"就有些迷惘和无奈了，因而也是伤感的。这迷
惘、无奈和伤感正是大自然的永恒和人生的短暂引发的，正是前
面那一无解的哲学问题给人带来的困扰。

古老范

《春江花月夜》为唐诗开创了一个另类的题材和情感风貌，内容是表现人和自然的关系，探讨的又是短暂与永恒的哲学命题，因而在它那华丽的青春外壳里，注定会隐藏着终极的感伤。这感伤不是关于朝气蓬勃的初唐时代的，而是关于人类、人生那超越时空、亘古未变的命运的。

生活在初唐的张若虚，似乎对他同时代的诗人都在关注什么、写些什么浑然不觉，他单枪匹马地与唐朝诗人的大部队背道而驰，把自己的目光投向了无影无形的时间，投向了遥不可及的星空。他以前人从未有过的角度探讨宇宙的存在，又以永恒的宇宙为参照，来反观人类的命运。

他从自然的永恒、无限，联想到人生的短促、无常，发出了"人生代代无穷已，江月年年望相似"这样的慨叹，既带着无可奈何的伤感和迷惘的况味，又哀而不伤地表达了青春的梦幻和人生的绚烂。就像他的名字一样，他的愁苦是一种虚幻的愁苦。

只好对他进行传奇

真实的张若虚到底是怎么样的一个人？在初唐那个大时代里，他度过了怎么样的一生？因为生平在史书上缺席，人们只好对他进行"传奇"：

唐中宗神龙二年，新科进士张若虚和同学张旭一同在元宵节赏灯游玩，在明月桥畔邂逅女子辛夷。这位如花的辛夷，年方二八，是一官宦人家的千金，平时藏于深闺，每年只能在元宵节前后三天出门赏灯。这对才子佳人一见钟情，约定第二天赏灯时分鹊桥再会。不料天有不测风云，人有旦夕祸福。当天夜里，张若虚竟然招来恶鬼，意外殒命。

由于爱愿未了，张若虚在阴间折腾十年，拒绝投胎，怕再世为人后忘了旧爱。他的一片痴心，打动了在冥界修道的少女曹娥。在曹娥的劝说下，鬼府天子秦广王准许张若虚魂游人间，再看一眼辛夷。

此时，辛夷已做人妇八年，但她年年元宵节都到桥头悼念张若虚。此情此景，让张若虚悲喜交加，唏嘘不已。但人鬼两隔，难以让辛夷感应。曹娥见此，再次相助，亲去蓬莱，求得仙草，让张若虚还生。

唐肃宗至德二年，几十年后的元宵节，仍然青春英俊的张若虚终于相逢了双鬓飞白的老妇辛夷，俩人抚今追昔，在百感交集中共同吟唱出了《春江花月夜》……

时空穿越，人鬼相恋！这故事虽然牵强，但倒与《春江花月夜》的诗境般配。

《春江花月夜》本来就是一首探讨时空，又超越了时空的诗，写出了人类在思考"我们从哪里来，又要到哪里去"时的共同感受。而在初唐，一个万物蓬勃上升的时代，才会有人有雄心去追索这一命题。这就是张若虚能够适时出现的原因。他正是挟带着初唐奋勇向上的精神力量，代表人世间众多迷茫的心灵，张开迷离的诗眼，对着天宇凝望，迷惘而好奇，好奇而求索，求索而感怀。

清人王闿运《湘绮楼论唐诗》云："张若虚《春江花月夜》，用《西洲》格调，孤篇横绝，竟为大家。"闻一多先生也在《宫体诗的自赎》中点赞道：全诗犹如一次神秘而又亲切的晤谈，有的是强烈的宇宙意识，被宇宙意识升华过的爱情，又由爱情辐射出来的同情心。这是诗中的诗，顶峰上的顶峰。

正是在这个意义上，写完《春江花月夜》的张若虚，在历史上模糊了人生的踪迹，却点亮了唐诗的璀璨星空。

屈子去哪儿了

李之柔

春秋战国，是中国古代文化辉煌的时代，诗骚散文的兴起，诸子百家的言行，影响了几千年古代文人的人生轨迹。

比如老子。"居周久之，见周之衰，乃遂去。至关，关令尹喜曰：'子将隐矣，强为我著书。'于是老子乃著书上下篇，言道德之意五千余言而去，莫知其所终。"据司马迁讲，看到周朝衰败，老子辞职不干了。出关时，被粉丝关令尹喜留下，催生出一部五千字的道德文章后，不知所终。

比如庄子，楚王派大夫相招，他依然不管不顾地钓鱼："吾闻楚有神龟，死已三千岁矣，王以巾笥而藏之庙堂之上。此龟者，宁其死为留骨而贵乎？宁其生而曳尾于涂中乎？"二大夫曰："宁生而曳尾涂中。"庄子曰："往矣！吾将曳尾于涂中。"这是《庄子》一书中的夫子自道，宁可当乌龟活在泥里。

与老子、庄子不同，孔子几乎一生都在谋求学以致用。其得

古老范

意门生子夏所言"学而优则仕",变相说出了孔夫子"沽之哉"的心声。孔子为了实现理想,用了十四年的时间周游列国,谋求"沽之",可惜运气实在比不了后来的苏秦、张仪等人,落得个无功而返。《史记·孔子世家》记载,回归故里的孔子"亦不求仕""乃因史记作春秋,上至隐公,下讫哀公十四年,十二公……约其文辞而指博",直到晚年,他似乎才把一切都看透,不再想当官,根据鲁国的历史,作了《春秋》一书。司马迁赞叹:"孔子布衣,传十余世,学者宗之。自天子王侯,中国言六艺者折中于夫子,可谓至圣矣!"

　　失意时读一读老子、庄子;平时学一学孔子,这几个古人的活法很有代表性。不过在古代,似乎屈子才是文人最后的倔强和自尊。在司马迁笔下,屈子早年意气风发:"屈原者,名平,楚之同姓也。为楚怀王左徒。博闻强志,明于治乱,娴于辞令。入则与王图议国事,以出号令;出则接遇宾客,应对诸侯。王甚任之。"作为楚国王室一族,他是楚怀王的左徒。博闻强识,对治理国家之道非常了解,善于辞令,对外交往来也很熟悉。因此他入朝能和楚王讨论国事,发布号令;对外能接待各国使节,应对各种外交事宜。楚怀王对他非常信任。

　　有王室的血缘、有卓越的学识、有超凡的能力,个性不免强了一些。至少在和同事相处时,很具个性。"上官大夫与之同列,争宠而心害其能。怀王使屈原造为宪令,屈平属草稿未定。上官大夫见而欲夺之,屈平不与,因谗之曰:王使屈平为令,众莫不知，每一令出，平伐其功，以为'非我莫能为'也。王怒而疏屈平。"大意是说，与屈子同殿称臣，官职一样的上官大夫，想要争得宠信，嫉妒屈子的才能。楚怀王让屈子制定法令，他刚写完草稿，上官大夫见到后想拿来邀功，"屈平不与"。上官大夫因此说屈子的坏话：楚王让屈原制定法令，大家都知道。可是每当颁布法令后，屈原就四处炫耀"非我莫能为"。楚怀王很生气，后果很严重，自此疏远了屈原。

"屈平疾王听之不聪也，谗谄之蔽明也，邪曲之害公也，方正之不容也，故忧愁幽思而作《离骚》。离骚者，犹离忧也。"君主受了蒙蔽偏听偏信，屈平遭遇到不公，心中岂能平？把心中的牢骚写了出来，洋洋洒洒，中国古代文学史上一部伟大的诗歌诞生了，《离骚》开古典浪漫主义文学之先河。除了我们耳熟能详的"路漫漫其修远兮，吾将上下而求索""长太息以掩涕兮，哀民生之多艰"等名句，还有"余固知謇謇之为患兮，忍而不能舍也。指九天以为正兮，夫惟灵修之故也。曰黄昏以为期兮，羌中道而改路。初既与余成言兮，后悔遁而有他"。大意是说，我手指着青天起誓，早知道正直忠言会惹祸，想忍却没有控制住，真没想到楚怀王这样反复！一个疾恶如仇、向往光明的艺术形象跃然于纸上。行文至此，司马迁忍不住也在传记中感慨："屈平正道直行，竭忠尽智，以事其君，谗人间之，可谓穷矣。信而见疑，忠而被谤，能无怨乎？屈平之作《离骚》，盖自怨生也……其文约，其辞微，其志洁，其行廉。其称文小而其指极大，举类迩而见义远。"司马迁为屈子站台，认为他写的虽然是牢骚，但是语言简约，寓意深远。

在《史记》等典籍中记录了如下史实，一意孤行的楚怀王不顾屈子的劝阻，轻信秦国使臣张仪的诱惑、佞臣的蛊惑，从而导致四面楚歌，自己落得被秦国所困，客死他乡。楚怀王死了，顷襄王继位，当初极力怂恿怀王入秦的子兰做了令尹，上上下下都说是子兰的责任，屈子也不例外，多次流露不满。子兰将怨恨发泄到屈子身上，让上官大夫再进谗言，顷襄王把屈子放逐了。

楚国一败再败，屈子再也看不到国家的希望。他既没有学老子"见周之衰，乃遂去"，也没有学庄子"曳尾涂中"，更没有学孔子奔走于列国以求"沽之"。他在《惜往日》中反思因正直而遭人相害"心纯庞而不泄兮，遭谗人而嫉之"，叹息世道是非不辨"芳与泽其杂糅兮，孰申旦而别之？"无奈君王"虚惑误又以欺"；在《橘颂》表明要"独立不迁""苏世独立，横而不流"；在《怀沙》中流露出赴死的决心："世溷浊莫吾知，人心不可谓兮。知死不可让，愿勿爱兮。明告君子，吾将以为类兮。"世道混浊知音少，人心叵测最难猜。人生在世终有死，又何必再吝惜残生。告诉那些以死守志的先贤君子，屈子我将加入你们的行列中。每当念及此处，我都会想到文天祥那句"人生自古谁无死，留取丹心照汗青"。活着很重要，为什么而活着，更重要！

屈子留给后世文人的绝不仅仅是一篇篇的华美辞章，还有一位大诗人所特有的"独立不迁"人格、对家国的挚爱情怀以及浪漫主义精神。什么叫"诗言志"？"志"就是"识"，屈子的诗就是他的"识"。什么是"诗缘情"？什么是"情动于中而行于言"？屈原和他的作品就是答案。

司马迁说："屈原既死之后，楚有宋玉、唐勒、景差之徒者，皆好辞而以赋见称；然皆祖屈原之从容辞令，终莫敢直谏……"字句模仿相对容易，"虽与日月争光可也"的铮铮骚韵能传承吗？有学者说，应该把《离骚》《九章》等作品还原为文学作品去解读，然而不懂屈子的为人，又怎能真正读懂他的作品？换言之，看不到楚辞中屈子人性的光辉，就不会理解他的人生选择，缺少"识"，没有"情"，又谈何续写不朽篇章。

读过《道德经》，会发现老子不信天，主张"人法地，地法天，天法道，道法自然"；读过《庄子》，会发现他与老子一脉相承，进一步宣扬"无为而尊者，天道也"；读过《论语》，会发现孔子喜欢说"天"，颜回死了，嚷嚷"天丧予！天丧予！"对子路发誓"天厌之！天厌之！"对王孙贾说："获罪于天，无所祷也。"屈子呢？屈子却是敢质问"天"者！《天问》一口气提出一百多个问题，从天到地，由古至今，体制瑰奇，开篇就是："遂古之初，谁传道之？上下未形，何由考之？"混沌初端，谁来言传？天地没有成形，怎样查勘？质问"天命反侧，何罚何佑？""怀疑自遂古之初，直至百物之琐末，放言无惮，为前人所不敢言。（鲁迅语）"被清代刘献廷推许为"千古万古至奇之作"。毫无疑问，敢于独立思考、能够独立思索者，大都会痛苦，诗人把忧国忧民的思虑和上下求索的精神表现得淋漓尽致。

　　大家常说，中国是诗的国度，在我看来，为其注入灵魂的正是屈子。历代文人志士，以不同的方式和文字，试图去延续、纪念屈子的诗魂。李白诗云"屈平词赋悬日月，楚王台榭空山丘"；杜甫诗云"若道土无英俊才，何得山有屈原宅"；苏轼诗云"水滨击鼓何喧阗，相将扣水求屈原。屈原已死今千载，满船哀唱似当年"……关于屈子的生卒时间与死因，学术界至今仍存有争议。传说，屈子自沉于五月初五，有人说他的死因是"国无人莫我知兮"；也有人说是"莫足与为美政兮"。传说，屈子投江后有许多人去救他，可惜没有找到，又担心鱼虾会伤害其身，于是向水里投食粽子；传说，人们为了纪念屈子，将民俗赛龙舟也定在端午节这一天。

　　两千多年过去了，人们没有找到屈子，他到底在何处呢？若要问我，我会说："有中国人的地方，就有屈子。文人的脊梁在，屈子精神就会永恒！"诗曰：不见吟魂欲断魂，灵均何处命天阍。铮铮骚韵谁情在，一寸冰心念旧恩。

《湖心亭看雪》与张岱"点不清"的人数

詹 丹

　　张岱的《湖心亭看雪》是明清小品文的佳作。全文用 159 字呈现西湖绝佳的雪夜之景，其白描手法的娴熟运用，历来为人所称道。但张岱在文章中提及的人数，让许多读者产生了疑惑。先看原文：

　　崇祯五年十二月，余住西湖。大雪三日，湖中人鸟声俱绝。是日更定矣，余拏一小舟，拥毳衣炉火，独往湖心亭看雪。雾凇沆砀，天与云与山与水，上下一白。湖上影子，唯长堤一痕、湖心亭一点、与余舟一芥，舟中人两三粒而已。

　　到亭上，有两人铺毡对坐，一童子烧酒炉正沸。见余，大喜曰："湖中焉得更有此人！"拉余同饮，余强饮三大白而别。问其姓氏，是金陵人，客此。及下船，舟子喃喃曰："莫说相公痴，更有痴似相公者！"

　　其中有关人数的两个疑问是：作者明明说自己"独往"，为

古老范

什么又说舟中人"两三粒",而且最后确实写到了舟子的感慨,这岂不是前后矛盾?再者,作者既然在舟中,何以点不清人数是两还是三,偏写了一个含混不清的"两三粒"?

先解释第一个问题。就作者来说,他所谓的"独往",本来就不可能把雇佣的舟子包括进去。一方面,如同我们打车出游,不会把出租车司机统计在游伴里。另一方面,也许在等级社会里,这种思维方式还隐含着更深刻的含义,即主人们往往会把身边的奴仆等伺候者予以忽略。这种意识形态带来的意识屏蔽作用,使得舟子、童仆等,根本不会影响到张岱是否写"独往"中的"独"。只不过,当作者进入具体画面描写时,当他在想象中把人的社会特性和心理因素暂时抽空,仅留下一个物的空壳来作形象勾勒时,舟子等人又被重新统计进来,出现了"舟中人两三粒"的描写。而舟子最后发声说其"痴",不过是凸显了对作者及其金陵客的不理解,并以这种不理解或者说不可能理解,再次让作者自己等少数人在世俗社会中超脱出来。

顺便一说,张岱虽向以雅士自许,不愿混迹于俗人中,但他作为客居杭州的山阴人,对俗人的不满乃至讥讽,有时也会落实到杭州人身上。在《西湖七月半》中,他以名士高雅的湖中赏月姿态,嘲笑杭州人只知道白天游西湖凑热闹的俗趣,"杭人游湖,巳出酉归,避月如仇"。一句"避月如仇",说得极为刻薄。联想到这一点,张岱说自己住西湖,在雪夜"独往湖心亭看雪",心目中是否也有当地杭人作为参照对象呢?而其结尾特意点出金陵人，我们固然可以如通常认为的，暗示了由明入清后的他有"故国之思"，但也未尝不可以认为，身为一个客居者，客中遇客的感叹，同样为了区别于当地人身处西湖却不知欣赏西湖雪夜之景，从而显示自己的另一种孤独意味。

再看舟中人数。如果是两人，当然是他本人和舟子，但三人也有可能，因为他的出行理当有跟随伺候的小厮，就像金陵人也带童子在旁。那作者为何不给出一个明确的数字呢？可以解释的一个理由是，尽管作者人在舟中，但因为已经转用一个想象性的远观视角把自己放在天地间来观察，所以，舟中人数的模棱两可、看不真切，正与这种晚上远观的氛围相协调。但除了考虑这种视觉效果外，我们也不能忽略作者营造的声音节奏效果。

作者在写湖上影子的四个对象时，可以有两种节奏的停顿，即以"唯"一字作为领起下面的全部文字，在这"唯"字后作稍长停顿，然后再连读下面的文字。但我觉得，更合适的一种诵读方式，是"唯"字后的停顿加以弱化，而在"长堤"后强化停顿，从而与后面说及每个对象都三字一顿的节奏统一。具体是：唯长堤／一痕，湖心亭／一点，与余舟／一芥，舟中人／两三粒／而已。

从整体看，因为前后四个描写对象，是不同的两类，前一类为本来就在湖上的长堤和湖心亭，后一类只是在这特定时刻插入的，而且，草芥与芥中之粒，形成一个自身的有机联系，也不同于前一组"一痕""一点"的关系，这样，插入一个"与"，就起到了前后连接作用。但把"与"加在"余舟"前面，通过停顿划分，也显示了三字一顿的节奏感。这跟弱化"唯"字独立的停顿效果，意义是一样的，都是在为关于人的描写出现前，建立起稳定的三二节拍。而一旦人出现在"舟中人两三粒"中，稳定的三二节拍突然变成了三三节拍，"两三粒"的效果就得到凸显。这一效果，是确凿写两字的"两粒"或者"三粒"都不能达到的。更何况，在作者看来，是两是三，都不改变其"独往"的性质，所以交代不清，并非瑕疵，关键只要在节奏中，强调"两三粒"就可以了。因为无论是长堤成一痕，湖心亭成一点，小船成一芥，都不及活生生的人成了物化的芥中之粒，有这样一种反差之大的张力。

如果深入一层思考，与质的反差相关的是，量的凸显也产生了意外的效果。因为写"两"还是写"三"，相对于作者开始写的"独往"，都是一种多。但当他加以模糊处理，写成"两三"时，其特定的含义，反而指涉了稀少。如宋代词人柳永写的《夜半乐》中："败荷零落，衰杨掩映，岸边两两三三，浣纱游女。"写"两两三三"游女稀少，与"败荷""衰杨"是融洽、协调的。所以，在张岱笔下，在"两三粒"后再加两字停顿的"而已"，除起调节节奏作用之外，从语义上说，也是强调"两三粒"作为稀少的不足道。由此形成的另一种张力是，节奏的变换凸显了"两三粒"，而凸显的目的，恰恰是为了贬损它本应有的价值，既抽空其人的特质，又在数量上不予重视。有人认为，作者就是想暗示人在天地苍茫中的渺小与不足道。这样的观点也许值得参考。

《红楼梦》里的食物密码

闫晗

　　《红楼梦》展现了钟鸣鼎食之家饫甘餍肥的生活，可细细读来，会察觉书中人物常常为了吃喝较劲儿。

　　在书中，食物不仅能够满足口腹之需，它亦是身份的象征，地位尊贵者有制定菜谱和赐予他人饮食的权力；食物可以展现优越感，核心部门的员工会得到额外的享受；食物是亲系远近的风向标，从是否愿意分享食物中，冷暖亲疏可见一斑。

　　站在权力顶端的贾母，"大厨房里预备老太太的饭，把天下所有的菜蔬用水牌写了，天天转着吃"。带刘姥姥游大观园时，丫鬟们拿来点心，有藕粉桂糖糕、松穰鹅油卷、一寸来大的小饺儿，贾母皱眉说："这油腻腻的，谁吃这个！"奶油炸的各色小面果她也不喜欢，拣了一个卷子，只尝了一尝，剩的半个递与丫鬟了。

　　贾母喜欢吃螃蟹，可只有秋天才能吃到，她还想吃地里现摘的瓜儿菜儿，兴许还爱吃干菜，乌进孝的单子上有"各色干菜一车"，平儿也对刘姥姥说过，"到年下，你只管把你们晒的那个灰条菜干子和豇豆、扁豆、茄子、葫芦条儿各样干菜带些来，我们这里上上下下都爱吃"。其实螃蟹也是上上下下都爱吃的，但因为限量供应，"不过有名儿的吃两个子，也有摸得着的也有没摸着的"。

贾母常把自己的菜分给别人吃，这是一种宠爱儿孙辈的方式。王熙凤、林黛玉、贾宝玉几个是贾母心尖上的人，贾兰也偶尔被想起，才有了赏菜。而丫鬟若得到主子赏的菜，含义就更复杂些，那是一种荣耀，代表着上司的认同。怡红院的袭人不声不响中地位发生变化，变成宝玉的"准姨娘"，就是从王夫人派人送来两碗菜开始。袭人一边跟其他人说着纳闷，一边稳稳接住了王夫人释放的信号。

贾宝玉也常常给别人吃的，这是他讨好人的方式之一，亲测有效。金钏投井，宝玉对金钏的妹妹玉钏有愧，落实在行动上，就是非要她尝尝他点的小荷叶小莲蓬羹，哪怕骗着哄着也希望她尝一口。而吃了这口羹，玉钏也不好意思继续冷着脸，气氛松弛了。

对于怡红院的丫鬟，宝玉更是记着各人的喜好，把某种特定的吃食留给她们，一次给袭人留了蒸酥酪，一次给晴雯留了豆腐皮包子，说明这两人在宝玉心里的位置与众不同。不巧的是，两样都被宝玉的奶妈李嬷嬷吃掉或拿走了。想来宝玉还在吃奶的时候，李嬷嬷很可能拥有对贾宝玉身边美食的支配权，一时间改不了这种"都是我的"的心态；又或许儿时的宝玉跟奶妈很亲，会把好吃的主动留给李嬷嬷，她才养成了这样的习惯。只是到了青春期，孩童式的亲密消失了，宝玉的好更愿意留给丫鬟们，李嬷嬷却不愿意接受被边缘化的现实。对李嬷嬷的"贪小便宜"行径，爆炭性子的晴雯选择向宝玉抱怨，温柔和顺的袭人却大事化小小事化了，说上次吃了酥酪不舒服，并转移话题，让宝玉剥风干栗子给她吃。

倒是李嬷嬷不肯放过袭人，大张旗鼓地闹了起来，既有自尊心受到伤害的应激反应，也有"卧榻之侧岂容他人酣睡"的积怨，因为她在宝玉这里成了多余的人，小丫头们只听袭人的。最后还是王熙凤用"烧得滚热的野鸡"把她请走了。食物是凤姐的外交手段，也是安抚失落老员工的灵药。同样是招人嫌的"老货"，宝玉部门的李嬷嬷好歹有野鸡吃，宁国府的焦大却被塞一嘴马粪。

大观园的丫鬟各有可怜可爱之处，司棋和芳官比较不招读者待见，也许并不因为个性，而是因为糟蹋食物。司棋在大观园的小厨房点一碗嫩嫩的炖鸡蛋吃，不料受到柳嫂子埋怨"细米白饭，每日肥鸡大鸭子，将就些儿也罢了。吃腻了膈，天天又闹起故事来了"。明明晴雯先前点过芦蒿炒面筋，柳嫂子生怕服务得不周到，这可是双重标准。司棋负气带人把厨房菜蔬乱翻乱掷，炖好的鸡蛋送来了，也泼在地上。痛苦来自比较，孤傲的司棋从不受懦弱的二小姐迎春影响，仗着贾府之中亲戚多，跟谁打架都不怕。司棋的姥姥王善保家的跟晴雯结下梁子，没准是从晴雯点菜开始的。

芳官原是小戏子，戏班子解散之后到怡红院做丫鬟，没有像小红那样被刁难，很快融入，并受到柳嫂子的巴结。柳嫂子给芳官做的套餐色香味俱全，在《红楼梦》馋人食物榜上位居前列："里面是一碗虾丸鸡皮汤，又是一碗酒酿清蒸鸭子，一碟腌的胭脂鹅脯，还有一碟四个奶油松瓤卷酥，并一大碗热腾腾碧荧荧蒸的绿畦香稻粳米饭。"芳官却毫无胃口，如贾母一般吃腻的模样。看姑娘们点的菜，探春和宝钗让厨房炒个油盐炒枸杞芽儿，其他人点的"鸡蛋、豆腐，又是什么面筋、酱萝卜炸儿"，都是清淡的素菜，芳官是否爱吃素不得而知，倒看出她擅长拿食物斗气。

芳官在柳嫂子的厨房，见一个婆子手里托了一碟糕来，便要先尝一块儿。小丫头蝉儿不想给她尝，柳嫂子连忙拿出自己买的递过去。而此时的芳官为了气蝉儿，也不吃了，将手内的糕一块一块掰了，掷着打雀儿玩，还笑说："柳嫂子，你别心疼，我回来买二斤给你。"越是小丫鬟越喜欢卖弄财大气粗，没过上几天好日子倒学会了铺张浪费，"昨怜破袄寒，今嫌紫蟒长"，这一举动果然把小蝉气得征征的，瞅着冷笑道："雷公老爷也有眼睛，怎不打这作孽的！"

晴雯、司棋和芳官后来都离开了大观园，晴雯临死前喝过一碗苦涩的茶水，不知司棋和芳官有何际遇，在贫苦生活中，想到从前不屑一顾的热腾腾的绿畦香稻粳米饭，会有怎样的感慨？

贾府之外的普通人家，对美食倒是有着正常的生理反应，刘姥姥在贾府吃饭吃得"舔嘴咂舌"，见到十几只鸡配的茄子不住念佛，给她吃的点心、茶、酒照单全收，直到吃坏了肚子，她因为家里没有食物过冬而出来打秋风，不曾见过这样的奢靡。

还有另一幕更让人唏嘘。贾芸去舅舅卜世仁家借钱买冰片麝香，遭到拒绝。舅舅说要留外甥吃饭，舅母立即哭穷说家里没有米，只买了半斤面，"你要留下外甥挨饿不成？"卜世仁难得说一句，"再买半斤添上就是了"，她又说没钱，要打发闺女去找对门王奶奶借。两口子一唱一和，情形尴尬，贾芸只能赶紧离开。为了省半斤面，亲情都不顾，除了见出人物小气，也可见世道艰难。

《红楼梦》第十五回中，宝玉在庄户人家见了锹、镬、锄、犁等物，感觉新奇，小厮解释一番后，宝玉点头叹道："怪道古人诗上说，'谁知盘中餐，粒粒皆辛苦'，正为此也。"他真的体会"粒粒皆辛苦"，恐怕是多年以后"寒冬噎酸虀，雪夜围破毡"的时候吧。

画卷只是时光如流的副产品

鲁北明月

初冬的雨，缓缓地下，下在富春江畔的山水里。一行有十三人，或着雨衣，或撑伞，花花绿绿地冒着细雨，循着坡道，去访黄公望的隐居地。山树，老藤，修竹，野草，青苔，一路相迎。

一路上，似乎只有我们。雨下得不紧不慢，队形也渐拉渐长，散落于这富阳的山水里。方才在黄公望纪念馆看《富春山居图》（或者叫《无用师卷》和《剩山图》），前者的钤印题跋，收藏的辗转，后者的残火留痕，缺损的空白，成就《富春山居图》几百年来的传奇。或许，也因此成就隐者黄公望的生前身后名。

从纪念馆到隐居地，大约十几分钟的脚程，眼见青森高耸，石坪木屋时，便是到了。柴门，短廊，小屋，厨房和画室，简到极致。似是而非，非亦或是。毕竟，元朝时的真实模样有谁知道呢？画室凭栏，栏下有涧流隐约，若在丰水季，必是水声潺潺。隔溪有树竹深深，青黄红绿，还是深秋的斑斓。那是公元1347年，年近八十的黄公望随着樵夫来到这大岭山的筲箕谷，从此便隐居在此。既是有尘清风扫、无锁白云封的洞天福地，那么取个室名就叫"小洞天"吧。

漫想当年，黄公望睡过午觉，饮过秋茶，或许就在我此时的立足处小驻，然后才踱进画室，缓缓拿起画笔。先画《秋山招隐图》罢。峰谷涧溪，山石屋树，钓者垂纶，行者闲适，干湿浓淡，无不自如。正是倏鱼之乐"得之矣"的写意，正如黄公望在画中的题跋：此富春山之别径也，予向构一堂于其间；每当春秋时焚香煮茗，游焉息焉。当晨岚夕照，月户雨窗，或登眺，或凭栏，不知身世在尘寰矣。

不知《秋山招隐图》是否隐隐透着黄公望的些许悔意？是啊，秋山一直在，何不早归隐？此时的黄公望是惬意的，山远林深庙山坞，清流若带筲箕泉。若论隐居，还有比这小洞天更妙的地方吗？怕是富春江畔的严子陵钓台也有所不如吧。不，不该比较的。比较一出，便是我般俗人的猜度了。

其实，人终其一生，无非是在世间寻找一种自己真正想要的生活。但无论是谁，最初往往跟着众人走。走过，经历过，思索过，才终会在某一天决定不再跟随人流，而是转身拐进那条真正属于自己的路。即使，那里根本还没有路。

黄公望便是这样，读四书五经，科考，入仕，这是古代士子们的标准行程。所不同的，黄公望遇到科举被废的时段，直到45岁才成为一名基层的书吏，随即因上司牵连入狱，两年后出狱。

古老范

若在常人，或许已是待死的季节，但黄公望不愿坐等。他选择画画，选择去占卜，去红尘浪迹。一个现实世界的失败者穷到只剩一个画囊，却去给芸芸众生推演前程、卜算富贵，无论如何都是一件值得玩味的事情。或许黄公望有足够的学识，也有足够的教训可供分享，那么他参透关于自己人生的那条独特的曲线了吗？

一路上的黄公望替人占卜，为自己寻找，直到许多年后在富阳的山水里流连止步。黄公望决定不走了，或许他开始接收到富春江畔关于秋山招隐的暗示？这位79岁的老人坐在鹳山矶头，一边画画一边等待人生淬火的那个奇点。

果然有事发生。一名叫作汪其达的凶徒趁黄公望不备，恶狠狠把他推入富春江中。此人是黄公望前上司张闾的外甥，他对黄公望当年供述张闾的罪行怀恨在心，复仇一直在慢慢地发酵，直到许多年后在富春江边找到下手的机会。幸运的是，一名路过的樵夫把黄公望救了上来并收留了他。庙山坞和筲箕泉，大岭山和富春江，终于等到一位可以无声融入、彼此关怀的隐者。所有的等待，或者所有的寻找，如今看来，仿佛都是一种精心的设计。

这或许是人生又一次归零后的再出发。黄公望，在富春江畔的山里，开始真正属于自己的一种传奇。昼闲人寂，听数声鸟语悠扬，耳根尽彻；夜静天高，看一片云光舒卷，眼界俱空。既然死亡的到来还有时日，那么不妨在这空闲中做些什么，譬如画画，画下这半生寻找的山居世界罢。富春两岸，峰峦叠嶂，松挺石秀，云山烟树……疏密，浓淡，一切都在心里。有中若无，无中若有，这富春山水的秋色此时只需一管羊毫、半碟松墨。时间还有，那就慢慢地画，借这眼前的山水画、时间的沧桑，涂抹自己内在的情志。我猜想，黄公望是否会把自己也藏进这山水里？据说《富春山居图》里有 8 人，但若不仔细找只能找到 5 人。我伏下身，在画中找，老人藏了一生、藏了六百多年的光阴，我一时又哪里找得出呢？

山水与人，人与山水，完美地融在黄公望这幅旷世的长卷里，留在绵长的时光里。画作尚未完成，曾经一起流浪的师弟无用跟着卖画的樵夫找到船山坞的小洞天。我们已无法想象当时场景，大致可揣测出无用看到《富春山居图》时如见至宝的神态，黄公望微微一笑，题款相赠。隐居才是生命真正的主题，画卷只是时光如流的副产品罢了。一年后，黄公望再无挂碍，他彻底融入富春江畔的山水之中。大痴也好（黄公望号大痴道人），高士也罢，卜者无言，隐者已去，而《富春山居图》却在世间开始颠沛的传奇。

六百多年后的我们，为一个传说匆匆而来，又匆匆而去，多少带着现实的困扰或人生的疑惑，像是身处但丁的幽暗森林，像萨特所说：我们是一群局促的存在者，对自己感到困惑。我们渴望通过撞击，求得心智的觉醒、寻找生存的方式以及意义。我们试图解构一位隐者的世界或选择，每个人的目的不一，答案自然不同，收获也便不一。唯一确定的是这富春江畔、这烟树山岚，其实只属于黄公望。他悄悄融入这片山水，即使这山水因他而喧嚣起来。

朝花 周刊

带露朝花日日新

穿越六十年时空却依然新鲜美丽的风景
近8000张精美版面凝淀的思想艺术之花

‖ 听那风 ‖

我愿世界与鲜花一同重放

陈丹燕

在我一生中，还从来未像 2020 年最后一天，那样期盼新年到来，即使是小时候也未曾这样。天刚暗下来，就已经在心里放二踢脚了——快过去吧，2020 年，让我们就此永别吧。

夜晚降临，我发现许多人也这么期盼着。

这一年，我们被病毒施以魔法，粘在原地不得移动。

这一年，许多人生病了，许多人因此去世了，许多人无法正常工作，许多人不能探望年迈的父母，大多数人停止了习以为常的旅游休假，大多数人的年度计划被迫打断了。一个肉眼不能见的病毒，显而易见地改变了整个世界。那么，世界上有什么是没被改变的呢？是一朵月季。

它三月要种下地，已经在土里的，要修枝施肥。它四月开始开放，到五月进入盛放的生命周期。春阳之下怒放，如向爱打开的心灵。艳阳天里，到了黄昏，花香跟着大地的暖气冉冉上升，又被黄昏时天空中的森凉暮色覆盖下来，这就是一天中花香最浓厚之时。六月天开始热了，月季花被热浪打扰，仍会盛放，但开得辛苦，好像一个有婴儿的母亲。七月八月，上海的月季被酷烈的暑热逼得开不成花，它变得气息奄奄。但是，一旦到了十月，凉风徐来，月季又开始盛开了。按照一支爱尔兰民谣所唱的，这就已经是夏日里最后的玫瑰了。2020年的中秋节，我正好在辰山的月季岛上，刚听说了一个中年人因为在家里独居时间太长，而选择自尽的事，就看到一轮巨大的圆月冉冉从名叫绯扇的月季树后升起来。这就是昆曲里咿咿唱过的，良辰美景奈何天吧。

在这一刻，我知道自然的秩序仍在运行，花会开，月会圆，世界的律令没有变。

十一月，月季仍旧开着，只是春天碗口大的花变成了大衣纽扣的尺寸。但看了一年的花，接受它容颜改变并不困难。十二月，月季还三三两两地开出来，但已经无力盛放，尚在蓓蕾时就会凋谢。一场大寒后，花朵就都不见了。

我们曾经期盼一年就会结束的疫情，如今仍然在继续……

但月季花会随着时间到来再次开放，这个信念不会被沮丧动摇。

愿世界也随着鲜花一同重放吧。

后 滩

奚美娟

　　在 2010 年上海世博会之前，估计没有多少人知道黄浦江边有个叫"后滩"的地方，更谈不上对它有所了解。对于闻名于世的大上海来说，它实在是太不起眼了。也许只是千百年来的滚滚红尘中，被冲刷洗漏下来的一堆小沙石，顽强而悄悄地蛰伏在黄浦江南边的转弯处。歇息时，偶尔望一眼江对岸雄伟壮观的江南造船厂，那些高耸入云的烟囱，那些来来往往的大小轮船，有着些许后滩人理解中的欣欣向荣，心里便有了对生活的期盼。在几乎没有声息的日常里，喝着黄浦江的水，日夜辛勤的劳作，过着与世无争的日子，繁衍着、养育着自己的子女。岁月流淌，后滩的子民们，千回百转地与其他区域的上海人一起创造了上海的辉煌业绩。在他们的岁月里，既保留着这片土地上原住民的朴素传统，也在黄浦江水时不时泛上来的点点滴滴中，接受着沉淀杂交的近代文明。

听那风

　　我的母亲就出生在上海的后滩。我的外婆家和世代生活在那儿的普通上海人家一样，都是靠几代人的努力付出，建立起自己的宅邸家园，有一份刚刚好的生活。母亲原本有五兄妹，她是老三，上有哥哥姐姐，下有两个弟弟。后来姐姐因病去世。哥哥参加过新中国成立前夕的进步学生运动，还在外公开的后滩江边小杂货店里，帮助过地下交通站传递消息，和他的伯父及堂兄，在一位中共地下党人的指导下，为解放上海做过微薄的贡献。但他的命运不佳，早早地献出了年轻的性命。这自然是后话。这以后，我母亲就成了家里的老大，只粗粗识了几个字，就开始进入工作的人生，帮助外公外婆持家并辅助两个弟弟。好在我外公除了家里开的小杂货店外，在市里还有一份相对稳定的工作，使得一家人在后滩这块土地上，耕读劳作，生生不息。

　　随着母亲出嫁，我和弟弟妹妹相继出生，后滩就成了我们的外婆家，也和我的人生有了血脉相连的黏合。20 世纪 60 年代，从我家去后滩的外婆家，有两个方向可以走。一个方向是从上南路我家，走一站路到浦东南路的大道站，然后坐公交车往西，到当年的耀华玻璃厂前一站下车，再步行往北。下车后往北的这条路，是没有交通工具的乡间小道，中间要路过两个生产队和一些自然村落，还有沿途的河塘、小桥、农田，最后穿过一个小学，沿着小学墙边再往北走一段路，走到黄浦江附近的那个村落，就到了外婆家。另一个方向是，从上南路我家那个车站，坐两站公交车往北至上钢三厂的三号正门下车，然后进去，穿过整个从东到西的厂区大道，以及沿途的各类车间。在上钢三厂的厂房里面，还套着一个章华毛纺厂，是新中国成立前就有的老企业，也是那个年代上海纺织行业中小有名气的企业，我母亲就在那里上班。在我小时候的眼里，上钢三厂简直是一个巨型企业，且厂中还有厂，它共有9个门进出。我们去外婆家，要从三号正门进去，经过工厂里的大道、车间，绕过章华毛纺厂，再走到最靠东边的九号门，才算走出了上钢三厂的厂区。出了九号门，再绕过一道堆满了废钢铁的土路，便是黄浦江边的那条高高宽宽的土筑堤坝。走在堤坝上，右边就是黄浦江，左边堤坝下，就是外婆家所在的那个古老村庄。

小时候，总觉得外婆家就像是依偎在黄浦江边的一个角落里，遥远又寂静。读小学时有那么几次，我一个人走到后滩，身上带着母亲在市场上用高价买的粮票和油票，让我送到外婆家接济舅妈。上钢三厂的正门，只有家在后滩或后滩有亲戚的人，才能得以通过。每次穿厂而过，我都会很紧张，半空中厂车隆隆而过时，我总会紧张地躲在一边，迟迟不敢迈步，但心里又向往到外婆家玩。尤其是暑假里，可以在大人们的带领下，去黄浦江边的浅滩上洗衣、玩水、游泳。或在粗大的木排上走到江的深处，随着浮在水上的木排的微微摇晃，感受身心似乎要飞跃的快感。

后滩的外婆家那一方小小的家园，因临江而居，无处可退，世世代代的本地居民，靠着勤劳与智慧的生存之道，倒也有了世代沿袭而来的文化与民生。印象中，那儿的人家都非常重视孩子

听那风

的教育。我的两个表妹，在学校里读书时因成绩出色，都相继跳过级，于是左邻右舍会默默以此为榜样。我前面说到小时候去外婆家，会路过一所小学，其实那原本是一处乡绅的私人宅邸，里面套着几进高墙大院，是我小学同班一位女同学的外婆家。后来他们家把大部分房屋献出来办起了这所小学，只留了一小部分作居家所用。这位同学的父母也都在章华毛纺厂工作，小学期间，我们经常结伴去后滩的外婆家玩耍。

虽然在表面上，后滩这个小小家园当年寂静得无人知晓，似乎要被遗忘，但事实上，后滩历来有着开阔的襟怀。后滩的居民中，除了上海本地的原住民，还有一部分是历史上从外埠的江苏等地，撑着木排从长江而来，再进入黄浦江，然后顺流拐到转弯处的后滩，天长日久，他们在后滩江边的滩涂上慢慢聚集，落地生根，成了与后滩的本地居民和睦相处的早期移民一族。我表妹有好几个同学，都是后滩早期移民的后代，他们生活中各自在家里说着家乡的语言，但在学校里，又和上海人一样讲上海话。久而久之，移民的后代们又形成了一整套上海人的生活方式。反之，我的表妹们以及当地居民，也在与他们的日常接触中，学会了由移民们带来的方言，你中有我、我中有你的语言风格，很是鲜明。他们能随着日常生活的需要，随时切换家乡话与上海方言，这在我小时候对外婆家的记忆里，是一道很特别的人文景观。后滩，本来只是蛰居在黄浦江一隅的小家园，竟然能敞开胸怀接纳一批批移民在此地生根开花，不能不说这是后滩世世代代背靠着辽阔的大浦东平原，迎面接受的是浦江文明铸就的善良与开阔。这块土地的血脉气质，多少年来，已经不再拘泥于本土本乡的小格局了。

由于后滩的地理位置比较特殊，尽管开发浦东的号角此起彼伏，浦江边上的高楼大厦拔地而起，但那潮起潮落的五彩浪花，始终没有飞落到后滩居民的实际生活里。直到第41届世界博览会决定在上海举办，后滩才被纳入拆迁改造的快速通道。那几年，有许多亲戚朋友搬入了浦东新区的世博家园，住上了整洁敞亮的新居。

记得10年前，世博会召开前夕的某一天，我驱车行驶在卢浦大桥上，猛然在前方的一个路牌上，看到了"后滩"两个字。那一瞬间，我的内心真像是被电着了一般，在车内情不自禁地欢呼了起来。后滩，这个世代隐藏在大上海圈内其貌不扬的小角落，终于有一天，在世界博览会的荣耀中进入了公众的视野。如今，随着浦东开发的步步深入，它又和前滩相接，出现了一个又一个地标性的文化建筑，继早期的后滩湿地公园后，上海大歌剧院等也将相继在此脱壳而出。

上海浦东这几十年的发展变化，可以说是日新月异，改天换地。我们见证的也许只是历史的一瞬间，但它实实在在改变了普通百姓的生活，实现了几代人的梦想。儿时后滩的外婆家，如今虽然已经没有了以往的模样，但它的人文景观，外婆曾带着我和表妹们，在黄浦江边的木排上洗衣劳作的样子，以及点点滴滴的生活常态，就像一个历史的画面，更像看在眼里的景、读到心里

听那风

的书，定格在胸中就永远不会移动了。谨以此文，纪念上海浦东
开发开放 30 周年！

弄堂春秋

李宗贤

    黄陂南路 685 弄，这是我们弄堂在上海弄堂序列中确定的编号。我们弄堂也叫恒昌里。这才是弄堂的名字，也是我们这些小孩的共同名字。对于熟悉这一带的人，我们就说恒昌里。恒昌里意味着我们这个居住群落拥有着共同的情调和文化。当年我们还都是赤屁股拖鼻涕的小家伙，"恒昌里的小赤佬"是我们队伍的响亮招牌。

    我们弄堂不像淮海坊之类弄堂人人皆夸上品，但我们仍很满意自己的弄堂。你想，瑞华坊、梅兰坊、卫国新邨和我们弄堂毗邻，属于同类弄堂。我们走出家门，踱步十分钟，就可以到长城电影院看戏看电影。长城电影院前身是辣斐大戏院，当年和大光明电影院一起被誉为邬达克的双胞胎建筑作品。鲁迅先生逝世十周年时，上海文化界在辣斐大戏院召开纪念大会，周恩来还作了演讲呢。当然，我这是在用地标性建筑物来证明我们的弄堂。

听那风

　　我们弄堂结构工整，横是横竖是竖，显得有教养有规矩。整套弄堂由大弄堂、前弄堂、后弄堂及两边小弄堂构成。当初仅大弄堂一个进出口。弄口有铁门，门中套了个小铁门。深夜里小铁门是关着的，有人出入可叫醒门房。有铁门的时候，弄堂很像个大家族，弄堂里的家家户户则像大家族的分支旁系。这是听母亲给我说的弄堂故事。事实上我出生那年铁门就被拆去炼成了铁疙瘩。没了大铁门的弄堂便似乎有些涣散的样子了。在逐渐长大的日子里，我发现弄堂涣散得厉害起来了。弄堂的路面原来很平整，上面有压出的凹痕线把路面划出整齐的方格。后来竟如得了皮肤病一样变得坑坑洼洼。再后来坑坑洼洼被水泥填平了，看上去像衣服上的补丁。

　　后来北边小弄堂也开了个出口，同时大弄堂弄尾的墙也被凿出个门洞，我们从门洞里出去，穿过矮平房到顺昌路买东西就近了很多。弄堂出口多了，风穿来穿去自由了许多；野猫追来追去快乐了许多。人们会惊奇大弄堂口一会儿进来一个黄毛，一会儿又进来一个黄毛。第二个黄毛进来，是因为第一个黄毛先从北边小弄堂口出去了。这道理人们竟然还没有一下子反应过来，所以就惊奇，就发愣。

　　黄毛是我们弄堂的第一帅哥，长得像欧洲人，身材挺拔，脸部轮廓，五官长得挑不出毛病来；黄毛的家境又十分优渥，他一身的穿戴绝对是那个年代的标杆。让人惊艳的是，黄毛的妹妹也是一位真正意义上的靓妹，"明眸皓齿"之类的词语实在不足以描述她的漂亮。他们兄妹在弄堂里一起走过或单独走过的时候，少男少女们充满情意的目光就始终追随着，不舍得离开。我发现，黄毛兄妹从来没在弄尾开凿出来的门洞里进出过，好像是不愿意做那种苟且的穿越。兄妹俩对弄堂里的人都彬彬有礼，但很少看到他们和弄堂里的人有什么交往。这兄妹俩是弄堂里高贵的风景，也是弄堂里极具气质的谜。

人们在弄堂里纵横交错穿来穿去，很像蚂蚁在蚁穴里忙乱的样子。这时许多电影院放映《地道战》，哼着"地道战，嘿"的人们情绪热烈，以致丢失了儒雅风度的弄堂，被感染着变幻出好看的色彩：弄堂墙壁上不时如开花似开出红的绿的标语。学生文艺小分队经常在弄堂里演出。一对借读在黄三小学成为我班同学的四川籍双胞胎姐妹，在弄堂里亮开嗓子唱李铁梅，唱得豆芽菜似的小子们望向姐妹俩的眼神里充满了爱慕之意。

弄堂里还涌动着另一种色彩。阿尔巴尼亚电影《创伤》，使少女们热议着女主角妩媚的长波浪秀发和玉立的高跟鞋。《杜鹃山》一放映，柯湘式发型又成为少女们的最爱，她们纷纷剪成短发，让自己的短发在耳根下向前向上弯出俏丽的钩儿。

我们的童年正是在这样的弄堂里度过的。在那剑拔弩张却又流光溢彩的年代，我们这帮野孩子正在那里彻天彻地地疯，会琢磨的人可以从龙头壳、小猴子、蜡烛、癞巴、座山雕、老头等绰号里品味出我们的欢乐。在纷繁驳杂、颤闪抖跳的色彩背景下，我们有滋有味地做许许多多游戏。我们下四国大战、开大怪路子、

听那风

撑骆驼、斗纸田鸡、弹棒冰棒头、滚汽水盖头、打弹子、飞香烟
牌子……玩得很投入，很专注。

在风行玩钩橡皮筋球的日子里，我们蜂拥到弄堂对面上袜二
厂的废料箱，拣来最好使的钩针，从对面烟纸店用一分两根的价
格买回几十根到上百根橡皮筋，然后心满意足地在家里钩接橡皮
筋球。这游戏颇具规模，我们人人动手，一弄堂几乎成了橡皮筋
球作坊。好像是绰号耀老卜头的同学林国耀的球钩得最大，像只
小西瓜。这份能耐若坚持至今，是很可以闯一闯大世界的吉尼斯
擂台的。橡皮筋球弹性极好，稍用力往地上一击，足可弹起三四
层楼高。

玩掷纸镖，我们想尽办法把镖做得十分坚挺，以便飞掷得远
而又远。我们先用练习簿纸做，后来用铅画纸和蜡光纸做，最后
升级到用日本纸做。我们将牙膏锡管剪成小块，揉细长了裹在镖
头里以增加惯性。好的镖，能从弄堂底飞掷出百米外的弄堂口，
落在树影婆娑的马路上。

我们还跟紫光哥哥玩练气功。紫光哥哥用食指中指并拢成煞
有介事的剑指，离开二十多公分，指着大腿上被暗中碾划过的地
方，嘴里粗着劲儿叫"嘿！嘿！"果然那地方应声泛起一道粉痕。
我们佩服得要命，根本不知道紫光哥哥暗中做的手脚，也用剑指
指着大腿皮肤，"嘿！嘿！"半天，腿上见不到一丝红起来的地方。

无忧无虑的日子里，我们在弄堂里滚打摸爬、流汗流泪、恩
恩怨怨。我们触摸泥土般触摸着弄堂亲切的角角落落枝枝节节，

弄堂里时时响着我们散乱奔忙的脚步声，响着我们激动嘈杂的喊叫声，弄堂是我们的摇篮和乐园。弄堂每一处、每一个有特征意味的地方，都确定着固定着孩提时代的我们留下的难忘故事。怀恋的时候，我找一处弄堂静静的角落，耳贴着砖墙听着，似乎墙缝里仍回响着我们当年的童音。

春秋来去，世事嬗变。现在弄堂路面重新铺过，虽然掩盖了岁月留下的累累伤痕，但弄堂毕竟已不是原来的弄堂。弄堂里再也见不到大人们当年的紧张和快乐，也见不到孩子们当年的轻松和快乐。票子房子车子、歌厅舞厅饭厅、股市期市汇市，更具魅力地把心甘情愿的人们撕裂得酣畅淋漓。人们一如既往充满渴望和雄心，但表现不温不火，高贵潇洒。他们仍然在弄堂里走来走去却讨论着消费指数、幸福指数和汇率变动，于是我们注意到弄堂里匆匆走过的时光。

恍惚间，我们这帮知天命者、耳顺者又变作了一群孩子，但我们陌生于他们身上那种肯德基和麦当劳里吃出来的品位和情调。他们再也不玩棒冰棒头、汽水盖头，两手墨赤黑像野蛮小鬼。他们一上来就手机、电脑、游戏机，像无土栽培似的神游于虚拟世界，令我等不离人间烟火者不得不自叹下里巴人。他们打扮得漂漂亮亮、潇潇洒洒，没有皱褶更没有补丁，他们"嗨""哇塞"地打着招呼、表示惊讶。他们没挣钱便拥有电瓶车、手机甚至银行信用卡，这使他们提前获得自我意识，使他们声带没发育好便急着拍父母和老师的肩，妄想称兄道弟。

听那风

    季节在弄堂里流过，岁月在弄堂里流过。滋润过丁香般的雨、走过丁香般的姑娘的弄堂，窄了、乱了、挤了、旧了。人们已难以想象它曾是有铁门、有门房的体面的弄堂。自行车、摩托车、电瓶车、轿车多得已经占满弄堂，多得我们即使再回到童年，也没了做游戏的空地和情趣。

    弄堂墙上突出了一个个空调外机，许多水斗从灶披间移装到弄堂里。这情景使弄堂里的人们心里总疙疙瘩瘩爽快不了。但生活质量的确提高了，冬天有取暖器、有暖空调、有地暖，夏天再也不用吃力地摇芭蕉扇、吊井水冲凉。然而消息更如春风般传来，人们留恋的弄堂将做技术性改造，保留历史建筑风貌，植入现代住宅功能。弄堂里的人们一阵阵激动，他们的生活质量将大幅提升，他们的家庭资产也将大幅升值。生活半是满意半是失意，而今失意的成分越来越少，满意的成分越来越多。

    弄堂走过春秋，我的心酸酸地感到了时光的流动。我说"酸酸"，是因为我怀恋美好的孩提时代。弄堂里的人们用活了几十年的眼睛正一齐亮亮地望着明天；在永远的希望之中，我深深祝福我们的弄堂、弄堂里的人们和我安度新的春秋。

壤塘的黄昏，好像比家乡的更长

胡竹峰

一

从成都去壤塘，车过汶川到了理县，又向马尔康行进。我第一次踏入海拔三千多米的高原，稍有晕眩感。山色不及细看，到底太陡峭，路边山石草木快速倒退着。眺望远山，或青郁或苍茫，云在山头，被风卷着，轻轻挪动，也有些一动不动，晕在那里。

山脉落差很大，峡谷河道狭窄，车窗外的河水像无缰套的野马，咆哮着奔腾而下。大概是下了雨，河水浑浊。河道有太多石头的缘故，洪水跳起又伏下，一路跌跌撞撞沉重地涌动，像是积攒了太多愤怒与不甘。

这就是杜柯河，下游是大渡河。

窗后人回想了一下，绘画、电影、文字里的大渡河从来也没有清澈过，是黄色的、浑浊的，凶狠地卷起浪涛与力量。像动荡的社会与即将开始的一场战争。流水上，枪林弹雨，受伤的人、死去的人掉落下去，被滚滚洪流卷走。在这条河上战事响起，是枪炮与河水的悲歌。

想起往日读过的那篇课文。课本上有黑白色的插图，隔着纸页，能看见红旗招展，也仿佛听得见军号声、怒吼声、洪水声、枪炮声、呐喊声。

当年冬日的乡村小学生活，是乏味的。一个少年心里的热情，被那些描写战火的文字点燃了："向桥下一看，真叫人心惊胆寒，红褐色的河水像瀑布一样，从上游的山峡里直泻下来，撞击在岩石上，溅起一丈多高的浪花，涛声震耳欲聋。"窗外似乎还下起了雪，教室里火热着，几十个少年，朗读着厮杀较量，宁可舍身而不屈的意志，让激情燃烧，一直到午饭后才渐渐平复心情。

眼前洪波自顾自流，一时黯然。说起来，居然是快三十年的往事了。

汽车爬坡时，看见河对岸山顶的人家。三五处老房子，似乎是石头堆砌而成，有一些破落，更多的是顽强，窗户紧闭，各色窗帘，是生命的风景。当年那些扛着枪追赶时间的人，会不会在此歇足？战事早已经烟消云散了，只剩下后人追忆时的传奇。河水依旧不舍昼夜地流动，充盈着自然的力量，在山脚下侧身呼啸而过。

车速放慢了，绕山徐行，一路随着那河水，逆流而行，水竟像是倒流了一般。天蓝得让人心生幻想，恨不得猱身而上，就此腾空而去，又想穿越回远古草木漫漫的村落。路边一个藏民看着车内人，我看得清他的脸：平静的脸，忧郁的眼神，仿佛有无穷的心事，又仿佛通晓天地的秘密，蕴含了天地的灵性。

后来在壤塘寄宿学校里，看见了很多那样的眼神，那些不到十岁少年的眼神，忧郁、内敛、深邃、柔软、悲伤，好像经历了许多故事，又好像能洞察人间的秘密。那眼神有骨子里的高洁，甘愿在春风中隐姓埋名。

空地上，一众少年演绎起格萨尔王的故事。孱弱的身子，被雄狮国王格萨尔附体，左右上下跳动着、挥舞着、以大无畏精神降伏妖魔，抑强扶弱。那眼神金光闪闪，坚定如阳光照过。夜里我想起那样一群少年，忘不了的是一双双眼睛。天气微凉，清冷的气息在夜归人身上萦绕不去。窗外灯火昏暗，几个匆匆行脚的过路客，身着藏袍。

藏袍、鬈发、阳光黄的肤色，隐着一缕真意。老家有上年纪的人说，天然鬈发的人，是有赤子之心的。《水浒传》中，鲁智深有赤子之心。东京宋朝的风气，崇尚戴帽子，以示斯文。鲁智深从未戴过帽子，一头鬈发，两只火眼，一片赤心。所谓赤心，无非对人间有真情，一草一木也如此。

二

没有想到，壤塘在大山高原深处，距成都一千多里。

壤塘，悬天净土。悬天，是远天、有高高的苍穹。壤塘有悬天之景，天之下，是净土，人间净土。

天真蓝,蓝得让人懒洋洋的,也或许是身在高原,缺氧的缘故。明净高爽的天,浅淡悠闲的几朵流云,古老雄奇的塔林,飘逸招展的经幡,以及那安详自然的牛羊和野花在静谧空旷的草原上,草原尽头是雄伟壮丽的高山。有人喃喃自语,说那是凝固的海。

车一圈圈绕山而行,上得峰顶,极目四望,山势奔腾如野马、如蛟龙,隐在云深处,不知其踪。人登高是为了窥见天地吧,所谓人往高处走。只有在高处,才知道如此之高之上还有如此之高,乃至高不可攀。也只有在高处,才知道厚土如此之厚,厚德载物,厚土更载物,世间万物,人只是其中一种。在壤塘,可以窥见天之高、地之厚。

高原高大,高原上的山更高大。有人不喜欢,终日沉迷于小桥、庭院、园林、匾额、对联、书本、玉佩、书案、笔墨,但走出去,发现苍山如海,深厚壮阔。走出去,看见山与海的威武与庄严。虽说沧海桑田,但与人相比,亘古不变的是山,亘古不变的是海。人皆过客,山自巍峨,海水洋洋,登山人不过一只虫豸,赶海人不过一尾鱼虾。

三

在壤塘的日子,有晴有阴有雨。晴日天气总是多云,仿佛一群群绵羊临空漫步。那云真白,白如酥糕。南朝陶弘景隐居在句容茅山华阳洞中,上诏问山中有何物,以诗为证:"山中何所有,岭上多白云。只可自怡悦,不堪持赠君。"

一个人久居山中岭上，衣袖可以生白云，胸襟可以生白云，眼眸可以生白云，手腕可以生白云，大概也是可以持赠他人的吧。阴天看山，日影隐没，天是灰色的，山影影绰绰，多了一些婉约的气息。后窗是山，前门也是山，冷冷清清的，总是看不够。山顶胡兀鹫一抹黑影，一点点移动。乌鸦亦无事，在屋舍边翩飞闲宿，亦让人看不足。雨天看树，针叶林、阔叶林、灌丛，越发有静气，颜色近乎青绿山水。大概是生在高原的缘故，那些树多不甚高大，修修如竹，一阵风过，树叶摇动，越发修修如竹，窗后人但觉得丝丝凉意起自胸襟。况味是古人说的那般："何处闻秋声，翛翛北窗竹。"在灯光下，雨水泛着点点的星芒，打在地上，复又溅起，车行远了，人也渐渐走得远了。

因为雨，山色深了一些，很虚幻。绿树丛荫中雨雾袅袅，缓缓往山顶爬，或缓缓向山脚走，越积越多，铺成巨大的一片白，一点点腾挪，盖住那青绿与苍凉。高原九月，夜里已经很冷了。每日不敢走动太快，那一男一女在路上走着走着，刚刚而立刚刚不惑，步履常常近乎老人，转眼就白了头，进入老境，相濡以沫。

壤塘的黄昏，好像比家乡的来得更长。早早归来，在客舍中泡一杯茶，临窗静静坐着，看看云，看看天，看看暮色，暮色中的景物像是铅笔画，又似乎很难入画。

印象中，黄宾虹来过川蜀之地。据说初来乍到，画师亦无能为力为山水写生，大概是因为"湿润多雾，四季植物丰茂。山岚雾气里，一山一水皆变化无穷，或葱郁野逸，或简淡奇奥，或幽深灵秀，大异于其他地方"。据说黄宾虹有一次在青城山中遇雨，全身湿透，索性停下来坐石观景，雨淋下来，山景纵横氤氲，逐渐找到"雨淋墙头"感觉。有一回，游瞿塘峡，江岸峰峦与天光在虚实明灭间微妙无穷。月光照过，有些地方现出银白色，有些地方黑影依旧，逆光下山林仿佛笼罩上一层光环，凹凸分明变化美妙。黄宾虹不禁赞叹："月移壁，虚中实。"后来写诗感慨："我从何处得粉本，雨淋墙头月移壁。"

到底，黄宾虹有没有来过壤塘？即便来了，也会觉得此地入画之难吧。

四

壤塘秋日，风起时有些寒意了，枯瘦，略带高原的清冷。一股酒气、肉香弥漫小屋，牦牛奶、手抓肉、酥油茶、辣椒炒菌。日子伴随着白云下的声声经文，让人有些空灵安静的心思。

那是秋日壤塘的傍晚，空气黏稠，黏稠得想饮酒，宴会时候喝了两杯。散席时，有一女子不胜酒力，在夜色里脚步踉跄，像是微醺的李清照，摇摇晃晃荡漾到藕花深处，分不清星空还是湖水。

平素并不饮酒，只有遇见友人，才会取极小的酒盅，喝三五杯。酒里有人间浓热的情义，茶倒是可以与生人同饮，酒只与友人喝，忍把浮名，换了浅斟低唱。白酒浓烈一些，青稞酒淡淡的，如马蹄幽香，又清远又清脆，平添几分陶然的情绪。那样的夜晚丰沛难言，让我很久之后，一次又一次追忆曾经的一幕又一幕。

沉重的肉身，偶尔要有宴饮之乐。高原，山中，石屋，木门，楼头，总也是待不够。天光暗了，灯光也是暗的，像这样的情景，几个人对酌饮食，风起风落，把酒清谈，都是好的。境界近乎李白诗中说的那样，"长风万里送秋雁，对此可以酣高楼"。而此时，正在高楼上，围着食案割肉把酒夜话，直待天光彻底黑了，夜色渐渐深沉。这样的日子，虽是短，倏忽又去，足令人低回心醉。很久以后，还记得在那样一个高原之夜，简朴的日子里，忽然跳出来的生动的、闪闪发亮的藏家歌谣。

藏家儿女甘于寻常生活，像孔子说的那样，吃粗粮，喝白水，弯着胳膊当枕头，乐在其中。孔子还以为，一个人斤斤计较吃穿用度的生活琐事，是不会有远大志向的，也不值得和这样的人去相谈论道。道有诙谐的时候，道也有庄严的一幕。威严道，矜重道，欢喜道，随和道，轻佻道……处处有道。

有人向庄子问道，庄子说道在蝼蚁，道在稊稗，道在瓦甓，乃至道在屎溺。那人讷讷不语。

看见那些画唐卡的男女，顿时生出敬畏来。不只是粲然金色，也不只是画中法相的缘故，而是画师一种盛大的庄严高贵气，好像是无我无他无天无地，只有笔墨丹青一点点绘就。又好像有天有地有我有笔有墨，无逸斜无杂念，那么专注、那么凝神。其中有庄严道。

在壤塘，与悬天很近，与净土很近，世法无边。落叶西风时

听那风

候，人与秋色共瘦。悬天之景，净土之地，天气转凉，树叶黄了，
其中有道，就这样归去吧。那人，那云，那山，那水，那花草树
木，那几日的饮食起居，一个翻滚，瞬息即去。而悬天照应过人
心，光明依旧。

我去了霍季姆涅日村

简 平

霍季姆涅日村，是捷克波西米亚平原上的一个小村庄。反法西斯英雄、作家、记者伏契克曾在这里住过。

在这里，他与家人一起快乐地避暑消夏；在这里，他躲避德国纳粹的追捕，写下《战斗的鲍日娜·聂姆曹娃》……

我去了霍季姆涅日村。

那是捷克波西米亚平原上的一个只有两百多人口的小村庄。很早的时候，我就知道反法西斯英雄、作家、记者伏契克曾在这里住过，这个村子对于他有着特别的意义。他在这里与家人一起快乐地避暑消夏，他在这里躲避德国纳粹的追捕，他在这里写下专著《战斗的鲍日娜·聂姆曹娃》。这一专著，让人们对聂姆曹娃这位出版过著名长篇小说《外祖母》的捷克女作家有了更深刻的认识。那时，我无数次地想象过遥远的霍季姆涅日村里那长长

的铁路轨道，还有伏契克家那幢两层楼房二楼阳台上生机蓬勃的
花草。

那么多年过去了，霍季姆涅日村还在吗？伏契克家那幢楼房
还在吗？

怀着这样一份念想，我和朋友踏上了寻访之路。本来计划自
行前往的，而且已经预订了火车票和旅店。不料，捷克伏契克协
会的热心友人也帮我们做了安排，甚至专门写信联系了伏契克家
那幢楼房现在的主人，请他同意届时让我们进到屋里去看看。

9 月的捷克是真正的金色之秋，可前去霍季姆涅日村那天，
却天色昏暗，下了整整一天大雨。

一早，我们赶到布拉格中央火车站，与伏契克协会主席叶涅
内克、负责日常工作的卡德莱茨等人坐火车去多马日利采，两个
多小时后到达这座小城，然后打车前往霍季姆涅日村。坐在车上，
只见雨雾弥漫，窗外一派苍茫。

我们站在一扇绿色铁门前了。我即刻想起伏契克住在这里
时，曾一次次地用深蓝色油漆涂刷铁门。如今，这里的门牌号码
是 8 号。

我们刚靠近铁门，里面大大大小小的狗就跑了过来，兴奋地
朝我们叫着。恍惚间，伏契克夫人古斯塔的回忆重现眼前："当
我们按响门铃时，几只狗首先跑了出来，一只叫耶里克的狗习惯
地冲向铁门，不断地往上蹿，乐不可支地汪汪叫个不停。"

叶涅内克按下了门铃。不一会儿，主人便冒雨出来为我们开

启了铁门。这是位五十多岁、长得很是魁梧的中年男子，穿了一身黑色运动服，戴了一顶鲜黄的棒球帽。他从事养殖业，所以院子里停了好多辆用来运输的车子，草地上垒着一卷高高的草皮，工棚里堆着许多木材，色彩斑斓的火鸡们在其间翩翩行走。

那幢伏契克住过的楼房赫然已在眼前，门口的墙上嵌有紫铜铭牌，上面写着这里是伏契克经常回来的地方。这幢楼房是伏契克的父亲在 1939 年用他弟弟留下的遗产购买的，二楼的阳台是买下后加盖的，方向朝南，一家人都喜欢这个阳台。伏契克在这里一边看着燕子筑巢一边写作，他的妈妈在这里养花种草，他的爸爸总喜欢举着望远镜遥看远处的祖布日纳河，他的妹妹们则欢快地唱歌嬉戏。

如今，这幢土黄色的房子一点都没有颓败的样子。虽然院子与屋内都有改动，但大阳台还在，新的主人在那里放了一张桌子和一张长椅，还有一张宽大舒适的木质躺椅，阳台的栏杆内外花红叶绿。他说，他常常在阳台上看看书，看看天，看看他养的那些小动物们，还会想一些心事。的确，这是个喜爱自然、喜爱阅读的人，宽敞明亮的客厅里有好几个高低错落的书柜，柜子顶上放着仿动物标本的工艺品、地球仪和一只硕大的以蝴蝶、花卉为图案的蓝色玻璃瓶。

主人好客，善解人意，非但不让我们换鞋，还让我们随意拍照，于是我们无拘无束地在楼梯上爬上爬下，一间间屋子看过来看过去。其实，80 年以来，这幢房子已换过多位主人，但他们都把屋子收拾得干干净净。他们是喜欢这幢楼房才买下来的，其中也带着对伏契克的敬重。

原来伏契克家的物什早就荡然无存，但是，继续伫立的建筑，本身就是最好的记忆和纪念。我在楼房里穿梭，仿佛感受到伏契克的气息就在我身边环绕。

那时候，由于纳粹的追捕，转入地下工作的伏契克和古斯塔来到这里藏身，他们也是从布拉格坐火车来的，可由于德军的入侵，一路上充满艰险。他们在这里度过了 14 个月，直到被盖世太保发现后才又离开。

伏契克长期以来的理想是献身于祖国的文学事业，希望从事文学研究和创作。因此，他在霍季姆涅日村做得最多的事，是拟定《捷克丛书》的出版计划。按照他的设想，这套丛书将包括民族复兴时期以来主要的捷克文学作品，规模则达到 40 至 50 卷。他还开始了自传体长篇小说《彼得的父辈们》的创作，但因时间所限，只写了开头部分。站在阳台上，伴随着哗哗的雨声，我仿佛听见伏契克激昂的声音："在暗无天日的苦难的岁月里，听一听捷克文学的呼声吧！你将听到人民的声音，这个声音会万无一失地使你在黑暗中永不迷航。"

我们没有更改先前定好的行程，因而，几天之后，再一次来到霍季姆涅日村。那天，秋阳高照，空气澄澈，波西米亚平原一望无际。这次，我们没人陪同，也没有打车，而是像当年伏契克来这里时一样，下了火车，沿着通往村庄的道路一路走去。

　　我走了 45 分钟，而伏契克那时走了不到半个小时。我之所以用时比他多，是因为在经过森林、河流、平原、几户被小湖泊围着的人家、朴素而典雅的小教堂、向前方延伸的铁轨时，我都放慢了脚步，我想细细体验伏契克当时的境遇和心情。

　　见我们再次到来，那位身材高大的主人很是惊讶。我们告诉他，那天雨太大了，以致步履匆忙，于是想着在明媚的阳光下再看得清晰一些，他听后欣然地笑了。

　　这时，相邻的村民也围了过来，其中有两个孩子，一个男孩，一个女孩。男孩掏出手机，兴致勃勃地通过翻译软件听我们大人聊着很多年前——一位叫伏契克的反法西斯战士，在霍季姆涅日村居住时的往事。

莫名其妙的快乐

李 磊

　　中国画最大的功用莫过于怡情悦性。读画、画画都能产生莫名其妙的快乐，那是一种发自内心的会意，也是一种真正的快乐。

　　画中国画很难，难就难在水墨一沾宣纸马上就渗化开来，以至无法收拾，许多人浅尝辄止或知难而退，一句"画画太难了"，就把这事搪塞过去了。这实在是错过了大大的美事，太可惜了。画中国画到底难不难？我说不难。难，是因为艺术评判没有形成正确的观念、绘画技巧没有找到正确的方法。等我们把问题搞清楚了，读画、画画就都不难了。

　　中国画作为思想表达方式和审美载体，一千多年前就已形成体系。南北朝时期，谢赫的《古画品录》对绘画的原则进行了阐释。这是中国第一部绘画美学论著，说明中国最晚到东汉末年就已形成具有独立审美价值的个人创作。谢赫提出绘画的目的是"明劝戒，著升沉，千载寂寥，披图可鉴"，即画以载道。进而从价值观和方法论的视角提出"六法"："一、气韵生动是也；二、骨法用笔是也；三、应物象形是也；四、随类赋彩是也；五、经营位置是也；六、传移模写是也。"这为中国一千多年来的绘画创作与评鉴奠定了基本原则。而文人遣兴抒情的绘画可能要从唐代大诗人王维算起。北宋苏轼曾说："味摩诘（王维）之诗，诗中有画；观摩诘（王维）之画，画中有诗。"这也是中国画要求"画中有诗"的来由。

在北京画院藏有一封 1951 年老舍先生向齐白石求画的书信，"敬恳老人赐绘二尺小幅四事，情调冷隽"，并列出"苍苔被阶寒雀啄"（渔洋山人句）、"蛙声十里出山泉"（查初白句）、"凄迷灯火更宜秋"（赵秋谷句）、"还须种竹高拂云"（施愚山句）四句诗。在每句诗句后，老舍都用红笔附上了画面构思的设想。

集句应和是文人相酬的雅事，也是彼此较量的开题。怎么作好这组画，齐白石足足用了三天时间来思考。齐白石是中国画写意画法的大师，山水、花鸟、人物无所不精，比如"蛙声十里出山泉"按以往套路画一泓山泉穿过草丛、几只青蛙在泉边嬉戏，倒也是生机盎然、浑然天成。但这次齐白石落笔却另辟蹊径。画中两面乌黑的巨石夹出一条险峻的山涧，汩汩的泉水从乱石间穿出，几只蝌蚪顺流而下，在观者面前摇头摆尾。这番景象不禁让人想到蝌蚪的来历，便自然联想到上游的蛙鸣，那种不见而望的悱恻之情在纸上油然而生，令人心意徊徨。

中国画最讲笔墨，这个笔墨说起来有点玄。吴冠中曾写过一篇文章《笔墨等于零》，认为"脱离了具体画面的孤立的笔墨，其价值等于零"。文章一出引起轩然大波，逐步演化成全国性的关于传统文化的变革与继承问题的讨论。批评吴冠中的主要观点有"无笔无墨等于零"（万青力）、"守住中国画的底线"（张仃）、"笔墨与心性、人格、文化素养紧密相连，是创作主体心性、人格、素养的表现"（郎绍君）、"笔墨是中国画的言语，是内容和形式的统一体，兼本末、包内外"（童中焘），等等。在我看来，争辩的两方都有道理，只是为了强调自己的观点而各执一词。吴冠中先生曾跟我说："我说的其实不是笔墨本身的问题，而是艺术创作的问题，我们所处的时代不同了，如果一味强调程式化的东西，新的思想、新的感觉怎么表达？如果我说话都是温文尔雅的，那谁听得见！谁理睬你！我一生最佩服鲁迅先生，在真理面前要横着站立。"所以他画画不拘泥于固有方法，用大排笔刷，用粉彩色泼，甚至将墨水装进针筒在画面上纵横驰骋，那奔腾的豪情、深邃的诗意会让每一位观者为之动容。

我能体会这种纵横笔墨的快乐，这是笔墨随着心理行走而生成的。提起毛笔，和水蘸墨，笔墨的轻重缓急、抑扬顿挫、干湿浓淡在宣纸上行走，无拘无束，煞是快意！而笔墨行走留下的痕迹就是快乐。当然也可以留下忧郁与怂恿、宁静与辽远，一切情绪的痕迹都在画者行笔运墨之中。

早年没有人认为黄宾虹是大画家，原因很简单，他的画既不像自然生长的山水，也不像传统绘画的山水，大家看不懂。翻译家傅雷，早年在上海美术专科学校教美术史，艺术鉴赏力极高，他为黄宾虹抱不平，以答客问的形式撰文：一方面为黄宾虹助威，另一方面也对中国画的美学原则加以厘清："客：黄公之画甚草率，与时下作风迥异，岂必草率而后见笔墨耶？曰：噫！子犹未知笔墨，未知画也。此道固非旦夕所能悟，更非俄顷所能辨。且草率果何谓乎？若指不工整言，须知画之工拙，与形之整齐无涉，若言形似有亏，须知画非写实。客：山水不以天地为本乎，何相去若是之远？画非写实乎？所画岂皆空中楼阁？曰：山水乃图自然之性，非剽窃其形。画不写万物之貌，乃传其内涵之神。若以形似为贵，则名山大川，观览不遑，真本俱在，何劳图焉？摄影而外，兼有电影，非惟巨细无遗，抑且连绵不断，以言逼真，至此而极，更何贵乎丹青点染？"

我们知道中国画有三大门类：山水、花鸟、人物。为什么叫"山水"而不叫"风景"，因为"山水"是人格化的图像，其重点不是准确地描绘自然的形态，而是借用自然的形态，表达自己的理想和精神境界。中国绘画的精髓不在于形似而在于传神。这里的传神可以有三个层次：一是画家描绘所画的对象之精神（他）；二是画家通过描绘对象体现出自己的精神（我）；三是画家通过描绘的对象及运用的笔墨表达人们普遍的价值取向和精神境界（无我）。所以在传统中国画的审美标准中，肖似并不重要，重要的是通过造型元素的组合来表达作者的精神境界和人文理想。也正是如此，笔墨逐步被抽离出来，作为单独的审美对象，并逐步程式化，甚至僵化。我们强调"笔墨当随时代，笔墨当随心性"。时代和个体都是处在演进和变化之中的，所以我们应当表现自己的面目而非他者的面目，时代的面目而非古代的面目。

清代画家石涛在《画语录》的开篇即云："太古无法，太朴不散，太朴一散而法立矣。法于何立，立于一画。一画者，众有之本，万象之根；见用于神，藏用于人，而世人不知所以，一画之法，乃自我立。立一画之法者，盖以无法生有法，以有法贯众法也。夫画者，从于心者也。山川人物之秀错，鸟兽草木之性情，池榭楼台之矩度，未能深入其理，曲尽其态，终未得一画之洪规也。行远登高，悉起肤寸。"由此许多文人把画画标榜为精神修炼、是文人画，而看不起应命而作的宫廷画和为市场、装饰而作的行家画。

其实画画的快乐也在于释放自我。当我面对一张白纸的时候，放开胆量，挥笔就画，开始时水墨晕化得一塌糊涂，随着经验的积累，慢慢掌握了行笔的干湿浓淡，也能画出各种造型和景物，这时候胆子更大了些。于是，我提起毛笔呼来许多精灵，一起在纸上演绎一出奇异的戏剧。又可以把白纸看成博弈的对手，画画是下一盘大棋，你来我往，博的是一个通透。

我的笔墨不跟程式走，不跟形象走，我的笔墨跟着神韵走，跟着看不见但能感知的东西走。我画自己的快乐，所以不会与别人重复。

和画有关的故事，意味深长

张 旻

　　上海市安亭师范学校是我人生旅途中的一个大站，其中的不少人和事值得记忆珍藏，尤其是我和美术老师钱欣明、李亮之的交往。

　　1983年，是我到安亭师范学校工作的第二年，那年3月21日，我应邀到美术组的一间画室，给钱欣明和李亮之当肖像模特。画室处在一幢红砖墙老房子里，室内杂乱无章，但给我安排的座位和那里的光线，显然是经过细心的布置和设计的。钱欣明和李亮之各选了一个位置，摆开架势，就对着我画了起来。过了几天，他俩各自赠给我一张肖像画的黑白照片，以资留念。

　　当年我并没有看到最后完成的肖像画，不过那两张画像的照片在"艺术表现的个性特征"方面，给了当年的我颇多启示和深刻的印象。面对同一个表现对象，两人只是角度不同，最终画笔下的成像却几无共同点。应该说，不同之处存在于画者看待事物的内心视角。呈现于钱欣明画笔下的我，"孤傲"而文雅；李亮之画中的我，倦怠散漫的神情中似又露出一点"戾气"。它们简直就是两张脸，却都是画者各自所看到的。如此个性分明的艺术表现中的"真实性"问题，恰恰也是令当年的我在写作实践中心醉神迷的。

几年后，李亮之和钱欣明先后离开了安亭师范学校。这一别有许多年，其间两人分别成为美术教授和教授级美术编审。2010年，我有幸和他们两位久别重逢，也是在那天，我第一次见到了当年两幅肖像画中的一幅——李亮之将他保存了26年的那幅画带来送给了我。又隔几年，钱欣明也欲将他保存的那幅画"物归原主"。可万万没想到，那幅画在"中转"环节中出了意外，人间蒸发了。我这时才发现，自己如今是多么想看到它。

这种想看到那幅画的心情，和貌似无关的时间有关。当年我并未感觉到有这样的心情，虽然画室近在咫尺。而两位画者似乎也无意及时主动地把画带到宿舍来给我看一眼，只是赠我以照片。今天，时间使重逢这件事变得别有意味。而发生的意外，则很容易令人感到，失去的似乎不只是一幅画。

当我怀着痛惜的心情，将那幅画遭遇的不测告诉钱欣明时，完全没想到，他的第一反应会是，"没关系，我再给你画一幅"。毋庸置疑，我说的并不是再画一幅画的事。但我也马上反应过来，钱欣明给我的回答，其实不只是在安慰我，更可理解为是他在不假思索的反应中，真实地表达了他本人对此事的看法：我们其实并没有失去什么；或者说，我们失去的，只是貌似不可失去的。

于是，就像回到了许多年前，在钱欣明的提议下，我又当起了他的模特。这一次是在我的工作室。连续三天，钱欣明从市区开车过来。他原计划来一天足矣，结果在创作过程中，遇到了意想不到的障碍：时间似乎使同一个对象的"真实性"变得难以捉摸。他多次面对自己眼前的画板，而不是面对我，迷惑地说："怎么画出一个老头子来了？"为克服这个障碍，他多花了两天时间。临走那天，他还拍摄了多张我的照片，回家备用。当然，最终定格在画布上的就是一个老头子，但此时对画者来说，年龄已不再重要。

我后来想，我大概曾以为，时间使那幅我从未见过的画发生了某种变化。其实，在流逝的时间中，那幅画除了材质或曰物理的老化，并不会变得更好。在某种意义上，这和时光催人老的道理一样。在时间中真正可以保持不变，甚至可以变得更好的，是由此发生的人的活动和沉淀其中的情感，而这些往往疏于记录难以收藏。

回顾我和钱欣明、李亮之间的交往，可记的其实并不多，且多半也只和画有关。但不寻常的是，这些偶尔的人生交集却越来越显示出，与其说它们"只和画有关"，不如说是由画形成了相互之间的关系，它们更在日后表现出意味深长的成长性和稳定性。关于画的故事，或由此也常翻常新。

和画有关的故事，近年亦有续篇。2020年，我受托邀请李亮之为丰德园绘制一座影壁砖雕的线描图稿。钱欣明和我也参与了图稿的构思。图稿由三幅画组成,正中为丰德园全貌图,两侧则尝试以丰德园景观元素构图,向中国田园诗派开山鼻祖陶渊明的诗歌中千百年来令人景仰的美好意境遥致敬意。2021 年元月某日,我们三人在新落成的影壁前合影。在壮阔的砖雕作品前,出现的是三个被时光之刀深度雕刻的"老头子"。但不必讳言,如上所述,在我们之间,某种不为时间改变、甚或历久弥新的东西也因此更为凸现。这应该是我们三人唯一的一张合影,照片的功能在这一刻表现得无与伦比。

能听一听那风声也好呀

路 明

她说，我要去西藏。

老赵吼起来，不行，绝对不可以！你不看看你这什么身体，还西藏。

事情是这样的。有朋友转给她一则广告，介绍的是专门针对视障人士的西藏旅行团，5880元一个人。她动心了。

三年前，她研究生刚毕业，被确诊肺癌晚期，骨转移，脑转移。十个月内，她经历了八次化疗、两轮脑部伽马刀，以及数不清的抽血、穿刺、B超、核磁共振……第二次伽马刀后，她昏迷了十几天。在老赵夫妻俩的精心护理下，她渐渐醒了过来。她问老赵，现在是白天还是夜里？老赵说，半夜两点钟。她问，为什么不开灯？老赵说，开着呢。她说，爸爸，我看不见了。

老赵拉我到门外，给我看行程：成都集合，随后是康定、理塘……老赵小声说，讲么讲5880元一个人，她妈妈肯定要陪着去吧，一路上要吃要住吧，还不算来回机票。钞票的事不要去讲，关键是她的肺。老赵愁眉苦脸，这种高海拔地方，伊吃得消吗？万一出啥问题，救护车都开不进去，侬讲是吧？

我点点头。

老赵说，再讲了，她现在这个样子，什么都看不见，我就搞不懂了，为啥心心念念要去西藏。

老赵一再强调，钱不是问题。其实我知道，钱也是问题。老赵和妻子中年下岗，前几年才拿到退休金。好不容易存了点钱，想着把浴室装修一下，装个淋浴房，再有就是女儿的嫁妆。如今，老赵两手一摊，说什么好呢，还有什么好说的呢？

我走进房间，她正倚靠在床头，怀里抱着吉他。听见我的声音，她抬起头，笑嘻嘻地说，你是替我爸当说客来了？

我说，其实这个事吧……

其实不用多说什么，道理她全明白。她知道老赵舍不得她，想让她多活一会。可她不觉得这样活着有什么意义。她困在深不见底的黑暗里，依赖每月上万元的进口药维持生命，忍受着各种身体疼痛和药物反应。不能工作，不能逛街，不能喝下午茶，也不能谈恋爱——她还没谈过恋爱呢。无数次的，她想到了死，盘算着，从自家窗口跳下去，会不会砸到楼下的晾衣竿。

但老赵觉得有意义。在老赵看来，活着就是最大的意义。活下去，咬牙切齿地活下去，多坚持一天，就多一分变好的可能。老赵说，要相信黑科技——他愿意接受这些新名词——说不定哪天就能看见了呢。

　　她说起上一次进藏，那是在六七年前，她和朋友去青海大通支教，结束后便坐火车去了拉萨。她走在八廓街转经的人潮里；她在雍布拉康眺望落日和远山……她带回一块圣湖边的小石头，搁在写字台上。后来她想，这是不对的，要还回去。她记得那里的阳光，透明冰冷，没有重量；她记得那里的风，凛冽的、坚硬的风，带着酥油和青稞的味道，跟曹杨新村的风有所不同。她说，现在是看不见了，能听一听那风声也好呀。

　　我说不出话来，想好的说辞一句没讲。她想去的不是西藏，是过去。过去是她的盾牌。她留恋那段岁月，年轻的、健康的、无忧无虑的岁月。她被疾病囚禁了太久，如果可以，她愿意抛下现在的一切，换取片刻的自由。

　　第二天，老赵打来电话，让我再劝劝她，打消这念头。老赵叹气，朋友的话，或许她还愿意听。末了，老赵反复关照，千万不能讲他打电话来的事，不然让她知道，又要不开心了。

　　现在，说出来也无妨了。她又撑了一年多，癌细胞再次转移。最后的时刻，她最敬重的老师握紧她的手，感觉到她的皮肤一点一点地变凉。

　　她终究没去成西藏。组织旅行方听到她的身体状况，婉拒了她的申请。她哭了。

　　后来她想，幸好已经去过了西藏，幸好有那些做过了的事情。她在圣米歇尔山喝酒看日落；她在火车上向暗恋的男生表白；她

听那风

给自己买了好看的帽子和连衣裙；她用法语写诗；她在失明后学会了弹钢琴和吉他；她真诚地对待朋友，朋友也同样真诚地对她。生病后，她给自己起了个新名字，叫乐盐，签名档是：willing to be the salt of the world（愿做世间的盐）。

泪水被风吹干，留下的，是盐。

那天，我们送别了乐盐。我看到老赵哭得岔过气去。她静静地躺在玫瑰花丛中，屏幕上循环播放着她昔日的笑脸和老师为她写的一首诗：

看不见的桂香／和不甘心的归人／抱着书，你抱着书／穿行，还在穿行／眼睛里的光，花的盛开／塞纳河边，依然缪斯的裙裾／匆匆啊，春风你匆匆／山茶落下完好庄严，你像／磊磊不羁欣然佳人，你是／你是用力，你是天真／你是奋不顾身的豪侠／生机盎然的一瞬，是你／你是／爱与心疼的永恒。

茶花贴

王祥夫

老弟：

好像是，到了你们云南，当然，你现在应该算是云南人，因为你在那里支教已经三年之久，所以，我把你当作云南人了。到了你们云南，不但有好的普洱茶喝，我以为最好的还在于到处可以看到茶花，而且，似乎是一年四季都能看到，即使是不开花也总有满树满树的骨朵。

看茶花，我以为是雨后最好。一场雨，会把茶花冲洗得干干净净、亮亮堂堂。难道可以用"亮亮堂堂"这四个字来形容花吗？下过雨，你看看茶花就明白此话是对的。

茶花在日本茶道中的地位很高，各种流派的茶道几乎就没有不插茶花的，用一个单切或重切的老竹筒，插一枝茶花挂在壁间，可真是好看。也只插小小一枝，上边只几片碧绿叶子，花只要一朵或两朵。如果是两朵，一朵开一朵未开最好；如果是一朵，半

听那风

开最好。茶花的花蕊很有特点，很密很厚实，简直就像一个小刷子。茶花的颜色不算多，红白黄大致只这三种，之外还有一种花脸儿的茶花，比如白色的上边有红色斑点，或者是红色的上边有白色的斑点，也都好看。但各种颜色的茶花里边，余以为红色的最好看，大红的茶花配上金黄的花蕊，真是好有喜感，是民间的那种喜。其次是白茶花，虽然白，但配上金黄色的花蕊真是亮堂，你看，我又用"亮堂"这两个字来形容茶花了，我认为用"亮堂"这两个字来形容茶花是深得茶花之神。

每次去云南，看到道边的茶花，我都想带一枝两枝回来。每次见到茶花，我都会对同行的人说"茶花啊，茶花啊"，倒好像别人从没见过茶花一样。那次在丽江，我们一行人在路边看到红茶花，我忍不住折了小小一枝，上边的花也就一朵。回到宾馆，我把它插在玻璃杯里，面对着它，一边喝茶一边看它，简直就像是看不够，又简直像是对面坐着一个人，只不过它不会说话。这种感觉真是奇怪，我想起川端康成那篇著名的散文《花未眠》，川端康成在那篇文章里写的是海棠，而我眼前的花却是茶花。

不知道国外的年是怎么过的。而在鄞乡，是有两个年的，一个新年，一个旧历年，年其实不应该分什么新旧，其实都是簇新闪亮的。过年的时候，不变的老节目是要摆几个佛手在那里，或者再加上几个香橼，如果再有几个香木瓜就更好。把它们统统放在一个大盘子里，年的味道就有了，如果有条件，还要插瓶蜡梅或种盆水仙。而我今年的年更有意思的是，你居然给我寄来了茶花，而且据说还是红色的。因为天冷，我担心它在路上受了冻也许开不了，但是，即便它不开花，它的叶子也是好看的。现在在手机上发微信其实都是电报体，所以我不再多说，我告诉你。茶花好看，茶花的叶子也好看，好在什么地方呢？是黑绿亮厚。

《学圃余疏》这本书里说到茶花，却只说黄茶花和白茶花的好，好像是对红色有意见，其实红茶花和浅红的茶花更加入画，古艳。古人把浅红的茶花叫作玉茗花。汤显祖的堂号就叫作玉茗堂，可见他是喜欢浅红的茶花。但如果作画，浅红的茶花像是不如大红的好看。

至于《学圃余疏》的作者是什么人，年前不忙，我也许要查一查。

树什么都知道

申赋渔

　　我做了一个梦。我从梦中惊醒过来。他们在锯一棵树，"嗨哟嗨哟"锯着河岸边上的那棵枫杨。树倒下来，发出惊天动地的响声。

　　我拉开窗帘，外面黑黑的，天还没有亮。黑暗中能感觉到那个巨大的黑影还在。没有人锯那棵大树。

　　我重新躺回床上，可再也不能入睡。我的心脏还在怦怦直跳，我被惊吓了。我很少在意那棵高大的枫杨。它就在那里，永远在那里。它一声不响，一直沉默地站着。在梦中，当它倒下来的时候，我的心一阵剧痛。像是这个世界上发生了一个大灾难。一棵树的倒下为什么让我这么难过呢？我不知道。

　　乡下的夜是静的，清晨也是静的。我在睡梦与醒来的边缘。然后就听到乌鸫的鸣叫。乌鸫的歌声圆润、晶莹、清澈，在尾声处又带着一种历经沧桑的嘶哑。像是一树露珠，被风吹动了，从叶子上滑落下来，落在青石板上、枯叶上或者某件破碎的瓷器上。乌鸫在哪里呢？听不出来。大概就在枫杨树的底下。

我穿上衣服出门。仅仅经过一夜，苍老的树上已经长满了绿叶，叶子鲜嫩、年轻、茁壮。我说得不对，枫杨是高大的、粗壮的，可是不苍老。不能因为它的年纪就称它为苍老。对于一棵树来说，它正当壮年，甚至是青年。可是这么一棵生机勃勃的树，我怎么就没有在意呢？直到梦中以为它要不在了，我才想起我对它一无所知。我才想起这条小河的边上，这块小小的天地间，不可以缺少它。如果缺少了，就残破了。这个春天就不完整，也许接下来的夏天、秋天和冬天，都是残破的。是长久的时间构成了这样的和谐。如果和谐被打破了，要用十倍的时间来恢复；也许永远都不能恢复。

我盯着它看，我用手抚摸着它粗糙的树皮。我蹲下来，用手指搜寻着它半露出地面的根。根一直往岸上伸展，一直伸往我的院子。粗壮的根只往这里，而不是伸向水的方向。我忽然明白，它是要紧紧抓住岸上的泥土，好让自己不往河水里倾斜，滑落下去。现在的它，已经不用担心了。它不为人知地努力了一百年。它的根已经伸得足够深，伸得足够远。河水可以淹没它，可是绝不可能把它扯倒。

站在枫杨底下，我惊讶地发现了一个大秘密。我一直以为所有的树都是无所事事，或者无可奈何的，它们只能站在同一个地方。无论这个地方是河滩还是荒漠，是山岭还是广漠之野，它们只能呆呆地一动不动，听天由命。然而完全不是这样。

枫杨的根沿着河岸往上攀爬，使得整棵树稳稳当当地笔直地站着。树干粗壮有力。这种粗壮是健康的，没有丝毫的累赘和臃肿，显得堂堂正正。所有的树枝在树干上有序展开。那是一种精密的秩序，让人叹为观止。树枝有的弯曲，有的盘旋，有的往上升起，有的横生出去，有的粗如手臂，有的柔软纤细。可是整个树冠，都遵循着一种神奇的韵律，无论从哪个方向看，都是平衡的、优美的。每一个细节它都考虑到了。像一个天才的建筑家，在盖一座伟大的教堂。带着某种仪式感，饱含着神圣的虔诚。就是这样一棵普普通通的树，它完美地处理了一切力学与工程学的问题。树还在不断地长大，就像一座伟大的建筑还在施工当中。没有完工的建筑体现不出它的美，甚至是丑陋的。可是生长着的一棵树，每时每刻都是美的，并且带着一种诗意的节奏。它在人类的毫无觉察中，建起一个奇迹。它自己并不在意这个奇迹，它就这样生长着。为它自己，为昆虫和飞鸟，或者为大地上的这一小片天空。

整个上午，我都带着一种惊异之心，观测、抚摸着这棵我差点在梦中失去的枫杨。我在它的周围转来转去。一连几天的春雨，使得小河的水涨了不少，然而离枫杨还很远。河水离它是远是近，枫杨不在乎，它有足够的水分。如果我有精灵的眼睛，我的眼前将是一种无比壮观的景象。细如蛛丝的水线，密密麻麻，从树的根部源源不断地流向每一片叶子。那是绿叶在吮吸。整棵枫杨像一座精致壮观的喷泉，随着叶片上气孔的开合，在阳光底下吐出最清新的氧气。它所需要的一切，都来自土地。所以它只要和大地融为一体，只要把根扎下去，只要稳稳地站立在大地上，它就可以永远保持沉默。它丝毫不在乎我会在它的旁边站上一天，或者一年。它不需要人类，只有人类需要它们。据说我们四肢的敏捷以及大脑的能够思考，就是因为我们的先祖曾经在树上生活了八亿年。

枫杨并不像看上去那样沉默不语。它和大地说话，和风说话，和暴雨雷电说话，和歇脚的动物或者栖息的鸟儿说话。它有着独特的言语方式。它说的每句话都有意义，它要沟通的对象太多了。脚下的苔藓是它的朋友，蜜蜂、蝴蝶、飞蛾、蚂蚁是它的朋友。身旁的苏铁、乌桕，不远处的含笑，也是它的朋友。那只每天都有一长段时间停歇在它身上的白鹭，几乎像它亲近的家人。它知道怎样和它们相处，它甚至记得它们说过的话。它会因为它们的话，调整自己生长的姿态，改变自己开花、结果或者落叶的时间。

开花和落叶并没有那么简单。它要提前一周做好准备，它必须算好日照的长短、温度的高低，随着节气的交替运转，准备好开花或者结果前的营养，在落叶前把叶子里面的养分吸收干净。叶子落往脚下之前，还要嘱咐它们，让它们护好根基，不要让不相干的植物蔓延过来。

没有一棵树只是轻松地站在那里，没有一棵树不是在紧张地忙碌。有一些树，甚至会在夜间失眠。它们喜欢白天就是白天，

听那风

黑夜就是黑夜，它们不喜欢黑白颠倒。如果黑夜像白天那样明亮，白天总被雾霾遮挡，夏天也不酷热干旱，冬天总也不冷，它会烦躁不安，它会拒绝开花，或者只开很少的花，它们会等一个好年成再结出满枝头的果子。它们有足够的耐心。对于一棵大树来说，一个怎样辉煌或者如何苦难的时代，都只是一场匆忙收尾的戏剧。

　　跟这棵枫杨相比，我显得浅薄而无知。我们活在一个空间里，却不是活在一个维度上。我自高自大又自艾自怜。我渴望与人说话，说完之后又深自痛悔。我嘲讽我自以为了解的人，事实上却是在嘲笑自己的荒谬。我羡慕沉默，却在聒噪中蹉跎岁月。也许就因为这些原因，梦中枫杨的死让我心口大痛。我从来不轻视梦，梦总是比现实告诉我的还要多。

　　只有风在说话，风逗弄它的叶子，枫杨仍旧一言不发。它默不作声地恋爱、繁衍，结交各样的朋友，详细记载每一年的历史，站在高处洞察未来。它不说话，却把每一天都活得美好。它将每片叶子、每朵花、每一粒果实，都用心长好。这样的好，就是最伟大的艺术家也无从挑剔。这样的好，它知道，也可能不知道。它不是十分在意。它因为沉默而高大，它因为了解自己而沉默。

　　那只乌鸫一直徘徊在枫杨的周围。我慢慢想起来，它总是在这附近。我记得它的鸣叫，早晨、中午、晚上，它不停地在唱，它的声音这样年轻又如此苍老。也许只有枫杨知道它的故事。它们的关系，要比我和它们亲密得多。我什么都不懂。可是在它的鸣叫里，我听得出，这不只是一只鸟儿的生活那么简单。我听到了树木、河水和鸟儿们之间的相互劝慰。

　　一只燕子飞过来，在枫杨脚下的水边衔起一口泥，掠过水面飞过去。我忽然想起，今天是春分，春天已经过了一半。照老家的风俗，要去找一盆佛指甲草，放到我新修好的屋顶。佛指甲能消灾避火。树啊，草啊，它们总是知道一些我们人类不知道的事。

　　坐在屋顶的平台上，我一直在看这棵消失在梦中的枫杨。一群小山雀在树间快活地嬉闹着，长着新叶的枝头在风中轻轻地摇晃。小河涨起了春水，闪着亮光，往东北流过去。长江在北边。我的故乡在长江的北岸。

　　年少的时候，有个女孩跟我说，她将来爱的人，应该是"高大而沉默"。我不知道，她那么小，怎么就能这样深刻。然而她是对的。

　　我希望她能找到一棵她爱的树。如果这样，她是幸福的，树也是。树什么都知道。

图书在版编目（CIP）数据

树什么都知道：朝花副刊及"朝花时文"精粹 / 伍斌，黄玮主编.
—上海：上海三联书店，2022.1
ISBN 978-7-5426-7554-5

Ⅰ.①树… Ⅱ.①伍… ②黄… Ⅲ.①散文集－中国－当代
Ⅳ.①I267

中国版本图书馆CIP数据核字（2021）第208860号

树什么都知道：朝花副刊及"朝花时文"精粹

主　　编 / 伍　斌　黄　玮
封底篆刻 / 韩天衡

责任编辑 / 吴　慧
装帧设计 / 徐　徐
监　　制 / 姚　军
责任校对 / 王凌霄
出版发行 / 上海三联书店
　　　　　（200030）中国上海市漕溪北路331号A座6楼
邮购电话 / 021－22895540
印　　刷 / 上海展强印刷有限公司

版　　次 / 2022年1月第1版
印　　次 / 2022年1月第1次印刷
开　　本 / 890×1240　1/32
字　　数 / 186 千字
印　　张 / 9.875
书　　号 / ISBN 978-7-5426-7554-5 / I·1727
定　　价 / 65.00元

敬启读者，如发现本书有印装质量问题，请与印刷厂联系021-66366565